Zu diesem Buch

Eamon Redmond, erfolgreicher Richter aus Dublin, begibt sich immer häufiger an die Klippen der südirischen Küste und starrt aufs Meer. Hier in Cush, dem Ort seiner Kindheit, wird er sich bald mit seiner Frau Carmel zur Ruhe setzen, und hier sinniert er über seine letzten Fälle. Gut und Böse? Recht und Unrecht? Die Werte, auf die er bisher souverän seine Urteile gründete, geraten ins Wanken, sie verschwimmen wie die graue Fläche des Meeres mit dem wolkenverhangenen Himmel.

Als Carmel schwer erkrankt, kann Redmond die Liebe, die er empfindet, kaum zeigen, denn verblendet vom Drang, Karriere zu machen, hat er stets die falschen Dinge für wichig gehalten und sich vor seinen Gefühlen versteckt. Aber er hofft, daß es noch nicht zu spät ist, sich und Carmel von der traurigen Schuld eines ungelebten Lebens zu befreien.

«‹Flammende Heide› ist nicht nur ein hochkonzentrierter literarischer Text, der Roman rührt auch ungewöhnlich an – hinterrücks, weil er so offensichtlich nicht darauf abzielt, und dadurch um so mehr. Er gehört zu jenen Büchern, mit denen man in ein anderes Leben abtauchen und dieses verstehen lernen kann.» («Basler Zeitung»)

«Wer Tóibín liest, nimmt eine Abkürzung ins Herz des modernen Irland.» («Die Welt»)

Colm Tóibín, geboren 1955, ist einer der bekanntesten Journalisten und Schriftsteller Irlands und schreibt regelmäßig für den «Sunday Independent». Er veröffentlichte mehrere Sachbücher. In der Reihe der rororo-Taschenbücher erschien bereits sein Roman «Der Süden» (Nr. 13381). Tóibín lebt in Dublin.

Colm Tóibín

FLAMMENDE HEIDE

Deutsch von Matthias Müller

Roman

rororo

Rowohlt

Die Originalausgabe erschien 1992 unter dem Titel
«The Heather Blazing» bei
Pan Macmillan Publishers Limited, London
Redaktion Tamara Trautner

Veröffentlicht im Rowohlt Taschenbuch
Verlag GmbH, Reinbek bei Hamburg, April 1998

Umschlaggestaltung Barbara Thoben
(Foto: The Image Bank/John Stuart)
Gesamtherstellung Clausen & Bosse, Leck
Printed in Germany
ISBN 3 499 22293 0

Für Brendan, Nuala,
Bairbre und Niall

ERSTER TEIL

ERSTES KAPITEL

Eamon Redmond stand am Fenster und blickte hinunter auf den Fluß, der nach tagelangen Regenfällen dunkelbraun war. Er beobachtete die Färbung, das Gemisch aus Schlamm und Wasser, die Strömungen und die Wirbel. Es war ein Freitagmorgen Ende Juli. Auf den Quays herrschte starker Verkehr. Später, nach der Verhandlung, würde er wiederkommen und noch mal hinaussehen auf das wäßrige graue Licht über den Häusern am anderen Ufer und auf die Ruhe warten, wenn die Autos und Lastwagen verschwunden waren und in Dublin Stille herrschte.

Er genoß den Gang durch das Four Courts kurz vor Schließung des Gebäudes, wenn alle anderen schon gegangen waren und nur noch sein Wagen auf dem Richter-Parkplatz stand, diesen Gang durch den obersten Flur und die Haupttreppe hinunter; altes Gemäuer, altes Holz, alte Echos. Er liebte die intime Atmosphäre, die dann herrschte; seine einsame Anwesenheit in dem riesigen öffentlichen Gebäude, dessen Funktion für den Tag beendet war.

Vor etlichen Jahren hatte er sich entsprechend den Anweisungen immer einen Moment Zeit genommen und seinen Wagen untersucht, bevor er die Tür aufschloß. Zwar war der Parkplatz bewacht, aber es wäre trotzdem ein leichtes, die Unterseite mit Sprengstoff vollzupacken. Wenn er den Zündschlüssel herumdrehte, war er sich oft bewußt, daß der Wagen binnen einer Sekunde in die Luft fliegen, zu einem Feuerball werden konnte. Er lachte über den Ausdruck, während er am Fenster stand. Ein Feuerball. Jetzt war die Lage sicherer, die Lage im Süden war ruhiger.

Er ging zu seinem Schreibtisch und sah noch einmal seine Unterlagen durch, um sich zu vergewissern, daß für die nächste Verhandlung alles bereit war. Als er die Seiten seines Urteils durchblätterte, fiel ihm auf, daß seine Schrift, vor allem wenn er schnell schrieb, inzwischen genauso aussah wie die seines Vaters, eine Reihe runder Schnörkel, für andere meist unentzifferbar.

Er packte gerade die Papiere zusammen, als sein Gerichtsdiener ihm mitteilte, daß es Zeit sei.

«Von mir aus können wir», sagte er, als sei der Gerichtsdiener sein Vorgesetzter. Er legte Robe und Perücke an und strich ein paar Haarsträhnen nach hinten, bevor er in den hellerleuchteten Flur hinaustrat.

Er hatte im Laufe der Jahre gelernt, niemanden anzusehen, wenn er von seinem Büro zum Gerichtssaal ging, weder Kollegen zu grüßen, noch Anwälten zuzunicken. Er hielt den Blick auf einen Punkt in der Ferne gerichtet. Er ging langsam, mit entschlossenem Schritt. Die Round Hall unten war voll wie ein alter Marktplatz. In den Fluren auf dem Weg zum Vorzimmer seines Gerichtssaals herrschte Hochbetrieb.

Es war der letzte Tag der Sitzungsperiode, er mußte sich noch mit einer dringenden Angelegenheit befassen, bevor er dazu käme, das Urteil durchzulesen, an dem er schon seit einigen Monaten arbeitete. Er sah noch einmal die Seiten durch, die von einer Gerichtssekretärin säuberlich getippt und von ihm dann wieder mit Verbesserungen übersät worden waren. Die Verweise auf frühere Urteile waren unterstrichen, dazu, in Klammern, jeweils die Ausgaben der *Irish Reports*, in denen sie veröffentlicht worden waren. Auch dieses Urteil würde in den *Irish Reports* erscheinen und zitiert werden, wenn in Zukunft die Ansprüche des Bürgers auf staatliche Dienste zur Debatte standen, wie etwa der Anspruch, in ein Krankenhaus aufgenommen zu werden, der Anspruch, eine bestimmte Schule zu besuchen, oder, wie in diesem Fall, der Anspruch auf ganztägige und umfassende psychiatrische Betreuung.

Er wartete im Vorzimmer. Es war noch nicht soweit. Er war aufgeregt angesichts der Aussicht, endlich wegzukommen. Fünfundzwanzig Jahre hatte er jetzt am Gericht gearbeitet, aber an dieses Warten am letzten Tag würde er sich fortan viel lebhafter erinnern als an die stumpfsinnigen Tage oder an die bedeutenden oder schwierigen Fälle, dieses Warten am letzten Sitzungstag, wissend, daß Carmel schon alles gepackt hatte und startbereit war.

Sie verbrachten die Sommerferien immer an der Küste, unweit seines Geburtsortes, wo jeder sie kannte. Er war im ersten Sommer nach dem Tod seiner Mutter als kleines Kind dorthin gebracht worden. Später, als Junge, hatte er jeden Sommer mit seinem Vater dort verbracht. In diesen Minuten vor der Verhandlung dachte er daran.

Alles verstummte, als er den Gerichtssaal betrat und an der Richterbank Platz nahm. Er ordnete seine Unterlagen. Der Saal war voll, und aus der Anzahl der Anwälte in den ersten Reihen ging klar hervor, daß man für einstweilige Verfügungen und Termine schon Schlange stand. Er verspürte einen stechenden Schmerz im Hinterkopf, und in seinen Ohren summte es. Er schloß die Augen, bis es vorüber war, die Seiten der Abschrift zwischen Finger und Daumen geklemmt. Die Heizung im Gerichtsgebäude war zu stark aufgedreht worden, es war jetzt schon stickig. Er sah sich um, darauf wartend, daß alle einen Platz fanden. Es standen zu viele Leute hinten, einige von ihnen versperrten die Tür. Er wies den Justizwachtmeister an, sie nach vorne zu bitten.

Ein Anwalt in der ersten Reihe war schon aufgesprungen.

«Euer Ehren», sagte er, «ich möchte dieses Gericht bitten, eine Angelegenheit von größter Dringlichkeit zu regeln...»

«Ist sie von solcher Dringlichkeit, daß sie nicht warten kann?» fragte er ihn. Die Anwälte in den vorderen Reihen prusteten belustigt.

«Ja, Euer Ehren.»

Er hörte sich eine Weile die vertrackte Geschichte über ein Unternehmen an, das aufgelöst worden war und dessen Vermögenswerte abgewickelt werden sollten. Nach einiger Zeit unterbrach er und fragte, ob der Mandant sich bis zur ersten Feriensitzung mit einer einstweiligen Verfügung zufriedengeben würde, mit der die Vermögenswerte eingefroren werden konnten. Dann bemerkte er auf der anderen Seite einen Anwalt, der seine Aufmerksamkeit suchte.

«Sie brauchen nicht vor Gericht zu gehen. Sie können Ihrem Mandanten viele Unkosten ersparen, wenn Sie sich bereit erklären, die Vermögenswerte einfrieren zu lassen.»

Der Anwalt, in dem er ein altes Mitglied des Fin-Gael-Establishment erkannte, redete weiter und erläuterte den Fall seines Mandanten.

«Ich muß Sie unterbrechen und fragen, ob Sie mir zugehört haben. Haben Sie mir zugehört?»

«Ja, Euer Ehren.»

«Dann besteht keine Notwendigkeit, daß Sie mir den Fall erläutern. Wir wollen bloß wissen, ob Sie damit einverstanden sind, daß das Gericht die Vermögenswerte Ihres Mandanten einfrieren läßt, bis das Gericht wieder tagt.»

«Euer Ehren, ich wollte sagen...»

«Ganz unabhängig davon, was Sie wollen: sind Sie damit einverstanden oder nicht?»

«Ja, Euer Ehren, unter der Bedingung, daß wir einen frühen Verhandlungstermin bekommen.»

«Ich stelle hier die Bedingungen. Verstehen Sie? Ich befinde über die Bedingungen.»

«Wir wären für einen frühzeitigen Verhandlungstermin dankbar, Euer Ehren.»

«Ich hoffe, Sie so bald wie möglich wiederzusehen», sagte er. «Ich bin mir nicht einmal sicher, ob ich es überhaupt erwarten kann.» Wieder kam Gelächter aus den vorderen Reihen.

Er hörte sich noch eine Reihe weiterer Anwälte an, bevor er sein Urteil verlas. Er einigte sich mit ihnen über die Termine. Die Anwälte gingen, sowie ihr Anliegen geregelt war. Er begann zu lesen.

Er legte die Fakten des Falls dar: das behinderte Kind, das ständiger Pflege bedurfte und nach Ansicht der Ärzte sein Leben lang dieser Pflege bedürfen würde. Soweit es die Ärzte beurteilen konnten, würde es eine normale Lebenserwartung haben. Der Vater arbeitete, die Mutter war Hausfrau und hatte noch weitere Kinder. Er versuchte, den Fall klar, sachlich und kühl darzulegen. Er faßte die Argumente zusammen, die die Anwälte der Familie vorgebracht hatten, und kam dann zu dem Standpunkt des Krankenhauses, welches das Kind entlassen wollte. Er hatte sich während der langen Anhörung Notizen gemacht, aber er hatte auch versucht, jeder Seite genau zuzuhören und nach jedem Verhandlungstag eine Zusammenfassung der Diskussion zu schreiben.

Er begann jetzt mit der Darstellung des Präzedenzfalls, der die Pflichten des Staates und die Rechte des Individuums regelte. Es stand immer noch eine Gruppe Anwälte bei der Tür, was die stickige Atmosphäre im Saal für ihn noch verstärkte, als er von seinen Papieren aufblickte. Er räusperte sich kurz und fuhr dann fort. Er zitierte eine Reihe amerikanischer Fälle, die im Verlauf der Verhandlung zur Sprache gekommen waren. Er erklärte, daß in der Verfassung nichts von einem unveräußerlichen Recht auf kostenlose Krankenhausbehandlung stehe. Die Funktionen und die Verantwortung des Staates mußten irgendwo ihre Grenzen haben. Der Staat habe ebenso wie der Bürger Freiheiten und Rechte.

Während er weiterlas, wurde er sich noch sicherer, daß sein Urteil richtig war, und erkannte auch allmählich, daß es als eine klare und direkte Analyse der Grenzen für staatliche Verpflichtung richtungweisend sein könnte. Er hatte mehrere Monate gebraucht, die langen Frühlings- und Frühsommernachmittage in seinem Arbeitszimmer und dann später in seinem Arbeitszimmer in Ranelagh, um die Implikationen der entsprechenden Verfassungsartikel zu durchdenken, den Sinn hinter den Formulierungen und die Bedeutung, die diesen Formulierungen in früheren Urteilen beigemessen worden war. Er arbeitete Urteile des amerikanischen Obersten Gerichts und des House of Lords durch. Er schrieb alles auf, langsam und methodisch, überarbeitete jeden Absatz immer wieder, radierte aus, prüfte nach und schrieb um. Carmel sagte, er bräuchte einen Computer, und sein Sohn Donal bestätigte das, aber er arbeitete an seinem Urteil so, wie er es immer getan hatte. Oft geschah es, daß ein einzelner Satz sich zwangsläufig zu einer ganzseitigen sorgfältigen Analyse erweiterte; dann mußte manchmal eine Seite neu geschrieben werden, deren Inhalt die Grundlage für weitere Seiten bilden oder zu weiteren Überlegungen, zu weiteren Streichungen und Recherchen führen würde. Manchmal, wenn er im Licht des frühen Morgens seine Arbeit noch einmal durchlas, kam ihm die Argumentation abstrus vor, die angeführten Argumente irrelevant, der Stil zu unbeholfen oder sperrig. Dann knüllte er die Seite zu einer Kugel zusammen und warf sie quer durch sein Büro. Danach mußte er immer lächeln, weil sein Vater das auch immer getan hatte, wenn er etwas schrieb: geistesabwesend hatte er ein Blatt zu einer Kugel zerknüllt und sie durchs Zimmer geworfen. Wenn er damals vor vielen Jahren morgens heruntergekommen war und die Vorhänge aufgezogen hatte, waren diese Papierbälle im ganzen Zimmer verstreut gewesen.

Beim Schreiben des Urteils begriff er, was es bedeutete: daß das Krankenhaus das Kind entlassen konnte und die Verantwortung, sich um ein behindertes Kind zu kümmern, bei den Eltern liegen würde. Er fügte seinem Urteil die Vorbehaltsklausel hinzu, daß die Gesundheitsbehörde auf jede erdenkliche Weise dafür zu sorgen habe, daß das Wohlergehen des Kindes nach seiner Entlassung sichergestellt war. Er vermerkte auch die staatliche Unterstützung, die die Eltern dann beanspruchen konnten, und er sagte, daß sein Urteil nur unter der Bedingung gelte, daß die entsprechende Summe den Eltern ohne Einschränkung zur Verfügung stand.

Als er sein Urteil verlesen hatte, sah er, daß die Vertreter des Staates und des Krankenhauses schon aufgesprungen waren, um die Erstattung der Prozeßkosten zu beantragen. Er beriet sich mit dem klägerischen Anwalt, der beantragte, daß es keinen Gerichtsbeschluß zu den Kosten geben sollte. Sein Blick begegnete dem der Mutter, und er dachte an ihre Aussage. Er hatte das Gefühl, sie hätte wenig Chancen, wenn sie beim Obersten Gericht Berufung einlegen würde. Er beschloß, die Entscheidung über die Gerichtskosten auszusetzen, und sagte den Anwälten, er würde nach den Ferien über die Sache befinden. Einer der Anwälte des Krankenhauses sagte, sein Mandant würde die Sache lieber jetzt entschieden sehen.

«Ich glaube, Sie meinen, daß Ihr Mandant die Sache lieber jetzt zu seinen Gunsten entschieden sehen möchte, aber wie gesagt, das entscheide ich in der neuen Sitzungsperiode.»

Als er wieder in seinem Amtszimmer war, rief er Carmel an.

«Von mir aus können wir jederzeit fahren», sagte sie.

«Ich werde noch eine Weile brauchen. Ich komme so bald wie möglich», erwiderte er.

Er legte auf und ging wieder ans Fenster. Er betrachtete am Himmel über den Gebäuden gegenüber die sanften Schattierungen der einzelnen Wolkenschichten, den seltsam blassen Glanz, der durch den Schleier von Nebel und Dunst drang. Plötzlich hatte er keine Lust mehr wegzufahren. Er wollte lieber am Fenster stehenbleiben und seine Gedanken ordnen, ohne den Druck einer bevorstehenden Autofahrt an der Küste von Wexford Richtung Süden nach Cush.

In Cush senkte sich sicher gerade ein langer Abend über die trübe Hitze des Tages, Falter flatterten gegen die Lampenschirme, und der Lichtkegel des Leuchtturms auf Tuscar Rock kreiste erbarmungslos durch die Dunkelheit der dichten Nacht.

Er ging wieder an seinen Schreibtisch, dachte an den kurzen Strand am Fuß des Kliffs, an den roten Mergel, die sanfte Krümmung der Küstenlinie, die sich südlich nach Ballyconnigar, Ballyvaloo, Curracloe, Raven's Point hinzog, und jenseits davon zum Sumpfland und nach Wexford.

Er stand auf und fragte sich, ob er noch irgend etwas zu tun hatte. Sein Schreibtisch war unaufgeräumt, aber er konnte ihn so lassen. Er konnte einfach aufbrechen. Er ging zum Regal hinüber, um zu sehen, ob er irgendein Buch mitnehmen sollte. Er stand ein wenig gedankenverloren davor, zog ein paar Bücher heraus, blätterte darin herum und stellte sie wieder zurück. Er ging wieder ans

Fenster und sah auf den Verkehr hinunter, der auf den Kais immer noch stark war, aber er beschloß, jetzt nach Hause zu fahren, das Auto vollzuladen und loszufahren.

Er fuhr den Christchurch Place entlang und bog rechts in die Werbergh Street ein. Es hatte zu regnen begonnen, obwohl der Tag noch heiter und warm war. Er haßte solche Tage, an denen man nie wußte, ob der Regen kommen würde oder nicht, aber das war die stärkste Erinnerung an Cush: wie er den Himmel über dem Meer beobachtete und nach Anzeichen suchte, daß er sich aufhellen würde, wie er an langen Nachmittagen einfach dasaß, während ein Schauer dem anderen folgte.

Er kannte das Haus schon sein ganzes Leben lang: Die Cullens hatten dort gewohnt, bis ihnen die Behörde außerhalb von Enniscorthy besseres Land gegeben hatte. Er selbst und sein Vater waren jeden Sommer als zahlende Gäste dort gewesen, und jede der Töchter war so gewesen, wie in seiner Vorstellung seine Mutter geworden wäre, wäre sie nicht bei seiner Geburt gestorben. Er erinnerte sich genau an ihre lächelnden Gesichter, an den weiten Schwung ihrer Sommerkleider, wenn sie ihn auf den Arm nahmen, jede hatte eine andere Haarfarbe und Frisur, ein eigenes Leben, das anders als das der Schwestern verlaufen würde. In seiner Erinnerung waren sie stets voller Wärme, er konnte sich nicht entsinnen, sie jemals ernst oder ärgerlich gesehen zu haben.

Er bog von der Sandford Road ab und hielt vor dem Haus. Er ließ den Schlüssel im Zündschloß stecken. Es hatte wieder aufgehört zu regnen, und die Sonne war herausgekommen. Er sah Carmel im Wintergarten, auf der Rückseite des Hauses, die Tür zum Garten war offen. Sie trug ein Sommerkleid.

«Was ist mit dir?» fragte er. Sie sagte nichts, hielt aber seinem Blick stand. Ihre Miene war starr.

«Ist alles in Ordnung?» fragte er.

«Ich habe geschlafen», sagte sie. «Ich bin aufgewacht, als du angerufen hast, und dann war ich so müde, daß ich wieder eingeschlafen bin. Das muß an diesem Sommerwetter liegen, es ist sehr drückend.»

«Fühlst du dich nicht wohl?»

«Ich bin müde, weiter nichts. Manchmal hasse ich dieses ganze Packen und Umziehen. Mir graust davor. Ich weiß nicht warum.» Sie legte die Hand an den Kopf, als hätte sie Schmerzen. Er ging zu ihr und legte die Arme um sie.

«Vielleicht können wir ein paar von den Pflanzen mitnehmen. Meinst du, es ist noch Platz?» fragte sie ruhig.

«Ich werde versuchen, Platz zu schaffen», sagte er.

«Manchmal sieht es da unten so kahl aus, als wäre es gar nicht unser Haus, als würde es jemand anderem gehören.»

Er begann, das Auto mit Tüten und Kisten zu beladen, und dann trug er ihre blühenden Blumen und ihre süßduftenden Lilien hinaus und plazierte sie sanft im Kofferraum und hinter den Vordersitzen. «Ein Ruck, und sie sind hinüber», sagte er lächelnd.

«Oh, fahr bitte vorsichtig», sagte sie. Es hatte wieder angefangen zu regnen, und ein Wind rauschte durch die Büsche im Garten. Er fand einen Regenschirm, den er über sie hielt, während sie die Haustür hinter sich zumachten und zum Auto gingen.

Sie fuhren los. Sie schwiegen, bis sie hinter Shankill waren.

«Ich muß dir etwas sagen», sagte sie. «Ich wollte es dir schon heute morgen sagen, aber du warst zu sehr mit deinen Gedanken beschäftigt. Niamh war gestern hier und hat mir gesagt, daß sie schwanger ist. Sie dachte, wir hätten es gemerkt, als sie am Sonntag zum Abendessen da war. Aber ich habe es nicht gemerkt. Du?»

Er antwortete nicht. Er blickte geradeaus. Niamh war ihre einzige Tochter.

«Das hätte ich wirklich nicht gedacht», fuhr Carmel fort. «Sie klang sehr nüchtern, aber ich glaube, sie hatte Angst, es mir zu sagen. Wie konnte sie nur so dumm sein! Ich konnte die ganze Nacht nicht schlafen, weil ich ständig daran denken mußte. Ich hab Donal angerufen, aber er hat auch nichts gewußt. Man könnte doch meinen, daß sie es wenigstens ihrem Bruder erzählt.»

Carmel sprach erst wieder, als sie an der Ampel in Arklow hielten. Die Stimmung im Auto war angespannt von ihrem Schweigen.

«Ich hab sie gefragt, wer der Vater ist. Ich hab nicht mal gewußt, daß sie einen Freund hat. Sie hat gesagt, sie will nicht über den Vater reden.»

Als sie durch die Stadt gefahren waren, fuhr sie fort:

«Sie ist nach England gefahren, um eine Abtreibung zu machen, aber sie hat's nicht über sich gebracht. Sie war in der Klinik und hatte schon alles bezahlt. Ich hab ihr gesagt, wir würden alles für sie tun, was wir können. Ich hab ihr gesagt, ich bin für den Schutz des ungeborenen Lebens. Sie hat mir so leid getan. Stell dir vor, Niamh und eine Abtreibung. Also wird sie das Kind bekommen und es behalten. Eamon, ich hab ihr einen Scheck gegeben. Aber es ist doch furchtbar, daß so was passiert, nicht?»

«Wann kommt es?»

«Im November», sagte sie. «Unbegreiflich, daß ich's nicht gemerkt hab.»

Er fuhr bei Gorey links ab und nahm die Straße nach Süden Richtung Blackwater.

«Und wie denkst du darüber?» fragte sie.

«Es spielt keine Rolle, wie ich darüber denke.»

«Es ist manchmal so schwierig, mit dir zu reden», sagte sie.

Er parkte den Wagen in der Straße, öffnete das Seitentor vom Garten, ließ Carmel den Vortritt. Er hatte den Schlüssel. Das Haus war gelüftet worden, im Kamin im Wohnzimmer brannte ein Feuer, das ihr Nachbar für sie angemacht hatte, aber es roch immer noch muffig. Carmel fröstelte und setzte sich ans Fenster. Eamon trug die ersten Pflanzen hinein und stellte sie vorne auf die Glasveranda. Der feuchte Geruch war seit jeher in dem Haus, dachte er, man konnte es noch soviel lüften und heizen, er würde nie ganz verschwinden. Und da war auch noch ein anderer Geruch, an den er sich jetzt erinnerte: ein Geruch von Sommerkleidern, ein weiblicher Geruch. Die Frauen, die sich dort um ihn gekümmert hatten. Er konnte sie jetzt fast riechen, ein vager Hauch ihrer Gegenwart, ihrer starken Leben, ihrer Stimmen, die so viele Jahre in diesem Haus erklungen waren.

Es wuchsen wieder Brennesseln im Garten, trotz des Unkrautvernichtungsmittels, das im Frühling versprüht worden war. Die Brennesseln schienen in diesem Jahr höher zu sein als je zuvor. Er würde einen der Carrolls bitten, den Vorgarten herzurichten. Dann gäbe es einen neuen Geruch von geschnittenem Gras, frisch und süß, mit einer Andeutung von Feuchtigkeit.

Er trug die Koffer und Kisten herein. Carmel hatte bereits ihre Pflanzen im Haus verteilt und war jetzt in der Küche. Er ging auf die Veranda und roch an den Lilien, die sie dort hingestellt hatte. Er stellte den Plattenspieler auf und plazierte die Lautsprecher in entgegengesetzten Ecken des Zimmers. Er steckte den Stecker hinein, legte eine Platte auf, drehte die Lautstärke auf und hörte der Musik zu, während er die Kisten auspackte und das Auto ausräumte.

Das Haus befand sich nah am weichen Rand des Kliffs, jenes feuchten, mergeligen Bodens, der Jahr um Jahr weiter erodierte. Er lauschte nach dem Geräusch des Meeres, hörte aber nichts außer den Krähen in einem nahen Feld und dem Tuckern eines Traktors in der Ferne und aus dem Haus die Wogen der Musik. Er lehnte sich gegen das Fensterbrett und betrachtete das verschwindende Licht, die dunklen Abendwolken über dem Meer. Das Gras war jetzt feucht von schwerem Tau, aber die Luft war still, als wäre der Tag für ein paar Augenblicke zurückgehalten worden, während sich die Nacht näherte. Er hörte, wie Carmel sich im vorderen Zimmer herumbewegte. Sie wollte, daß gleich nach ihrer Ankunft alles an seinem Platz war, daß das Haus mit ihren Gegenständen gefüllt war, und so stand er jetzt auf und schlenderte hinein, um ihr zu helfen.

ZWEITES KAPITEL

Kindheit. Die belehrende Stimme hatte er noch lebhaft in Erinnerung, aber er konnte sich an nichts mehr erinnern, was sein Vater in jenen frühen Jahren gesagt hatte. Noch konnte er sich daran erinnern, wie er von der Grundschule hinüber zum Gymnasium gegangen war, bis auf die kahle, knarrende Treppe zu dem Klassenzimmer, wo sein Vater unterrichtete.

Er malte mit Kreide auf der Tafel – daran konnte er sich klar erinnern –, bis er alt genug war, hinten zu sitzen und zuzuhören, oder zu lesen, oder aus dem Fenster auf die Turret Rocks und die Wexford Road zu sehen. Er malte Karten von Haupt- und Nebenstraßen, mit verschiedenfarbiger Kreide. Er malte Krakel und Strichmännchen. Hinter ihm entfaltete sich das Drama des Klassenzimmers. Manchmal erhob sich Jubel von den Jungen in der Klasse, ein Geräusch wie «Wiiih, wuuh», gefolgt von Gelächter, aber es erstarb bald wieder, und sein Vater fuhr mit dem Unterricht fort. Manchmal langweilte er sich und konnte es nicht erwarten, bis es klingelte. Eines Tages ging er nach vorn und fragte seinen Vater, ob es noch lange dauern würde, und die Klasse jubelte Beifall. Sein Vater befahl ihm, nach unten zu gehen und im Hof zu warten.

Er lernte zu warten, ruhig zu sein, still zu sitzen. Und als der Schultag um war, gingen sie zusammen nach Hause, der Lehrer, dessen Frau gestorben war, und sein Sohn, zu dem leeren Haus in der neuen Siedlung oben auf dem Hügel. Es kam jeden Tag eine Frau, zuerst Mrs. Doyle und später Annie Farrell, und kochte mitten am Tag das Abendessen vor und hinterließ ihnen dann ihren Tee auf dem Küchentisch. Sein Vater hatte Arbeit zu erledigen: Hausaufgaben korrigieren, Bücher lesen, Artikel schreiben. Eamon ging hinaus spielen, stets darauf achtend, sich nicht auf den kalten Beton zu setzen, um sich nicht zu erkälten, und in keine Schlägereien zu geraten. Er durfte andere Jungs mit nach Hause bringen, aber sie mußten beim Spielen leise sein. Wenn sie sich zum Tee auf den Nachhauseweg machten, fühlte er sich oft erleichtert. Er hatte das Haus wieder ganz für sich, konnte seinem Vater gegenübersitzen und an seinen Aufgaben arbeiten. Er wunderte sich über die Handschrift seines Vaters, diese seltsame, unentzifferbare Schrift, er starrte auf jedes Wort und versuchte, die Buchstaben auseinanderzuhalten, aber es war ihm ein Rätsel, und er verstand nicht, wie irgend jemand das lesen konnte.

Mittwochs nach dem Tee gingen sie zusammen zum Büro des *Enniscorthy Echo*, um ein druckfrisches Exemplar der Zeitung zu holen. Einmal versuchte ein Mann ihm zu erklären, wie der Druckprozeß funktionierte, aber er konnte sich nur noch an die Stimme und die große Druckerpresse erinnern, an das Geratter der Maschinen und die kleinen dünnen Metallstücke, auf denen Wörter in Spiegelschrift standen.

Der Artikel seines Vaters stand auf einer Innenseite. Szenen aus Enniscorthys Vergangenheit von Michael Redmond, BA, B. Comm, stand in der Überschrift, und manchmal gab es ein Bild von einem Gesicht oder einem Stadtteil, zum Beispiel Duffrey oder Templeshannon. Jede Woche, wenn sie wieder zu Hause waren, schnitt sein Vater den Artikel aus und klebte ihn in ein Sammelalbum. Er holte einen Lappen aus der Küche, um damit den Kleber wegzuwischen, der unter den Rändern des

Zeitungsausschnitts hervorquoll, wenn er auf den Karton des Sammelalbums gedrückt wurde.

Eamon muß damals acht oder neun gewesen sein. Es war Krieg. Er saß in Pater Rossiters Wagen oben in Shannon und wartete darauf, daß sein Vater und der Priester endlich aufhörten, mit einer grauhaarigen Frau vor ihrer Haustür zu reden. Jedesmal wenn es so aussah, als wollten sie den Betonweg zum Tor hinuntergehen, fingen sie wieder an. Mit dem Reden. In einige Häuser durfte er mit hinein, in andere nicht. Sie verteilten Geld und Essensgutscheine von der Vincent de Paul Society. In manchen Häusern herrschte ein seltsamer Geruch. Er sah sich um, weil er ergründen wollte, warum diese Häuser so anders wirkten als das, in dem er lebte und das kahl und oft auch kalt war.

Die meisten Männer waren in England. Sie waren in der Britischen Armee oder arbeiteten in Fabriken. In keinem der Häuser sah er je einen Mann. Einige Frauen waren scheu und lächelten, wenn sie redeten, starrten ins Feuer und ließen peinliche Schweigepausen entstehen, bis sein Vater und der Priester sich zum Gehen erhoben. Andere nahmen kein Blatt vor den Mund, waren redselig. 's ist Gottes Wahrheit, sagten sie. Ich erzähl Ihnen kein einziges Lügenwort. Möge Gott mir vergeben, Pater. Sie hatten lange Geschichten zu erzählen, suchten nach Briefen und fanden sie und gaben sie den Besuchern zum Lesen. Da war eine Frau, die weinte, die vor ihnen zusammenbrach und in ihrem Stuhl hin- und herschaukelte, während Kinder in seinem Alter hilflos danebensaßen und zusahen, mit blassen Gesichtern und voller Mißtrauen gegenüber den beiden Männern und dem Kind, die gekommen waren, um sich von ihrer Mutter, deren Gesicht plötzlich rot und fleckig vom Weinen wurde, ihre Geschichte erzählen zu lassen.

Wenn sie das Auto woanders geparkt hätten, wäre es möglich gewesen, auf die Stadt hinunterzusehen, auf die Rafter Street, dort, wo sie vom Market Square abging, auf die Court Street und die John Street mit ihren Baumreihen und dann auf die Back Road, auf Lymington House und Parkton, auf die Pearse Road und die Parnell Avenue. Manchmal unterhielten sich die beiden Männer stundenlang, rauchten eine Zigarette nach der anderen, bis der Wagen mit Rauch und dem Schwefelgeruch der Streichhölzer erfüllt war.

Manchmal unterhielten sie sich mit gedämpften Stimmen, als könnte er, der Junge auf dem Rücksitz, lauschen und es woanders weitererzählen. Er versuchte, der Unterhaltung zu folgen. Einverstanden, einverstanden, sagte sein Vater, einverstanden. Er wiederholte das Wort für sich, bis es jegliche Bedeutung verloren hatte und nur noch ein Klang war. Sie schwiegen vorne im Auto. Jetzt, dachte er, wenn er sich jetzt stark genug konzentrierte, würde der Priester den Motor anlassen. Aber wieder geschah nichts. Warum fuhren sie nicht los? Worüber dachten die beiden Männer nach? Sie zogen wortlos an ihren Zigaretten. Beide schienen über irgend etwas nachzudenken. Er hörte zu, als sie wieder zu sprechen anfingen. Sie redeten über eine Frau, aber er wurde aus ihrem Gespräch nicht schlau.

«Gehört Pater Rossiter zur Fianna Fáil?» fragte er, als sie nach Hause kamen.

«Priester dürfen in keiner Partei sein», sagte sein Vater.

Bald danach gab es noch mehr lange Schweigepausen im Auto. Pater Rossiter fuhr sie bis vor die Tür, und dann blieben beide Männer sitzen und diskutierten eine Zeitlang über irgend etwas, bevor sie in ein langes Schweigen verfielen. Sein Vater fing an, abends zu Versammlungen in die Stadt zu gehen, und Mrs. Doyle kam von der Pearse Road herüber, um auf ihn aufzupassen. «Was hast du für ein

Glück», sagte sie zu ihm, «hier ganz allein sein zu können. Denk bloß mal an die ganzen Häuser mit zehn oder zwölf Personen in der Familie, die nicht genug zum Anziehen haben oder nicht einmal genug zu essen. Du hast auch Glück, daß du in so einem schönen Haus wohnst und daß dein Vater Lehrer ist, weil du nämlich sonst in ein paar Jahren nach England gehen müßtest, um dir Arbeit zu suchen.»

Sie bereitete stets den Kamin für den Abend vor, und wenn es sehr kalt war, zündete sie ihn an und stellte das Schutzgitter auf, so daß das hintere Zimmer warm war, wenn sie von der Schule nach Hause kamen. Eamon mußte sich darum kümmern, weil sein Vater am Tisch saß und in das vertieft war, was er las oder schrieb. Sein Vater merkte nie etwas, er würde nicht einmal einen Funken bemerken, der, wie Mrs. Doyle sagte, das ganze Haus in Brand setzen konnte. Sein Vater ließ oft das Feuer ausgehen. Dann stand er auf, blickte auf die Aschenglut und deutete leise lachend auf den Läufer. *«Rugadh é in Eireann»*, sagte er, während er sich hinkniete, um das Feuer wieder in Gang zu bringen.

Er erinnerte sich an die Woodbines in Mrs. Doyles Hand und an den Rauch in ihrer Stimme, genauso wie er sich an die langen Schweigepausen im Auto erinnerte und wie das Radio langsam tönend zum Leben erwachte, und an die Nachrichten über den Krieg, und wie Mrs. Doyle ihm eines Abends erzählte, daß sein Vater das Schloß kaufen würde.

Er wartete, bis sie zusammen von der Schule nach Hause gingen.

«Werden wir das Haus verkaufen?» fragte er. «Ich will nämlich nirgendwo anders wohnen.»

«Wir werden überhaupt nichts verkaufen», sagte sein Vater.

«Das Schloß ist zu groß für uns. Gibt's denn Strom im Schloß?»

«Was soll dieses ganze Gerede vom Schloß?»

«Mrs. Doyle sagt, du hast vor, es zu kaufen. Es ist zu düster und alt. Da will niemand hin.»

«Aber das ist doch nur, um ein Museum einzurichten, nicht um darin zu wohnen», sagte sein Vater.

Bald, als er zusammengerollt auf dem Rücksitz von Pater Rossiters Wagen lag, hörte er sie über ein Museum reden. Aber das Gemurmel der Männer war zu undeutlich, als daß er mitbekommen konnte, was genau sie sagten. Er fragte sie, aber sie redeten einfach weiter, und er mußte noch mal fragen.

«Es ist für alte Sachen, historische Sachen, wie alte Bücher, alte Briefe», sagte sein Vater. «Wir stellen sie aus, und Leute können kommen und sie sich angucken.»

Sein Vater schrieb im *Echo* einen Artikel über das Schloß, den Eamon sorgfältig durchlas. Er versuchte sich alle Namen und Daten zu merken: die Normannen, die Engländer, Edmund Spenser, Cromwell, 1649, 1798, 1916. Er stellte seinem Vater Fragen darüber, und sein Vater erzählte ihm, daß das Schloß all die Jahre das Hauptquartier der Engländer gewesen sei.

Mr. McCurtin von nebenan zeigte ihm eine Weltkarte. Mrs. McCurtin sagte, er müsse schon längst im Bett sein, aber er blieb auf, um die Nachrichten im Radio zu hören, und er sah sich ganz genau jedes Land in Europa an bis hinunter nach Afrika, um zu verstehen, welche Gebiete in der Hand der Deutschen waren und welche noch von den Alliierten gehalten wurden.

«Er ist noch zu jung, um ihm Sachen über den Krieg zu erzählen», sagte Mrs. McCurtin. Sein Vater und Mr. McCurtin tranken Stout-Bier und warteten auf die nächsten Nachrichten, die Laute aus dem Radio kamen in Wellen, als würden sie vom Meer hereingetragen.

Im Athenaeum gab es einen großen Lesesaal mit einem flammenden Kaminfeuer und einem großen Tisch voller Zeitungen und Zeitschriften. Es war verboten zu reden, und selbst wenn man nur flüstern wollte, mußte man hinausgehen. Eines Tages hörte er, wie sein Vater einem Mann erzählte, daß sie das Schloß von Dodo Roche kaufen würden.

«Lebt sie da?» fragte er.

«Früher, als sie jünger war», sagte sein Vater.

«Ich dachte, Spenser lebt da.»

«Das war fünfzehnhundert noch was. Du bringst alles durcheinander.»

«Wird Dodo Roche dir alte Sachen für das Museum geben?»

Sein Vater hatte den großen Schlüssel zu der Tür in der Gartenmauer des Schlosses, und an einem Bund weitere Schlüssel zu Türen und Wandschränken.

«Darf ich den großen tragen?»

«Paß gut drauf auf, sonst sind wir alle ausgesperrt», sagte sein Vater.

Sie gingen zum Schloß hinunter. Es war ein eiskalter Tag, und die Männer, die am Tor warteten, zitterten und stampften mit den Füßen. Mick Byrne, der in Eamons Schulklasse war, stand auch da, zusammen mit seinem Onkel. Eamon ging zu ihm und zeigte ihm den Schlüssel, bevor er ihn seinem Vater zurückgab.

«Kommt Pater Rossiter nicht?» fragte er.

«Nein», sagte sein Vater. «Er ist unterwegs, jemanden besuchen.»

Es war auf einmal still, als sie das alte schwere Tor hinter sich zumachten und im Schloßgarten standen. Keiner von ihnen war je vorher dort gewesen, außer um an der Seitentür eine Botschaft abzugeben. Mick Byrne und Eamon sahen einander an, als wären sie unbefugt hier eingedrungen und könnten jeden Moment erwischt werden. Als sein Vater den Schlüssel umdrehte und die Tür aufdrückte, sahen sie, daß es innen dunkel war. Eamon hatte alte Möbel und Spinnweben erwartet. Statt dessen sah er gar nichts. Einer der Männer, die mit seinem Vater zusammen waren, zündete eine Öllampe an, die ein riesiges Vestibül mit einer niedrigen Decke erleuchtete. Ein scharfer, säuerlicher Geruch hing in der Luft.

«Das ist ja ein widerlicher Gestank», sagte Mick Byrne. Niemand anders sagte etwas. Einer der Männer öffnete die Läden eines Seitenfensters, und ein blasses, mattes Licht erfüllte eine Ecke der Halle. Seine Schritte hallten, als er wieder zu den anderen zurückkehrte, die reglos um sich blickten und nicht wagten, sich zu bewegen.

Eamon stellte sich dicht neben seinen Vater. Einer der Männer hatte die Läden von einem weiteren Fenster geöffnet, und es war jetzt hell genug, um die Steinplatten zu sehen.

«Dies ist der alte Teil», sagte sein Vater, als er durch die Halle ging und eine Tür aufdrückte, die in einen ebenso großen Raum führte, der aber heller war und eine höhere Decke hatte. Er war vollkommen leer.

«Das ist der Teil, den Roche gebaut hat», sagte sein Vater.

Eine andere Tür führte in eine Küche, wo noch Tische und Stühle standen, als hätte dort jemand gewohnt. Die Männer, die zusammen mit seinem Vater gekommen waren, sahen immer noch mißtrauisch und nervös aus, und sie hielten Mick Byrne zurück, als er Schubladen aufziehen und Wandschränke aufmachen wollte.

«Wir können nicht nach oben», sagte sein Vater, «weil ein Teil des Bodens verrottet ist.»

«Hier muß jedenfalls viel getan werden», sagte einer der Männer.

Als der Frühling kam, saßen sein Vater und der Priester immer öfter im Auto und redeten miteinander, wobei sie die ganze Zeit rauchten. Mrs. Doyle ging zum Fenster, sah hinaus und kam kopfschüttelnd wieder. «Sie reden immer noch. Sie werden die ganze Nacht lang reden. Du gehst mal lieber ins Bett, bevor dein Vater dich hier noch erwischt.»

Die meiste Zeit redeten sie über das Museum, aber sie redeten auch über den Krieg. Sie redeten darüber, wie schwierig es sein würde, die nötigen Arbeiten zu erledigen, da die meisten Männer in England waren. Einige fingen jetzt schon an, ihre Familien rüberzuholen, sagte Pater Rossiter, obwohl es so gefährlich sei. Er hasse es, mit ansehen zu müssen, wie Menschen auswanderten, sagte er, er hasse es. Viele Männer waren auch in der Local Defence Force, aber wenn sie bereit wären, ein bißchen von ihrer Zeit zu opfern, die, die sich mit Leitungenlegen und Verputzen auskannten, wäre das Problem gelöst.

Sie organisierten an einem Samstagabend eine Tombola und einen Tanz an einem Sonntagabend, um Geld für das Museum zu sammeln. Eamon ging zu den McCurtins hinüber und wartete auf die Nachrichten, so daß er auf seinem Atlas nachgucken und Veränderungen in den Gebieten vermerken konnte, die von den Alliierten und den Deutschen gehalten wurden, aber nach einer Weile verlor er das Interesse am Radio. Es redeten zu viele Männer durcheinander, und manchmal war der Ton zu undeutlich, aber Mr. McCurtin hörte immer zu. Er wußte alles über den Krieg.

Eines Abends, als der Himmel strahlte, fuhr er mit seinem Vater und Pater Rossiter in Richtung Oulart. Sie hatten eine Suchanzeige nach alten Gegenständen, die von historischem Wert sein könnten, in das *Echo* gesetzt. Leute aus allen Teilen des Landes hatten sich bei ihnen gemeldet.

Sein Vater schrieb jedem zurück, versah die Briefe, die er beantwortete, oben mit einem Haken und bewahrte sie in einem Bündel hinten in seinem Album auf.

Eine Meile vor Oulart sollten sie der Wegbeschreibung zufolge rechts abbiegen, eine kleine Landstraße entlang, sagte Pater Rossiter. Aber er war sich nicht sicher, welche Abzweigung er nehmen sollte. Sie versuchten es mit einer Straße, die immer zerfurchter und überwucherter wurde und ins Nichts zu führen schien, der Weg wurde immer schmaler, aber dann gelangten sie an ein leuchtend buntes Tor. Sein Vater stieg aus und öffnete es, hielt es offen, während der Wagen hindurchfuhr, machte es dann wieder zu und stieg ein. Allmählich wurde die Straße wieder breiter. Sie erreichten eine Lichtung und sahen ein kleines Farmhaus mit einem Blechdach.

«Kaum zu glauben», sagte Pater Rossiter, «daß Leute so weit weg von der Straße wohnen.»

Ein Schäferhund rannte ihnen vom Haus entgegen und bellte das Auto an. Zwei alte Leute standen vor der Tür. Sie sahen wachsam aus, fast verschwörerisch. Die Frau trug eine Strickjacke und hatte die Arme vor der Brust verschränkt. Er wartete im Auto mit seinem Vater, während Pater Rossiter ausstieg, um mit dem Paar an der Tür zu sprechen. Sie waren sich immer noch nicht sicher, ob sie am richtigen Haus waren.

«Haben die alte Sachen?» fragte er seinen Vater.

«Sie haben Piken von achtundneunzig», sagte sein Vater. «Das haben sie jedenfalls in ihrem Brief behauptet.»

«Haben die die gefunden?»

«Hör jetzt auf, Fragen zu stellen», sagte sein Vater.

Pater Rossiter kehrte zum Wagen zurück und bedeutete ihnen, auszusteigen und ins Haus zu kommen. Der Hund hatte inzwischen aufgehört zu bellen und wedelte mit dem Schwanz, als sie an ihm vorbeigingen.

«Wir dachten, es ist was nicht in Ordnung, als wir den Pater gesehen haben», sagte die Frau. Sie standen jetzt in der kleinen Küche, in der ein riesiger rauchgeschwärzter Kamin war und direkt am Fenster ein Tisch.

«Wir haben keinen Tee, im Moment ist in dieser Gegend kein Tee zu kriegen», fuhr sie fort. «Milch ist das einzige, was ich Ihnen anbieten kann. Davon haben wir reichlich, Gott sei Dank.»

Eamon setzte sich neben den Tisch und fuhr mit dem Finger über das geblümte Wachstuch. Die Frau stellte einen Becher Milch vor ihn hin. Ein seltsames Netz aus Rissen überzog den Becher, den er inspizierte, bevor er die warme Milch probierte.

«Die sind damals hier langgekommen», hörte er den Mann zu seinem Vater und Pater Rossiter sagen. «Kein Wunder, daß die alles liegengelassen haben, was sie dabei hatten, oder nicht? Die Engländer hatten doch Musketen, oder?»

«Er spricht von 1798», sagte Eamons Vater mit ernstem Ton zu ihm. «Du solltest ihm jetzt zuhören und etwas lernen.»

Der Schäferhund kam verstohlen in die Küche und legte sich vor den Kamin, die Augen auf den Mann gerichtet, während dieser sprach, und den Kopf auf die Pfoten gelegt. Plötzlich brüllte der Mann ihn an, und der Hund schlich zurück in den Hof hinaus.

«Das waren schon harte Zeiten», sagte die Frau. Der Mann ging in ein Nebenzimmer und kam mit einer Holzstange wieder, an der zwei gebogene Metallhaken befestigt waren. Pater Rossiter und Eamons Vater standen auf und untersuchten sie eifrig. Die Haken sahen spitz und gefährlich aus.

«Das Holz ist neu. Ich hab's selber gemacht», sagte der Mann, «aber das Metall konnte ich so lassen, wie's war.»

«Haben Sie noch mehr von denen?» fragte Pater Rossiter.

«Ja. Zwanzig oder dreißig hab ich», sagte der Mann.

«Wofür sind die?» fragte Eamon.

«Um sie gegen die Engländer einzusetzen», sagte sein Vater.

«Also, unsre Großmutter mütterlicherseits», sagte die Frau, «die ist hier aufgewachsen. Das war zur Zeit der Vertreibungen. Sicher, das hat alles ihnen gehört, von hier bis an die Straße raus, das ganze Stück einschließlich der beiden Haferfelder. Sie hat über die Männer von achtundneunzig Bescheid gewußt.» Die Frau blickte ins Feuer und sah dann wieder ihre beiden Besucher an. «Sie war wohl zu jung, um sich daran zu erinnern, aber sie haben's ihr erzählt, oder sie hat davon erfahren, und sie war es, die immer gesagt hat, daß die hier langgekommen sind und es dann aus war mit ihnen. Mehr weiß ich jetzt nicht mehr. Früher ist immer ein Mann hergekommen, und dann haben sie drüber geredet.»

Der Raum füllte sich allmählich mit Rauch von dem Kaminfeuer. Eamon beobachtete, wie ein kleines Rußpartikel langsam durch die Luft herabschwebte und auf der Oberfläche seiner warmen Milch landete. Es hatte eine ganz eigenwillige Form, gewellt und schwarz. Er wollte es nicht hinunterschlucken. Er betrachtete es eine Weile, während die anderen sich unterhielten, tunkte dann die Finger in die Milch und fischte es heraus. Er wischte sich die Finger an seiner Hose trocken, nachdem er sich vergewissert hatte, daß niemand guckte.

«Sicher, wir haben überhaupt keine Verwendung dafür», sagte der Mann. «Wir werden bald abtreten.»

Sein Vater bat ihn, ihm dabei zu helfen, die metallenen Pikenspitzen einzusammeln und sie in den Kofferraum und auf den Rücksitz des Wagens zu legen. Die Wände des

Raumes, wo sie aufbewahrt wurden, waren ganz feucht, und an manchen Stellen war der Putz abgefallen und hatte den nackten Lehm freigelegt. Als sie alle Stücke verpackt hatten, verabschiedeten sie sich von den Geschwistern, die an der Tür standen und zusahen, wie sie ins Auto einstiegen. Es wurde jetzt dunkel, und der Himmel hatte sich bewölkt. Pater Rossiter mußte die Scheinwerfer einschalten, als er die Nebenstraße zurück zur Hauptstraße fuhr.

Am nächsten Tag brachten sie die Piken zum Schloß, wo ein paar Handwerker die Eingangshalle verputzten. Sie hatten an der Decke eine nackte Birne aufgehängt, so daß der niedrige Raum nicht mehr so dunkel wirkte wie bei seinem ersten Besuch. Diesmal bemerkte Eamon eine kleine Treppe in der Ecke. Er fürchtete sich in dem Gebäude, seine Weitläufigkeit und das Ausmaß des Verfalls machten ihm angst, als könnte jeder Schritt zu einem furchtbaren Unfall führen. Die Vorstellung, jemals in diesem Gebäude allein gelassen zu werden, erfüllte ihn mit Grauen.

Die Steinstufen gehörten zum alten Gebäude, sagte sein Vater. Sie führten direkt aufs Dach, und bald, wenn sie ein paar Lampen installiert hätten, würden sie hinaufgehen und auf die ganze Stadt hinuntersehen können. Währenddessen begannen die Männer mit der Arbeit am Verlies. Er hörte von Mick Byrne in der Schule zum erstenmal davon, aber er wollte es nicht glauben. Die haben da früher Leute eingesperrt, sagte er. Wer hat sie eingesperrt? Die Engländer, sagte Mick Byrne.

Der Geruch in dem kleinen Kerker, einer aus dem Fels unter der Eingangshalle herausgehauenen Höhle, war sogar noch feuchter und schärfer als der Geruch oben. Es roch nach Lehm, aber muffiger. Die Handwerker brachten die Glühbirnen mit, so daß es ganz hell war. Eamon hielt sich dicht an der Seite seines Vaters.

Der Handwerker, der die Arbeiten leitete, hieß Eamonn Breen. Eamonn mit zwei n, sagte er.

«Ich bin nach Eamon de Valera benannt», sagte Eamon. «Und er ist der Taoiseach.»

«Ja, und er hat unrecht», sagte Eamonn Breen.

«Sie gehören nicht Fianna Fáil an», sagte er. Eamonn Breen erzählte seinem Vater später, was passiert war, und sie lachten beide.

Sie gingen nach der Schule nicht mehr nach Hause, sondern zum Schloß, um den Handwerkern zuzusehen. Eamonn Breen hatte Stufen zum Kerker hinunter gebaut, an der Decke ein Licht angebracht und die Wände gestrichen. Es herrschte immer noch ein schrecklicher Geruch, ein kalter, scharfer Geruch. Als Marion Stokes ihn hinunterführte, drang ihm die kalte Luft in die Lunge. Sie zeigte ihm die Stelle, wo ein Gefangener ein Bild von sich in den Stein geritzt hatte, aber es war blaß und nur zu erkennen, wenn man genau hinsah. Nur ein Kopf, ein Körper, zwei Beine und zwei Arme, und ein Schwert, das von der Hüfte hing. Der Mann mußte es im Dunkeln zeichnen, sagte Marion Stokes. Er hatte den ganzen Tag lang nichts anderes zu tun. Sie zeigte ihm den Boden.

«Im Winter ist es hier kalt», sagte sie. «Du würdest erfrieren.»

Eamonn Breen zeichnete eine Karte von 1798, mit roten Pfeilen, die die Marschrichtung der Armeen anzeigten. Die Karte sollte an die Wand des 1798-Saals kommen, die Piken drum herum. Eamonn Breen würde für die Piken Holzgriffe anfertigen. Pater Rossiter steuerte alte Gewänder, alte Bilder von Bischöfen und Andenken aus Salamanca bei, die, wie er sagte, einen weiteren Raum im Schloß füllen könnten.

Sein Vater traf einen Mann, der sagte, er besitze die Galionsfigur eines Schiffes, das in der Nähe von Blackwater

Head auf Grund gegangen war. Sie müsse noch gegen Holzwürmer behandelt werden, sagte er. Später erklärte er ihm, wie das war mit der Galionsfigur an einem Schiff, daß man eine aus Holz geschnitzte Frau am Bug hatte. Er tat so, als würde er es verstehen, indem er seinen Vater ansah und nickte. Sein Vater sagte, das wäre großartig, wenn sie so was in ihrem Museum hätten.

Der Sommer kam. Es war fast Zeit, nach Cush zu fahren. Sein Vater fuhr mit dem Zug nach Dublin, um Prüfungsbögen abzuholen, die er korrigieren mußte, und er brachte sie in einem schwarzen Kasten mit nach Hause.

«Es kann sein, daß wir mit Wagen und Esel nach Cush fahren müssen», sagte er, «oder auf Fahrrädern. Es gibt nämlich kein Benzin.»

«Wieso kann Pater Rossiter uns nicht fahren? Er kann doch Benzin bekommen.»

«Er ist zu beschäftigt. Ich könnte ihn nicht fragen», sagte sein Vater.

Sein Vater vereinbarte mit Jimmy Power, der Gemüse lieferte, daß er sie in seinem alten Lieferwagen mitnehmen würde.

«Erzähl es niemandem weiter», sagte sein Vater. «Er soll seinen Wagen eigentlich nur fürs Geschäft benutzen.»

In Blackwater machten sie beim Pub von Mrs. Davis Station, und die beiden Männer tranken jeder eine Flasche Stout. Eamon trank eine Limonade. «Ist der kleine Mann nicht großartig?» sagte Mrs. Davis und grinste seinen Vater und Jimmy Power an. Sie war alt und bewegte sich langsam, schleppte sich dahin, als würde es ihr Schmerzen verursachen.

«Die Cullens werden begeistert sein, Sie zu sehen. Es hieß, Sie würden vielleicht nicht kommen, wegen des Krieges und der ganzen Knappheiten.» Für eine Sekunde herrschte Schweigen, und dann fuhr sie fort, als ginge es um dasselbe Thema: «Glauben Sie, sie werden angreifen, Sir?» Sein Vater verneinte. Jimmy Power nickte zustimmend.

«Die Männer hier sind bereit, falls die kommen», sagte sie.

«Wir haben genug eigenen Ärger gehabt. Sollen die Engländer und die Deutschen das unter sich ausmachen. Die passen doch gut zusammen», sagte Jimmy Power.

«Das wird ein langer Krieg werden», sagte sein Vater. Eamon spürte, wie der Rand des langstieligen Glases gegen seine Zähne schlug. Er sah sie im Dämmerlicht der Bar der Reihe nach an.

«Es war ein schlimmer kalter Winter», sagte Mrs. Davis. «Es war schlimm kalt hier unten.»

DRITTES KAPITEL

Er wachte von dem Geräusch des Regens auf, der gegen die Fensterscheibe geweht wurde. Er konnte aus dem Wohnzimmer die schrillen Werbejingles im Radio hören. Carmel mußte aus dem Bett geschlüpft sein, während er noch geschlafen hatte. Er fühlte sich müde, als er auf ihre Seite des Bettes hinüberrollte, in dem Versuch, wieder einzuschlafen. Er wünschte, es wäre ein normaler Tag mit einem feststehenden Ablauf. Er blieb liegen, bis er wußte, daß er nicht wieder einschlafen würde.

Er schob die Vorhänge zur Seite und sah hinaus auf den dunklen Himmel über dem Meer. Er zog seinen Morgenmantel über, schlüpfte in seine Hausschuhe und ging ins Wohnzimmer. Sie saß an dem Kiefernholztisch gegenüber dem Fenster und hielt einen großen Kaffeebecher in beiden Händen. Er war plötzlich erleichtert, sie zu sehen.

«Du hast im Schlaf gestöhnt. Ist alles in Ordnung?» fragte sie.

«Hab ich dich wach gehalten?»

«Nein, ich war schon wach, aber du warst sehr unruhig.»

«Ist der Boiler an?» fragte er sie.

«Ja. Nimm doch ein Bad, während ich dir dein Frühstück mache. Du siehst müde aus.»

«Sehe ich nicht immer so aus?»

«Nein», sagte sie lächelnd. «Das tust du nicht.»

Im Bad drehte er die Heiß- und Kaltwasserhähne voll auf, bevor er auf die Toilette ging. Er versuchte immer noch, sich an seinen Traum zu erinnern, es war irgend etwas, das ihn noch immer bedrückte. Er bekam ihn nicht zu fassen. Er drehte an den Hähnen, bis das Wasser die richtige Temperatur hatte, und dann, nachdem er seine Nachtsachen auf den Boden fallen gelassen hatte, hievte er sich in die Badewanne. Er lehnte sich zurück und begann gleichmäßig zu atmen, immer schwerer, bis er die flüchtige Quelle seiner Unzufriedenheit vollkommen vergessen hatte. Er bewegte sich nicht.

Er fühlte sich besser, als er die Augen schloß und sich darauf konzentrierte, stillzubleiben, sich nicht zu rühren, nichts in seinen Kopf hereinzulassen, keine Erinnerungen, keine Urteile, keine Tatsachen. Wenn ein Gedanke kam, hielt er ihn auf Abstand, indem er an seinen Herzschlag dachte und versuchte, der Quelle des Schlages und des Pulses so nahe wie möglich zu kommen. Das war alles. Er hörte nichts. Er konzentrierte sich auf die Formen, die in der Dunkelheit erschienen, wenn er die Augen schloß, und versuchte, sie zu allem zu machen, was es gab.

Während er sich abtrocknete, stellte er fest, daß er ohne jede Anstrengung lächeln konnte. Er putzte sich die Zähne, zog seinen Morgenmantel und seine Hausschuhe an. Im Wohnzimmer hatte Carmel das Radio ausgemacht und den Plattenspieler angestellt. Die Musik war ruhig und leise, aber er konnte sie deutlich hören, als er dastand und zum Himmel hinaussah. Sie drehte sich nicht um, als er hereinkam, sondern blieb genau so, wie sie vorher gesessen hatte, mit dem Gesicht zum Fenster. Einen Moment lang wollte er sie berühren, seine Arme um sie legen, aber er hielt sich zurück und ging statt dessen ins Schlafzimmer und zog sich an.

Als er wieder erschien und sich an den Tisch setzte, regnete es stärker. Es war dunkel im Zimmer, und es wurde allmählich kalt. Carmel brachte ihm Toast und ein pochiertes Ei und ließ die Teekanne auf dem Tisch, damit der Tee ziehen konnte. Sie bewegte sich leise, als wollte sie etwas nicht stören. Keiner von beiden sagte etwas, bis sie den Tee einschenkte.

«Gehen wir ins Dorf?» fragte sie.

«Wenn du willst», sagte er und sah sie an. Er hoffte, sie würde seine Worte nicht falsch auslegen. Er wußte nicht, was er sagen sollte.

«Danke für das Frühstück.»

«Ich mache gern solche Sachen, an so einem langen Tag wie heute», sagte sie.

«Ich hatte mich auf einen warmen Tag gefreut.»

«Ich weiß.»

Die Musik spielte im Hintergrund, und sie saßen beide am Tisch und hörten zu und lauschten, wie der Wind um das Haus pfiff. Wieder war ihm danach, sie zu berühren, über den Tisch hinüber nach ihr zu greifen, ihre Hand zu nehmen, aber statt dessen trank er seinen Tee, aß seinen Toast auf und räumte die Frühstückssachen weg.

«Gehen wir?» fragte er.

«Ich brauche noch ein bißchen Zeit, um mich fertigzumachen», sagte sie.

«Ich bin jederzeit bereit.»

Die Straße ins Dorf war schmal, mit vielen Kurven und Biegungen. Er war sie schon viele Male entlanggegangen und -gefahren, und doch gab es nach all den Jahren immer noch das eine oder andere kleine Stück, das er nicht erkannte, bei dem er sich nicht entsinnen konnte, es vorher schon einmal gesehen zu haben. Die sanften Hügel taugten zu nichts, da sie zu sandig waren, aber die Felder an der Straße waren als Weiden und für Mais gut geeignet. Nichts wuchs hoch, es gab keine hohen Bäume oder Hecken, alles wurde vom Wind geplättet, der vom Meer hereinkam. Es gab keine großen Häuser, nur kleine Farmen und kleine Leute, die von Vieh, Milch und Weizen lebten und Lachs und Forelle in dem Fluß wilderten, der am Strand von Ballyconnigar ins Meer floß.

Man blieb stehen, um zu reden. Das war die Regel in Cush, selbst wenn es wenig gab, worüber man reden konnte. Sie liebten Neuigkeiten, und die Schwangerschaft seiner Tochter würde sich unter den kleinen Bauern verbreiten, würde sorgfältig ausgekostet und diskutiert, aber auch bestimmten Leuten vorenthalten werden. Aber sie würden nur untereinander darüber reden, solche Themen blieben ihrer eigenen Gemeinschaft vorbehalten. In all den Jahren hatte er sie nie schlecht übereinander reden hören oder über die Besucher, die im Sommer kamen, oder in vergangenen Jahren gekommen waren und an die man sich erinnerte. Er war immer noch ein Außenstehender, der nur im Sommer kam. Und er war Richter, und sie waren vorsichtig, was sie in seiner Gegenwart sagten. Er wußte nicht, wie sie redeten, wenn sie unter sich waren.

Im Dorf war er als Richter bekannt, und wenn Carmel allein in ein Geschäft ging, erkundigte man sich nach ihm. Man beobachtete sein Kommen und Gehen mit Interesse und Neugier.

Er hielt vor Jim Bolger's und wartete, während Carmel hineinging, um für ihren restlichen Aufenthalt die *Irish Times* und ein paar Sonntagszeitungen zu bestellen. Der Regen hatte jetzt aufgehört, aber der Himmel war noch dunkel und bedrohlich. Als Carmel wieder zum Auto kam, ließ er den Motor an, fuhr zur Brücke und parkte bei Etchingham's. Sie stiegen aus und gingen in den Krämerladen, der gleichzeitig das Pub war. Er setzte sich auf den Barhocker, während Carmel auf die Einkaufsliste sah, die sie aus ihrer Tasche geholt hatte. Es war niemand hinter der Theke, und sie warteten schweigend.

«Ich glaube, ich schenk mir selber ein», sagte er.

«Hier sollten Sie's aber nicht eilig haben», sagte eine

Stimme hinter ihnen. An der Wand in den Schatten saß ein Mann. Sie hatten ihn nicht bemerkt.

«Oh, wir haben den ganzen Tag Zeit», antwortete Eamon ihm.

Als sie wieder nach Hause kamen, setzten sie sich ins Wohnzimmer, um die Dreizehnuhrnachrichten zu hören. In der Wettervorhersage wurden weitere Regenfälle angekündigt. Carmel trug eine Kiste aus dem zweiten Schlafzimmer, in dem sich die Bücher befanden, die sie zum Lesen mitgenommen hatte. Sie las regelmäßig die Literaturbeilagen und hörte sich die Büchersendungen im Radio an, um Lesestoff für ihren Urlaub zu finden. Er beteiligte sich nicht daran, mit der scherzhaften Begründung, daß er ihrem Urteil vertraue und alles lesen würde, was sie ihm gäbe, ausgenommen über irische Geschichte oder die Kennedys.

Sie nahm die Bücher heraus und stellte sie auf ein Regal in der Nähe des Fensters.

«Das ist erstaunlich, nicht, die Sache mit Mike?» sagte sie.

«Was?» fragte er. «Was ist erstaunlich?»

«Hast du nicht gehört, was Mrs. Etchingham mir erzählt hat? Ich dachte, du hättest zugehört.»

«Nein, hab ich nicht.»

«Jim Bolger hat's mir auch erzählt. Er konnte es gar nicht glauben, daß ich es nicht wußte. Die Vorderseite von seinem Haus ist weg. Sie ist eingestürzt, nachdem wir Ostern hier waren. Er wohnt jetzt in einem der Wohnwagen in Blackwater.»

«Ich dachte, es würde ein bißchen länger halten.»

«Mrs. Etchingham hat gesagt, er wäre dabei fast zu Tode gekommen.»

Mike war sein Cousin, der sich in einem Haus ein Stück

weiter die Straße hinunter näher am Kliff zur Ruhe gesetzt hatte. Er war erst Ende Fünfzig. Im Laufe der Jahre, in denen der weiche Mergel des Kliffs immer weiter vor Wind und Meer zurückgewichen war, war das Haus dem Abgrund gefährlich nahe gekommen. Jetzt war es eingestürzt. Mike war schroff, distanziert, unabhängig. Er haßte es, wenn jemand ihm anbot, ihn ins Dorf mitzunehmen, als würde damit festgestellt, daß er kein Auto hatte, aber er war in der Gegend beliebt. Daß er auch im Winter in Cush lebte, verlieh ihm ein Ansehen, das jene, die nur im Sommer kamen, nicht genossen.

«Unser Haus ist als nächstes dran», sagte er und ging zu dem Bücherregal hinüber.

«Das wird noch Jahre dauern», sagte sie.

«Ich erinnere mich noch an die Zeit, als vor Mikes Haus genausoviel Land war wie jetzt vor unserem», sagte er. «Ich erinnere mich an eine große Wiese, die zum Kliff hinunter verlief.»

«Es fällt mir schwer, mir das vorzustellen», sagte sie.

Er wählte ein Buch aus dem Stapel aus, eine Geschichte der Strafgefangenen in Australien, und nahm es mit auf die Glasveranda, wo er sich in einen Sessel mit Blick aufs Meer setzte. Es regnete immer noch. Er blätterte das Buch durch und überflog den Index, stellte fest, daß auch irische Strafgefangene erwähnt wurden, und dann blätterte er wieder nach vorn, um die entsprechenden Passagen zu lesen. Bald war er ganz vertieft in das Buch.

Nach dem Mittagessen verwandelte sich der Regen in einen feinen, immer schwächer werdenden Nieselregen. Er ging mit seinem Buch zur Veranda zurück, sah zwischendurch immer wieder nach dem Wetter, weil er gerne hinauswollte. Am Horizont war jetzt eine weiche weiße Linie, und vom Meer draußen kam ein dichtes Licht herein.

Carmel sagte, sie würde genausogern im Haus bleiben,

es gäbe noch soviel auszupacken. Sie wirkte ausgeruht. Er zog seinen Regenmantel an, holte einen Schirm aus dem Wagen und ging los, die Straße hinunter, wobei er versuchte, die mit schlammigem Wasser gefüllten Schlaglöcher zu vermeiden. In dem Feld zu seiner Linken, das sich zum Rand des Kliffs erstreckte, war ein Teil des Maises windgepeitscht und niedergedrückt. Als er zu der Biegung in der Straße kam, sah er Mikes Haus. Die hintere Mauer und die Seitenwände waren völlig intakt, aber die gesamte Vorderseite des Hauses war verschwunden. Rechts und links von dem Haus ragte noch das Kliff hervor. Die Stromverbindung war intakt geblieben. Das, was von dem Fundament und der Bausubstanz des Hauses noch übrig war, schien allein durch die elektrischen Leitungen festgehalten. Seltsam, daß sich die Erosion ausgerechnet dieses kleine Haus als Opfer herausgegriffen hatte. Es wirkte wie Pech und war schwer zu begreifen. Er ging durch die Hintertür ins Haus und stand auf dem Steinboden des vorderen Zimmers. Er inspizierte die Wände, halb Lehm, halb Stein, wie bei allen alten Häusern hier in der Gegend, einschließlich seines eigenen. Er ging an den Rand und sah hinunter. Der Einsturz des Kliffs an dieser Stelle hatte einen neuen Weg hinunter zum Strand geschaffen. Es war kein steiler Abgrund, wie in den anderen Jahren, nachdem der Winter neue Formen im Gesicht des Kliffs geschaffen hatte. Dieses Jahr war es eindeutig nicht nötig, Stufen zum Strand hinunter zu bauen.

Er war sich jetzt nicht mehr sicher, ob er sich wirklich an die Wiese erinnern konnte, die von Mikes Haus zum Rand des Kliffs verlaufen war. Sie hatte sich so allmählich vollzogen, diese Erosion, eine Frage der Zeit, Lehmklumpen, kleine, mit Steinen bestückte Felsbrocken, die sich lösten und abfielen, das Meer, das am Land nagte. Es war alles so seltsam, wie über die Jahre eine langsam verschwindende

Kontur durch die nächste ersetzt wurde. Es war schwer festzustellen, daß überhaupt irgend etwas passiert war, bis etwas Größeres, wie Mikes Haus, hinunter auf den Strand stürzte.

Es hatte in der Vergangenheit schon andere derartige Dramen gegeben, andere Ereignisse, die die Art, wie an dieser Küste genagt wurde, markierten und daran erinnerten. Da war das Jahr, wo sie den alten Wachturm auf dem Hügel über Kerating's in Ballyconnigar in die Luft gesprengt hatten, aus Furcht, er könnte irgendwann von selbst einstürzen und unten auf dem Strand jemanden erschlagen. Sie sprengten ein riesiges Loch in den Hügel hinein. Er erinnerte sich, wie er hochgegangen war, um sich den Schaden anzusehen. Im Loch sah man feinen Sand, und Winter um Winter verschwand allmählich auch der Hügel, bis nichts mehr von ihm zu sehen war. Er war einmal an einem Sonntag im Sommer mit Carmel dort gewesen. Sie waren mit den Fahrrädern von Ennyscorthy heruntergekommen. Sie lagen da auf dem warmen Gras und sonnten sich. Keine Menschenseele weit und breit. Er erinnerte sich an ihre nackten Beine, an die weiche, seidige Haut und den schlanken, geschmeidigen Körper unter dem Badeanzug, und an seine eigene Erregung, als sie sich an ihn drängte und ihn küßte.

Er drehte sich jetzt in diesem Gerippe von einem Haus um und ging ins Schlafzimmer, das dunkel und feucht war. Es gab keine Möbel mehr, aber Mike hatte einen Stapel Bücher zurückgelassen. Er sah sie durch, halb versucht, eines als Andenken mitzunehmen. Es waren alte Romane, eine Sammlung von Klassikern. Er nahm das oberste Buch in die Hand. *Cranford* von Mrs. Gaskell, aber die Seiten waren schimmelig und so legte er es wieder hin. Irgendeine Erinnerung regte sich in ihm, als sei er im Begriff, sich an seinen Traum zu erinnern, und er nahm das Buch wieder in die Hand und starrte auf den Titel. Als er sich umdrehte, erschrak er über die fehlende Wand, über das nackte rohe Licht vom Meer. Er hatte das Gefühl, sich hier unbefugt aufzuhalten, und machte sich auf den Weg hinunter zum Strand.

Er ging nach Süden Richtung Ballyconnigar. Der Nieselregen hatte ganz aufgehört, und der Nachmittag wurde mild und warm, mit blauen Flecken im Himmel. Bei jeder Welle, die hereingerollt kam, wurden die kleinen Steine an der Wasserlinie durcheinandergewirbelt und schlugen klappernd und gurgelnd gegeneinander. Er lauschte den herannahenden Wellen, ein Geräusch wie kein anderes, klar und seltsam tröstend, als würden zwei hohle Gegenstände gegeneinander geschlagen, aber bescheidener, intimer. Er trat zurück und horchte, wobei ihm aufging, daß er sich nicht erinnern konnte, hier an der Wasserlinie jemals solche kleinen Steine gesehen zu haben.

Beim Laufen wurde ihm warm. Bald mußte er seinen Regenmantel ausziehen und legte ihn sich über den Arm. Es war niemand am Strand. Einige Lehmbrocken waren das Kliff hinuntergestürzt und lagen jetzt hier unten. Das Meer würde sie bald auflösen. Als er hochsah, stellte er fest, daß unablässig feine Sandkörner die Kliffwand heruntergeblasen wurden.

In Ballyconnigar konnte er sehen, wie nah Keatings Haus schon am Kliff stand. Sogar in der kurzen Zeit seit Ostern war wieder etwas vom Land weggenagt worden. Das Haus war wie ein Denkmal, seine leuchtenden weißgetünchten Mauern waren meilenweit sichtbar. Die alte Frau war jetzt tot. Er fragte sich, ob die Söhne, die jetzt schon alte Männer sein mußten, immer noch dort lebten. Er meinte, sich zu erinnern, daß einer von ihnen geheiratet hatte, aber er war sich nicht sicher. Er würde Carmel fragen müssen. Sie wußte über jeden in der Gegend Bescheid und blieb über Weihnachtskarten und Gedenkbilder in Verbindung und durch Besuche, wenn sie im Sommer da waren.

Jedes Jahr veränderte der Fluß bei Ballyconnigar seinen Lauf, wenn er den weichen Sand erreichte. Er bahnte sich einen Weg hindurch, wand sich während des Winters mehrmals in diese oder jene Richtung, aber wenn der Frühling kam, legte er sich auf einen Kurs fest, und dann kam die Kreisverwaltung und errichtete eine kleine hölzerne Fußgängerbrücke, um es den Sommerbesuchern leichter zu machen. Der Fluß war hier flach, aber schnellfließend. Weiter hinten war er tiefer und hatte ein langsameres Tempo, an bestimmten Stellen ideal für Lachs und Lachsforellen. Er hatte vergessen – auch das würde Carmel wissen, dachte er lächelnd –, wer die Angelrechte besaß, aber die meisten Einheimischen angelten ohne Lizenz, und auf dem Markt herrschte kein Mangel an billigem Lachs oder Forelle. Er mußte darauf achten, daß er Carmel das Handeln und Kaufen überließ, wobei sie so tat, als glaube der Richter, daß alles legal sei. Im Laufe der Jahre hatte es Razzien gegeben, und mehrere der einheimischen Männer waren vor Gericht gekommen und zu Geldstrafen verurteilt worden.

Als er nach Hause kam, saß Carmel auf der Veranda. Sie las einen Roman.

«Wer ist jetzt eigentlich in Keatings Haus?» fragte er.

«Jack wohnt da jetzt mit Rita, aber wie ich höre, geht es ihr nicht gut. Ich war oben bei den Murphys, bin also auf dem laufenden.»

«Ich hätte gedacht, sie würden über Mike reden», sagte er.

«Mrs. Murphy hat gesagt, er sei in keinerlei Gefahr gewesen, weil er schon seit einigen Jahren bei schlechtem Wetter immer in seinem Wohnwagen gewohnt hat. Das habe ich gar nicht gewußt. Sie meint, er bekommt keine Entschädigung.»

«Nein», sagte er. «Das habe ich schon vor Jahren überprüft.»

Nach ein paar Tagen Nieselregen besserte sich das Wetter. Wenn die kräftige Sonne einmal durch die Wolken kam, trugen sie die Klappstühle hinaus und setzten sich in den Vorgarten. Er holte Badehose und Handtuch und ging das Sträßchen hinunter zum Strand. Das Meer war stürmisch, das Wasser gleißend und stahlgrau. Er lief den Strand entlang, entfernte sich von einer Familie, die sich am Fuß des Kliffs niedergelassen hatte. Er zog Schuhe und Socken aus und krempelte die Hosenbeine hoch, damit er im Wasser waten und die Temperatur prüfen konnte. Das Wasser schwappte eisig über seine Füße, die Sonne war wieder verschwunden, und er fragte sich, ob er nicht einfach einen Spaziergang machen sollte, zurück über das Kliff, um rechtzeitig zum Mittagessen wieder zu Hause zu sein.

Es galt, mutig zu sein. Nach ein paar Tagen würde er sich an die beißende Kälte gewöhnt haben, und wenn er erst mal im Wasser war, würde es das reine Vergnügen sein, solange er sich bewegte und nicht an die Kälte dachte. Er zog sich die Badehose an und blickte zum Himmel hoch, aber von der Sonne war nichts zu sehen, statt dessen waren dicke schwarze Wolken vom Meer hereingeweht worden. Er fröstelte, zögerte, ging dann langsam, aber entschlossen bis zum Wasserrand. Er watete hinein, versuchte, sich nicht von der Kälte irritieren zu lassen. Er tauchte die Hand ins Wasser und benetzte Gesicht und Brust. Er sprang hoch, um der Wucht einer großen Welle auszuweichen, aber er war jetzt bis zur Hüfte naß. Er hielt einen Moment lang inne, zaudernd und unentschlossen, und tauchte dann wie der Blitz ins Wasser, schwamm ganz hinaus, blieb so weit wie möglich unter der Oberfläche, drehte sich dann auf den Rücken, ließ sich mit geschlossenen Augen treiben, den Kopf ins Wasser zurückgelegt. Er schwamm bis über den Punkt hinaus, wo sich die Wellen brachen, wo das Meer nur noch sanft auf und ab wogte. Langsam wurde das Wasser erträglich. Er kraulte noch weiter hinaus und hielt inne, um einen Blick zurück auf das niedrige Kliff bei Cush zu werfen, das ganz aus gelbem, mergeligem Sand und Grasbüscheln bestand und zu den höheren Kliffs bei Ballyconnigar anstieg, wo der Sand blasser war, wie Kies.

Er zitterte, während er sich abtrocknete. Er konnte es kaum erwarten, wieder seine Sachen anzuziehen. Er kleidete sich schnell an, und als er das Gerippe von Mikes Haus erreichte, nach seinem Aufstieg das Kliff hinauf, verspürte er eine beruhigende Wärme, ein Gefühl von Leichtigkeit. Der Himmel war jetzt bedeckt und grau. Carmel war auf der Veranda, und als er die Tür öffnete, bemerkte er, daß sie mit einem Buch auf dem Schoß vor sich hin döste. Sie erwachte und lächelte ihn an.

«Dieses Wetter macht mich schläfrig», sagte sie.

Er stellte Brot, Käse und Salat auf den Tisch und machte Tee. Sie gähnte, als sie ins Wohnzimmer kam, und setzte sich.

«Ich hab vergessen, dir zu sagen, daß Madge Kehoe uns zum Abendessen eingeladen hat. Sie meinte, daß wir danach vielleicht Karten spielen können. Ich hab ihr gesagt, daß wir seit Jahren nicht mehr Karten gespielt haben.»

«Wann?» fragte er.

«Nächste Woche», sagte sie. «Sie haben einen Geistlichen zu Besuch.»

«Und wir sollen Karten spielen?» lachte er. «Ich habe vor Jahren mit Madge und ihrer Mutter Karten gespielt. Die alte Mrs. Keating war eine große Spielerin.»

An manchen Tagen regnete es ununterbrochen. Es begann als dichtes Nieseln am Morgen, das dann nachmittags für ein oder zwei Stunden nachließ, bevor der Regen dann wieder in starken Schauern herunterkam. Er hielt am Fenster Ausschau nach irgendwelchen Anzeichen von Licht über dem Meer, aber der Himmel blieb grau. Sie ließen das Feuer an und blieben zu Hause und lasen.

Carmel zeigte ihm einen Brief von Niamh, in dem stand, daß sie jetzt im elterlichen Haus wohne und sich frage, wo all die Pflanzen geblieben seien. Sie sei bei einem Frauenarzt gewesen, schrieb sie, und er habe gesagt, es sei alles in Ordnung. Es gebe keinen Grund, sich Sorgen zu machen. Der Brief war an Carmel gerichtet, aber im letzten Absatz ließ sie ihm Grüße ausrichten. Er ließ den Brief auf dem Tisch neben dem Fenster, nahm einen Regenschirm und verließ das Haus, um einen Spaziergang zu machen.

An dem Tag, an dem sie bei Madge Kehoe eingeladen waren, fuhren sie ins Dorf und kauften eine Flasche Whiskey und eine Schachtel Pralinen als Mitbringsel.

«Findest du, das ist zuviel?» fragte Carmel ihn. «Vielleicht hätte ich lieber Sherry statt Whiskey kaufen sollen.»

«Gibt es was Schlimmeres als Whiskey?» fragte er und lächelte.

«Tom und Madge werden begeistert sein, dich wiederzusehen. Madge hat ständig vom Richter geredet und wie sehr sie dich letzten Sommer vermißt haben.»

«Ich kann mich an Madge erinnern. Sie ist um einiges älter als ich.»

Sie fuhren auf einem schmalen Sträßchen in Richtung Ballyvalden und Knocknasillogue. Der Spätnachmittagshimmel war auf einmal ganz strahlend geworden. Sie fuhren an einer Herde Kühe vorbei, die von einem Jungen mit einem Stock angetrieben wurde.

Madge Kehoe stand an der Tür, als sie ankamen, und hielt zwei unruhige Hunde am Genickfell fest. Sie war ihrer Mutter derart ähnlich geworden, daß er einige Augenblicke lang glaubte, daß die alte Frau, die schon lange tot war und mit der er Karten gespielt hatte, noch lebte und da an der Tür stand. Madges Gesicht war runzlig und genauso verwelkt wie das ihrer Mutter. Die Haare waren weiß, aber immer noch dicht und lockig. Nur die Stimme war anders, tiefer und stärker.

«Die Hunde tun nichts. Kommt rein», sagte sie. Die Hunde kläfften weiter, während sie sie festhielt.

Im vorderen Zimmer brannte ein Kaminfeuer. Ein Sofa und zwei Sessel waren davor gruppiert worden. Tom, Madges Ehemann, erhob sich, als sie hereinkamen. Er wirkte wie ein Mann, der in einem Zimmer saß, das er nicht gewöhnt war, und Kleider trug, die er normalerweise nur zur Sonntagsmesse anlegte.

«Ihr seht gut aus, alle beide», sagte er.

«Schreckliches Wetter», sagte Carmel.

«Mit den Sommern ist es endgültig vorbei», sagte Tom. «Wir hatten ein paar schöne Tage im Juni, aber Sommer, wie wir sie früher hatten, wird es keine mehr geben.»

Sie saßen schon um das Feuer herum, als Madge mit der Flasche Whiskey erschien, die Carmel auf dem Garderobentischchen abgestellt hatte.

«Ich hab das hier draußen im Flur gefunden, in braunes Papier eingewickelt», sagte sie. «Und das.» Sie entfernte die Verpackung von der Pralinenschachtel. «Ich habe keine Ahnung, wie die da hingekommen sind», lachte sie. «Ist der liebe Gott nicht gut zu uns?»

«Das Haus ist wunderschön, Madge», sagte Carmel.

«Wir müssen was trinken», sagte Madge. «Vielleicht bringt das uns ein bißchen Sonne. Trinkt ihr alle Whiskey?»

«Ich nicht, danke», sagte Carmel. «Aber bestimmt Tom und Eamon.»

Als sie zum Essen in die große moderne Küche gingen, saß ein weiterer Gast bereits am Tisch. Es war ein älterer Geistlicher.

«Also, das hier ist Bruder McDonagh», sagte Madge. Er sei früher immer jeden August gekommen, in der Zeit, als sie noch Sommergäste hatten.

«Es hat einfach zuviel Arbeit gemacht, ich kam einfach nicht mehr hinterher, und so hab ich all den Stammgästen geschrieben, daß es mir zuviel wird mit der Farm, aber Bruder McDonagh hat zurückgeschrieben, und er war so enttäuscht und verzweifelt, daß ich etwas tun mußte, und so hab ich ihm zurückgeschrieben, daß er kommen soll, und jetzt kommt er immer noch jeden August.»

«Ich liebe die Seeluft», sagte der Bruder.

Madge stellte das Essen auf den Tisch und sie setzten sich, während sich draußen ein feuchter Augustabend ausbreitete.

«Ich habe Ihren Vater gut gekannt», sagte der Bruder mitten während des Essens zu ihm.

«Ja, richtig», sagte Madge. «Ich hab ganz vergessen, es euch zu sagen. Bruder McDonagh hat in der Christian Brothers' School in Enniscorthy unterrichtet.»

«Komisch», sagte Eamon. «Ich kann mich nicht an Sie erinnern. Sie müssen vor meiner Zeit da gewesen sein.»

«Ja, das war, bevor Sie geboren wurden. Ich war ziemlich lange in Enniscorthy. Ich weiß noch, wie Ihr Vater an die Schule kam, und ich erinnere mich an Ihre Mutter, Gott segne sie.»

Madge sammelte die Teller ein und stellte eine Obsttorte und eine Schale Vanillesoße in die Mitte des Tisches. Eamon sah zu dem Bruder hinüber.

«Ich habe Enniscorthy geliebt. Ich war sehr traurig, daß

ich weggehen mußte. Es war wunderschön. Man konnte phantastische Spaziergänge machen. Und es war ein geschichtsträchtiger Ort.»

Danach trat ein Schweigen ein, nur von Madge unterbrochen, die den Nachtisch servierte. Eamon hatte das Gefühl, daß er sein Glas, wenn er es heben würde, nicht würde ruhig halten können, daß seine Hand zittern könnte. Vielleicht würde er später mit dem Bruder allein sprechen können und ihn fragen. Wie waren sie? Wie war seine Mutter? Sie begannen wieder zu reden, über das Wetter und die Ernte und Mikes Haus, aber er mußte immerzu an den alten Mann denken, der ihm gegenübersaß, und er wollte unbedingt etwas erfahren, irgendein Detail, irgend etwas über seinen Vater und seine Mutter. Er überlegte, wie er seinen Fragen einen beiläufigen Klang geben konnte, wie er sich nach ihnen erkundigen könnte, ohne zu zeigen, wie aufgeregt er war.

«Was haben Sie unterrichtet, Bruder?» fragte er.

«Ich habe Geschichte und Geographie unterrichtet», sagte der Bruder. «Ihr Vater hat alles unterrichtet. Er war ein großartiger Lehrer», fuhr er fort.

«O ja. Wir erinnern uns alle gut an ihn», sagte Madge. «Er war ein netter Mann.» Sie lächelte Eamon und Carmel an. «Alle Redmonds waren nett.»

VIERTES KAPITEL

Er stand im Anzug in der Diele, während sein Vater nach den roten Schärpen suchte. Er muß damals sieben oder acht gewesen sein. Sein Vater hatte die Nadeln gefunden, die auf dem Küchentisch lagen, und jetzt kramte er auf der Suche nach den roten Schärpen verzweifelt die Schubladen und Kleiderschränke in den beiden Schlafzimmern durch.

«Irgendwo müssen sie doch sein», sagte er.

Eamon machte die Hintertür auf und warf die Krümel vom Frühstück in den Hof. Er stellte die Teller in die Spüle.

«Hast du die Schärpen gesehen?» rief sein Vater. «Hast du mit ihnen gespielt?»

Er wußte, daß es nicht nötig war zu antworten. Er wünschte, dieser Anfall würde endlich vorüber sein.

«Geh nach nebenan zu Mrs. Cooney und frag sie, ob sie Schärpen hat», rief er oben von der Treppe, aber Eamon rührte sich nicht und lauschte, wie sein Vater in dem kleinen Zimmer eine weitere Schublade herauszog. Er öffnete die Haustür und machte sie hinter sich zu, um den Eindruck zu erwecken, als sei er gegangen, aber statt dessen setzte er sich auf die Stufen. Es war niemand auf der Straße. Die Sonne stand hoch über Vinegar Hill. Plötzlich erschien sein Vater am Fenster.

«Schon gut», sagte er. «Schon gut. Du brauchst nicht zu gehen. Ich hab sie gefunden.»

Sein Vater legte sich die Schärpe um die Schulter, und Eamon hielt die beiden Enden zusammen, während sein Vater die Nadel in den Verschluß klemmte. Sie konnten jetzt gehen, sagte sein Vater, und Eamon steckte seine Schärpe in die Tasche. Später, wenn sie in der Stadt waren, würde er sie umlegen, sagte er.

Eamon ließ seinen Vater am Ende der John Street zurück und ging weiter zur Schule. Er war früh dran und setzte sich in den Unterstand, bis die meisten seiner Klassenkameraden eintrafen. In der Nachmittagssonne schwitzten sie bereits in ihren Anzügen, und sowie der Bruder in seine Trillerpfeife blies, wurden sie in einer Reihe aufgestellt. Sie marschierten die Mill Park Road hinunter zum Fuß von Friary Hill, wurden dort aber angehalten und angewiesen zu warten. Friary Hill und Slaney Place waren mit Wimpeln geschmückt. Am Fuß von Friary Hill war ein riesiger Bogen. Der Bruder, der die Aufsicht hatte, war die Reihe weiter nach hinten gegangen, so daß die Jungs jetzt leichter spielen konnten, ohne daß es jemand merkte. Ein Bursche aus Shannon gab Eamon einen Tritt und forderte ihn mit erhobenen Fäusten zu einem Kampf heraus, aber Eamon wich nicht von der Stelle und ignorierte ihn, weil er wußte, daß der Bruder jeden Moment wiederkommen würde. Bald hatten sich die Viererreihen in Grüppchen verteilt, überall Jungs, die lachten und balgten, aber einer der schärpenbehängten Männer kam und ermahnte sie, sich zu benehmen, sonst müsse er sie melden. Nach einer Weile erlaubte ihnen der Mann, Richtung Slancey Place zu marschieren.

Der Bruder lief nach vorne an die Spitze des Zuges. Er ging rückwärts, während er den Marschierenden Anweisungen zubrüllte.

«Jetzt ganz laut singen, damit euch alle hören können. Laut singen, Jungs, damit alle wissen, daß euer Glaube stark ist. Lauter. Lauter, na los, Jungs.»

Sie wurden an der Brücke angehalten, um die Schülerinnen der Mädchenschule vorbeizulassen.

«Süßes Herz Jesu, wir bitten dich sehr,
Mach, daß wir lieben dich mehr und mehr.»

Der Bruder dirigierte sie, während sie sangen. Ein paar Mädchen lächelten, als sie schweigend vorbeigingen. Wer von den Jungs auch nur den leisesten Pieps von sich gab, sagte der Bruder, würde auf der Stelle vor versammelter Mannschaft sechs Schläge mit dem Leder bekommen. Eamon fiel auf, daß seine neuen Schuhe allmählich am heißen Asphalt von Slancey Place zu kleben begannen. Der Bruder sagte, daß jeder gerade zu stehen habe.

Sie marschierten über die Brücke und dann nach Templeshannon hinein, wo sie erneut angehalten wurden. In den Schaufenstern der Läden waren Figurinen vom Heiligen Herzen Jesu und von der Heiligen Jungfrau Maria ausgestellt. Eamon betrachtete den blaßblauen Stoff und die sanften Augen der Jungfrau in einem der Schaufenster, als sie unten am Shannon warteten. Seine Beine waren müde vom Stehen. Es wäre viel leichter, wenn sie einfach gehen könnten, ohne immer angehalten zu werden, dachte er. Während sie langsam den Shannon hochgingen, kamen sie an weiteren Festordnern in roten Anzügen und mit roten Schärpen vorbei, Männer, die Eamon von der St. Vincent de Paul oder dem Museum oder dem Athenaeum wiedererkannte. Die Hände hinterm Rücken verschränkt, standen die Festordner da und beobachteten mit ernsten Blicken die Prozession. Sie waren es, die bestimmten, wann angehalten und wann weitergegangen wurde. Er hielt nach seinem Vater und seinem Onkel Tom Ausschau, aber er konnte sie nicht entdecken. An der steilsten Stelle des Hügels mußten sie wieder anhalten, auf der anderen Seite ging die Women's Confraternity vorbei.

«Stern des Meeres, ich bitt' dich,
Bet' für den Wanderer, bete für mich.»

Die Frauen trugen Stolen und Rosenkränze. Hinter ihnen folgte der goldene Baldachin, unter dem Pater Rossiter die Monstranz mit den heiligen Sakramenten trug. Ein Meßdiener trug den Weihrauch, aber man konnte nichts riechen. Der Rauch wehte in die andere Richtung. Sie senkten die Köpfe, als die heiligen Sakramente vorbeikamen.

Sein Vater stand auf der Brücke, die Hände hinterm Rücken. Er sah ernst aus, und Eamon wußte, daß er ihm weder zuwinken noch etwas sagen durfte. Beim Postamt sah er Onkel Tom, der seine Hand ausstreckte und die Prozession anhielt, sie ein paar Minuten stehenließ, bevor sie wieder weiterziehen durfte.

Vor dem Feuerwehrgebäude war ein mit rotem Tuch bedeckter Altar aufgestellt worden. Als die Gruppe der Christian Brothers eintraf, war der Market Square bereits voll, und es war schwierig, Platz zum Knien zu finden. Vor dem Altar waren Soldaten postiert, und bald waren auch die letzten Teilnehmer der Prozession auf dem Platz angekommen. Wimpelketten waren vom Denkmal zu den Fenstern im ersten Stock der Gebäude am Platz gespannt. Aus allen Häusern sahen die Menschen zu, nur nicht von dort, wo über den Geschäften niemand wohnte. Als Pater Rossiter auf das Podium stieg, brüllte ein Mann in Offiziersuniform auf irisch Befehle, und die Soldaten nahmen Habtachtstellung an. Er brüllte noch mehr Befehle, und sie hoben ihre Gewehre.

Der Lobgesang begann. Die Menge sang *«O Salutaris Hostia»*, und als Pater Rossiter die Monstranz hob, senkten alle die Köpfe und schlugen sich dreimal gegen die Brust.

Als er nach Hause ging, seine Schärpe sorgfältig in seiner Tasche zusammengefaltet, überlegte er, daß sie jetzt bald nach Cush fahren würden. Es war Juni. Der Sommer hatte schon begonnen, und bald würden für seinen Vater die Ferien beginnen. Sein Vater würde dann nach Dublin fahren wollen, und er würde ein oder zwei Wochen vor dem offiziellen Ferienbeginn aus der Grundschule herausgenommen und nach Cush geschickt werden.

Eines Freitags, ein paar Wochen später, kam er von der Schule nach Hause und fand alle seine Sachen gepackt vor.

«Bist du soweit?» fragte sein Vater.

«Warum hast du mir nicht Bescheid gesagt?»

«Das hätte dich nur aufgeregt.»

«Es hätte mich nicht aufgeregt.»

«Benimm dich ja gut in Cush. Bill Miller wird dich mit dem ganzen Zeug runterfahren.»

«Und wann kommst du nach?»

«Ich komme bald nach.»

«Hast du mir Bücher eingepackt?»

«Ach komm, beeil dich jetzt. Er wird gleich dasein.»

Sie fuhren bei Donoghue's vorbei, an der Seite von Vinegar Hill. Der Lieferwagen war alt, und im Boden war ein Loch, auf das er achtgeben sollte, wie Mr. Miller sagte und dann kehlig lachte. Die Wolken zogen schnell über den Himmel, als sie sich dem Ballagh näherten, und bald begann es zu regnen. Da der Lieferwagen keine Scheibenwischer hatte, mußten sie sehr langsam fahren.

«Bete zu Gott, junger Mann, daß uns jetzt nichts entgegenkommt», sagte Mr. Miller.

Sie fuhren durch Blackwater und dann hinunter Richtung Meer. Es hatte wieder aufgeklart, aber in den Schlaglöchern standen braune Pfützen. Mrs. Cullen erwartete sie schon, als sie das Sträßchen entlangkamen und jenseits des großen Bodenlochs parkten.

«Dein Papa hat geschrieben, daß du kommst», sagte sie.

Ihre Haare waren zu einem Knoten zusammengebunden. Sie hielt sich die Hand über die Augen, als Schutz gegen das Licht. Er trug alle Kisten aus dem Lieferwagen und stellte sie in das Nebenzimmer, wo er und sein Vater schlafen würden. Dann setzte er sich an den Küchentisch und trank zusammen mit Mrs. Cullen und Bill Miller eine Tasse Tee.

Mrs. Cullen fand, er sollte den ganzen Tag draußen sein. Wenn er lesen wollte, zwang sie ihn, hinunter an den Strand zu gehen oder sich in den Garten zu setzen. Wenn es regnete, beobachtete sie das Wetter, um zu sehen, ob es aufklarte, damit sie ihn wieder hinausschicken konnte.

«Alle Jungs in deinem Alter hier in der Gegend sind draußen bei der Kartoffelernte», sagte sie.

Eines frühen Morgens ging er mit Phil Cullen auf die Felder. Seine Aufgabe war es, die Kartoffeln in Säcke zu füllen. Sein Kreuz schmerzte, und er konnte es kaum erwarten, daß der Vormittag endlich vorbei war. Irgendwann dachte er, es sei schon Mittag, aber es war erst zehn Uhr. Es war der erste schöne Tag seit seiner Ankunft, und er bereute es, sich für diese Arbeit gemeldet zu haben. Schließlich ertappte Phil ihn, wie er gerade neben einem vollen Sack Kartoffeln saß und sich ausruhte.

«Er ist ziemlich gut, wenn's drum geht, sie zu essen», sagte Phil zu einem der Arbeiter.

«Wenn du dem Kliff folgst, findest du schon den Weg nach Hause», sagte Phil. «Du kannst ihr sagen, daß wir früh Schluß gemacht haben.»

«Ist das wirklich in Ordnung?» fragte er.

«Na geh schon», sagte Phil.

Auf dem Rückweg zu den Cullens merkte er, daß er es vermißte, in seinem eigenen Haus zu wohnen, seinen eigenen Schlüssel zu haben und zu wissen, daß er in jedes Zimmer gehen konnte, ohne jemanden zu stören. Plötzlich wollte er nach Hause. Er legte sich aufs warme Gras, blickte zum Himmel hoch und beschloß, noch eine Weile dort zu bleiben, bevor er zu den Cullens zurückging.

Eines Abends kam Mrs. Keating zu Besuch.

«Erinnerst du dich an seinen Onkel Stephen?» sagte Mrs. Cullen zu ihr. «Der hatte ganz schön was auf dem Kasten. Und sein Vater auch.»

«Stimmt», sagte Mrs. Keating. «Wie alle Redmonds.»

«Ist er um die Augen herum nicht ganz die Mutter?»

«Ja, aber er ist ein richtiger Redmond. Und wie geht es allen so in Enniscorthy?»

«Sehr gut, danke», sagte er.

«Wir haben schon auf Sie gewartet», sagte Mr. Cullen. «Durch Reden ist noch kein Kartenspiel zustande gekommen. Spielen Sie mit? Ist Mrs. Keating nicht deswegen hergekommen?»

«Aber keinen Streit und keine Diskussion», sagte Mrs. Cullen. «Du glaubst ja nicht, wie die beim Kartenspielen streiten.»

Eamon fragte sich, ob sie ihn mitspielen lassen würden. Er hatte sie im Jahr zuvor beobachtet. Mit Twenty-five oder Forty-five würde er Schwierigkeiten haben, das wußte er, aber wenn sie sich für Whist oder Solo entschieden, dann konnte er mitspielen, er hatte die Spielregeln begriffen.

«Und wer spielt jetzt mit?» fragte Mrs. Keating. «Spielt der junge Redmond mit?»

«Ein andermal», sagte Mrs. Cullen. «Wir müssen ihm erst die Regeln beibringen.»

«Ich kann spielen», sagte er.

«Er kann Snap spielen», sagte Phil Cullen.

«Ich weiß, wie man Solo spielt», sagte er.

Eins der Cullen-Mädchen ging zu ihm und legte die Arme um ihn.

«Wer hat dir denn Solo beigebracht?» fragte sie.

«Ich hab's mir selber beigebracht», sagte er.

«Wieso teilen wir uns nicht in zwei Vierergruppen auf?» fragte Mrs. Cullen. «Ich habe drüben im Zimmer noch ein zweites Spiel. Und dann kannst du eins davon lernen.»

«Eine Gruppe für Solo, eine für Forty-five», sagte Mr. Cullen. «Welches willst du lernen?» fragte er Eamon.

«Ich will Solo lernen.»

«Du hast doch gesagt, du weißt, wie es geht», sagte Phil.

«Laß ihn in Ruhe», sagte Mrs. Cullen.

Im zweiten Spiel fehlten zwei Karten, und Mrs. Cullen mußte im Wandschrank nach losen Karten suchen. Sie kam mit zwei von einem anderen Spiel wieder, nahm einen Bleistift und schrieb ihren Trumpf und Wert drauf. Mrs. Keating, Mrs. Cullen, Eamon und Phil Cullen saßen an einem Tisch. Mr. Cullen, Mrs. Keatings Tochter Madge und zwei der Cullen-Mädchen saßen an einem anderen. Sie hatten schon die erste Runde Forty-five begonnen. Es war noch hell genug, um die Karten zu erkennen, und erst später, als sie schon mehrere Runden gespielt hatten, zündete eines der Mädchen die Öllampe an und hängte sie an einen Nagel an der Wand.

Solo. Eamon versuchte, sich zu erinnern. Es gab keine Parteien, jeder Spieler spielte für sich. Es gab Trümpfe, und man bediente der Reihe nach die ausgespielte Farbe. Misere war am schwersten zu erreichen. Es bedeutete, daß man ohne Tricks gewinnen mußte. Mrs. Cullen sagte, sie wolle das erste Spiel austeilen und mitzählen. Sie spiele nie um Geld, sagte sie. Niemand in diesem Haus, sagte sie zu Mrs. Keating, habe jemals um Geld gespielt. Das habe schon so manche Familie ruiniert, fügte sie hinzu. Mrs. Keating nickte zustimmend.

Eamon verzichtete darauf, bei seiner ersten Hand hoch auszuspielen. Er zog es vor, sich zurückzulehnen und zu warten. Er wußte, daß Mrs. Keating eine gute Spielerin war. Er hatte Mrs. Cullen sagen hören, sie sei die beste Spielerin im Umkreis von Meilen. Sie stach einen Solo, machte mühelos ihr Spiel und lachte dann vor sich hin. Das Spiel an ihrem Tisch verlief ruhig und bedächtig. Die anderen schrien die ganze Zeit, warfen mit Drohungen und Versprechungen um sich, jeder schwor, er habe das beste Blatt des Tages, und schrie dann vor Wut und Enttäuschung, wenn er verlor.

«Ruhe da drüben am Nachbartisch», sagte Mrs. Cullen, als die Karten für eine weitere Runde Solo ausgeteilt wurden.

Beim nächsten Blatt hatte Eamon gute Chancen für ein Misere. Er hatte die Zwei von allen vier Farben, er hatte die Herzdrei, die Kreuzdrei, die Karovier und die Pikneun, um sich für die zweite Runde abzusichern. Die Pikneun war gefährlich, aber der Rest war sicher. Er dachte wieder an die Regeln.

«Solo», sagte Phil.

«Piksechs», sagte Mrs. Keating ruhig, ohne von ihrem Blatt aufzublicken.

«Misere», sagte Eamon.

«Die Redmonds waren immer große Kartenspieler», sagte Mrs. Keating. «Ich kann mich noch an deinen Onkel Stephen erinnern, als er so alt war wie du.»

«Was ist Trumpf?» fragte ihn Phil.

«Bei Misere gibt's keinen Trumpf», sagte er.

«Läßt du den Jungen jetzt mal in Frieden?» sagte Mrs. Cullen.

Er mußte führen, und er führte mit der Herzzwei und lehnte sich zurück, um das Spiel zu beobachten.

Als Mrs. Cullen ein weiteres Herz spielte, ließ er seine Drei fallen, er war immer noch nicht gefährdet. Die nächste Führung war Pik. Er spielte seine Zwei, Phil Cullen gewann mit der Acht und führte eine weitere Runde Pik mit der Sechs, Mrs. Cullen spielte die Fünf, Eamon hatte keine andere Wahl, als seine Neun zu spielen. Mrs. Keating zögerte einen Moment, als könne sie sich nicht entscheiden, was sie spielen solle, legte dann sanft die Sieben auf den Tisch und machte ihr Spiel. Eamon spürte, wie seine Ohren rot wurden. Indem er den Trick gewonnen hatte, hatte er das Spiel verloren.

«Du hattest nicht genug Schutz bei Pik», sagte Phil Cullen. «Du brauchtest was Niedrigeres als die Neun.»

«Hör nicht auf ihn», sagte Mrs. Keating. «Du mußt nur Glück haben.»

Er spürte, wie sein Gesicht brannte, und er bereute es, daß er das Risiko eingegangen war. Den restlichen Abend lang verspürte er ein seltsames Schuldgefühl. Als er am Morgen aufwachte, hatte er das Gefühl, daß er etwas falsch gemacht hatte.

«Wie wär's mit einer Runde Karten heute abend?» fragte ihn Phil Cullen.

«Können wir wieder spielen?» fragte er.

«Solange nicht gestritten wird, spiel ich mit», sagte Mrs. Cullen.

Eines Tages kam sein Vater mit einem schwarzen Kasten voller Prüfungsbögen zum Korrigieren nach Cush. Es wurde ein Tisch ins Schlafzimmer gestellt, an dem er arbeiten konnte. Auf jeder Seite machte er unten ein rotes Zeichen.

«Wer gewinnt?» fragte er seinen Vater, als der Stapel korrigierter Bögen allmählich höher wurde.

«Laß deinen Vater in Ruhe», sagte Mrs. Cullen, «und geh raus an die frische Luft.»

Im Dorf kaufte sein Vater ihm ein eigenes Kartenspiel, und er versteckte sich vor Mrs. Cullen im Zimmer der

Mädchen oder in seinem eigenen und begann, die Karten an imaginäre Partner auszuteilen, spielte jedes Blatt so, als hätte er die anderen nicht gesehen, und versuchte, nicht zu schummeln, versuchte zu verhindern, daß sein Wissen und sein Gedächtnis über das einzelne Blatt hinausgingen. Es machte ihm Spaß, auf dem Bett Karten zu spielen, während sein Vater arbeitete. Abends war er jetzt bereit für sie. Es fanden sich immer drei andere, die mit ihm spielten, bis er ins Bett mußte. An manchen Abenden machte Mrs. Cullen das Spiel so großen Spaß, daß sie ihn bis spät aufbleiben ließ. Sein Vater spielte auch mit. Einmal gewann er ein Spread Misere. Mrs. Cullen sagte, es sei das erste Mal, daß sie jemanden ein Spread Misere hatte gewinnen sehen. Eamon ging jetzt unbekümmerter Risiken ein. Meistens gewann er, und wenn er verlor, wußte er, daß es ein weiteres Spiel geben würde, eine weitere Chance.

Eines Abends fuhr er mit Mrs. Cullen auf dem Eselwagen zu Mrs. Keating und Madge Keating, sie waren zum Tee eingeladen und wollten dann zusammen Solo spielen. Mrs. Keating, fand er, war die einzige, die das Spiel wirklich verstand. Die anderen konnten spielen, sein Vater, Mrs. und Mr. Cullen, Phil und die Mädchen, aber Mrs. Keating war die einzige, die das Spiel wirklich liebte, die immer wußte, wie die Chancen standen, die wußte, mit welcher Wahrscheinlichkeit die Karten wie verteilt werden, die die Schwächen des Spielstils ihrer Gegner durchschaute, die verstand, daß man Glück brauchte, aber auch Raffinesse. Mrs. Keating gewann leidenschaftlich gern. Sie sah aus wie eine große weiße Katze, wenn sie gewann. Sie wußte, daß er gern mit ihr spielte, er fühlte sich mit ihr geistesverwandt. Oft, wenn jemand anders den Stich gewann, nahmen ihn Eamon und Mrs. Keating gemeinsam in die Zange, sie rieten dann, welche Karten die anderen hatten, und gaben sich gegenseitig Zeichen. Sie verstanden die Karten auf eine Weise, wie es die anderen beiden nicht taten.

Letztlich hing jedoch sehr viel vom Glück und vom Zufall ab. Es gab wenige sichere Blätter und noch weniger idiotensichere Stiche. Wenn er dran war, beobachtete er, wie sich Mrs. Keating gegen ihn verschwor.

«Ich habe eine nette kleine Karte für dich», sagte sie dann, legte sie auf den Tisch und blickte ihn mit tiefgründig-listigem Blick aus ihren alten Augen an.

«Das reicht aber nicht ganz, Mrs. Keating.»

«Du bist ein echter Redmond», sagte Mrs. Cullen. Oft war Mrs. Cullen zerstreut oder abgelenkt, und Mrs. Keating verlor dann schnell die Geduld mit ihr.

Mrs. Keating wollte nicht, daß der Abend aufhörte. Sie stellte eine Regel auf, daß sie ihre Karten nicht weglegen würden, bevor nicht jemand ein Spread Misere spielte, egal ob er es gewann oder nicht. Es war schon nach ein Uhr morgens, als sie auf dem Eselwagen wieder nach Cush aufbrachen. Über dem Meer stand der Vollmond, und der Himmel strahlte vor Sternen, so daß sie keine Schwierigkeiten hatten, die Abbiegung nach Cush zu finden und auf dem schmalen Sträßchen, wo die Jungs immer Ball spielten, nach Hause zu fahren. Er hatte den Kopf voller Karten. Im Bett dachte er an die Spiele und an seine Strategien, bis er einschlief.

Der schwarze Kasten füllte sich jetzt mit korrigierten Prüfungsbögen. Eines Tages stand Eamon an der Tür und sah zu, wie sein Vater draußen an einem Tisch unter einem der kleinen Bäume korrigierte. Sein Vater trug einen Strohhut. Plötzlich wehte eine Windböe, und dann setzte der Regen ein, und einer der Bögen wurde durch den Garten geweht. Sein Vater rannte hinterher und stellte den Fuß drauf, bevor er noch weiterflattern konnte. Er mußte alle Bögen einsammeln und sie ins Haus tragen. Einige waren naß. Der Regen hatte sich mit der Tinte vermischt und hatte die Schrift verwischt.

Das Wetter wurde besser, und bald waren die Tage brütend heiß. Er hatte seit seiner Ankunft erst einmal im Meer gebadet, aber es war zu kalt gewesen und er verspürte keinen Drang, wieder hineinzugehen. Aber jetzt wollte sein Vater schwimmen und bat ihn, seine Badehose und ein Handtuch zu holen. Die Prüfungsbögen waren fast alle korrigiert. Sie gingen das Sträßchen hinunter. Sein Vater hatte sich die Hemdsärmel hochgekrempelt und trug Sandalen ohne Socken.

«Man muß ins Wasser gehen, ohne dran zu denken», sagte er. «Denk an irgendwas anderes und tauch einfach ins Wasser ein. Solange du dich bewegst, wird dir schon warm genug sein.»

«Aber es ist kalt», sagte Eamon.

«Nicht an so einem Tag wie heute. Wir sollten zweimal am Tag reingehen.»

Sie fanden die Lücke im Kliff. In den feuchten Lehm waren Stufen hineingeschnitten worden, was den Abstieg teilweise erleichterte, aber auf dem letzten Abschnitt war nichts außer verwehtem Sand, und sie mußten beide hinunterrennen. Sein Vater zog sich die Sandalen aus und rollte die Hosenbeine hoch, um die Wassertemperatur zu testen. Eamon lag auf dem warmen Sand.

«Es ist heiß», sagte sein Vater.

«Verkohl mich nicht.»

Sein Vater setzte sich, verschränkte die Arme um die Knie und sah aufs Meer hinaus. Es waren keine Wolken zu sehen, nur ein diffuser Dunst am Horizont. Das Meer war ruhig und klar.

«Ob dieses Jahr wieder Robben da sind?» sagte sein Vater. «Letztes Jahr waren welche da.»

«Phil hat gesagt, daß er welche gesehen hat.»

«Das bedeutet gutes Wetter», sagte sein Vater.

Weiter unten am Strand waren ein paar Leute, aber ansonsten war er leer.

«In Curracloe ist es wahrscheinlich ganz voll», sagte sein Vater.

«Die haben da jetzt einen Laden. Er heißt ‹The Winning Post›.»

«Wer hat dir das erzählt?» fragte sein Vater.

«Josie Cullen ist da gewesen.»

Sie warteten in der Mittagshitze. Irgendwann begann sein Vater, sich auszuziehen. Eamon blieb liegen, immer noch angekleidet. Als er sich aufsetzte, sah er, daß sein Vater seine Badehose anhatte. Sein Körper war weiß, bis auf die schwarzen Haare auf seiner Brust. Er beachtete ihn nicht, als er zum Wasser hinunterging. Eamon saß da und sah zu, wie sein Vater sich im flachen Wasser stehend bekreuzigte, dann langsam hineinwatete und zwischendurch hochsprang, um den Wellen auszuweichen, die sich an ihm brachen. Sein Vater tauchte ins Wasser und schwamm hinaus, drehte sich dann auf den Rücken.

Er zog sich aus und schlüpfte in seine Badehose. Er war verschwitzt, der Sand blieb an seiner Haut kleben, als er sich wieder hinlegte. Er stand auf und ging zum Wasser hinunter. Er wußte, es würde kalt sein, aber dank der heißen Sonne im Rücken war es nicht so schlimm, wie er erwartet hatte. Sein Vater winkte ihm zu und kam Richtung Ufer gepaddelt. Eamon ging weiter hinein, bis auch er hochspringen mußte, um den Wellen auszuweichen. Er fragte sich, wie man den Mut aufbringen konnte, hineinzuspringen. Wie wären diese ersten Augenblicke? Sein Vater forderte ihn auf, weiter hineinzukommen.

«Es ist zu kalt», rief er und tat so, als würde er frösteln.

«Na los», rief sein Vater und kam ihm jetzt schnell entgegengeschwommen.

«Spritz mich nicht naß», sagte er.

Sein Vater erreichte ihn und legte ihm seine kalten Hände auf den Rücken. Er wand sich.

«Es ist ganz einfach. Los!» sagte sein Vater.

Er war jetzt naß, bis zu den Hüften im Wasser und zitterte.

«Ich nehm dich huckepack», sagte sein Vater.

«Du bist zu naß», sagte er.

«Komm schon.» Sein Vater stellte sich vor ihn und beugte sich vor. Er legte die Arme um seinen Hals, und als sein Vater sich aufrichtete, ließ er ihn seine Fußsohlen halten.

«Du bist schwer», sagte sein Vater, während er langsam hinauswatete. Eamon war immer noch nicht ganz im Wasser, aber sein Vater bewegte sich geradewegs vom Ufer weg, bis ihm das Wasser bis zur Hüfte reichte.

«Schmeiß mich nicht rein», sagte er.

«Nein, du kannst reinspringen.» Sein Vater ging weiter ins Tiefe hinein und hievte ihn noch höher auf seinen Rükken hoch.

«Laß meinen Hals los», sagte er, aber Eamon klammerte sich fest, als sich direkt über ihnen eine Welle brach. Er war jetzt vollkommen naß.

«Laß meinen Hals los», sagte sein Vater wieder. Eamon wartete einen Augenblick und sprang dann umgehend ins Wasser. Er hatte vergessen, den Mund zuzumachen, der voller Salzwasser war, als er wieder auftauchte. Er hatte jetzt keinen Boden mehr unter den Füßen, aber er konnte sich ohne Hilfe seines Vaters im Wasser halten. Als sich sein Vater auf den Rücken drehte und sich treiben ließ, folgte er seinem Beispiel, den Kopf nach hinten ins Wasser zurückgelegt, die Muskeln entspannt, aber genug Luft in der Lunge, um zu verhindern, daß er unterging.

Sein Vater schwamm hinaus, während Eamon sich wieder Richtung Ufer bewegte und seine Züge übte. Als sein Vater aus dem Wasser kam, rannten sie ein bißchen zusammen, um sich in der Sonne zu trocknen. Eamon holte sein Handtuch und legte es sich auf dem Rückweg um.

«Ab jetzt wird täglich zweimal geschwommen», sagte sein Vater. «Bis Freitag bin ich mit den Prüfungsbögen fertig. Am Montag bringe ich sie nach Dublin.»

«Ich werde sowieso bald allein schwimmen. Die Cullens sind zu beschäftigt. Sie schwimmen nicht gerne.»

«Am Dienstag bin ich wieder da», sagte sein Vater. Er zog sich an und setzte sich, die Hände wieder um seine Knie verschränkt, während er aufs Meer hinausstarrte.

«Es ist ein großartiges Land, wenn das Wetter so ist wie jetzt», sagte sein Vater.

Bald kletterten sie wieder das Kliff hoch, wobei sie sich gegenseitig halfen und Eamon seinem Vater die Sandalen hielt, wenn dieser beide Hände brauchte, um sich hochzuziehen. Sie hatten jetzt Hunger, und sie wußten, wenn sie zu den Cullens nach Hause kämen, würde das Essen schon auf dem Tisch stehen.

FÜNFTES KAPITEL

Er saß Kaffee trinkend am Verandafenster und sah zu, wie der Himmel ein klareres Blau annahm. Dieses eine Mal damals, als er geschwommen war, die Arme um den Hals seines Vaters geschlungen, das Gefühl der nassen Haut seines Vaters und die erregende Berührung mit dem Wasser waren ihm noch ganz gegenwärtig. Eine klare, scharfe Erinnerung an heiße Sommertage, als sie nur Feriengäste in diesem Haus gewesen waren. Einiges davon war wirklicher, lebendiger und schärfer als alles andere, was seitdem passiert war. Es war noch nicht zehn, und dies war schon der vierte Tag mit strahlendem Sonnenwetter, ein Wunder nach den Tagen voller Wind und Regen. Mittags war der Himmel an den Rändern weiß und dunstig und die Sonne heiß, der Garten voller Bienen und Grashüpfer. Es hatte sich kaum etwas verändert in all den Jahren. Die Brennesseln waren durch den Regen und die Sonne schnell in die Höhe geschossen, die rosa Blüten der Wildrose schmiegten sich an das Spalier, wie sie es immer getan hatten. Wenn er seine Gedanken schweifen ließ, konnte er den Schatten seines Vaters am Tisch in der Ecke des Gartens Prüfungsbögen korrigieren sehen, und den plötzlichen Windstoß und wie die Papiere flatterten, als es zu regnen begann, und wie die zerlaufende Handschrift unentzifferbar wurde. Die langen Abende im Haus in der Zeit, bevor er und Carmel die Fenster vergrößerten und ein Schieferdach decken ließen. Die Menschen, die sich wie Schatten bewegten, die Karten auf dem Tisch, die langsamen Bewegungen, mit denen Mrs.

Cullen zur Wand hinüberging und die Lampe anzündete, und wie der Raum hell wurde.

Er ging ins Schlafzimmer, zog sich die Badehose an, dann den Morgenmantel und ein Paar Sandalen. Er blieb einige Augenblicke an der Haustür stehen und tankte Sonne. Carmel war im Garten. Als er draußen war, stellte er fest, daß die Luft frisch war. Es würde noch ein, zwei Stunden dauern, bis es richtig warm wurde. Er nahm sich ein Handtuch, das auf einem Busch zum Trocknen gelegen hatte, und ging hinunter Richtung Kliff, in der Hoffnung, daß er niemandem begegnen würde. Ein paar Einheimische arbeiteten auf einem Heufeld auf der Hügelkuppe. Die Felder, die ans Kliff grenzten, waren schon gemäht worden und bildeten eine blaßgrüne Stoppelfläche.

Es wehte kein Wind, aber auf dem Gras lag noch leichter Tau. Er breitete das Handtuch am Rand des Kliffs aus und setzte sich darauf. Das Meer war hellgrün mit dunkelgrünen und, weiter draußen, blauen Flecken. Er beobachtete, wie die Wellen hereingerollt kamen und sich träge vor dem Ufer brachen.

Er begab sich hinunter zum Strand, wo es wärmer, geschützter war. Er zog Sandalen und Morgenmantel aus und ging zum Wasser, fröstelte, als er seine Füße ins kalte Meer tauchte. Vielleicht hätte er warten sollen. Er blieb eine Weile stehen und ging dann wieder zu der Stelle zurück, wo seine Sachen lagen. Es herrschte eine friedliche Stimmung. Er lauschte nach dem Geräusch des Mähdreschers, aber er war zu weit entfernt, oder sie hatten mit der Arbeit aufgehört. Er legte die Hände hinter den Kopf und drehte den Kopf von einer Seite zur anderen, Übungen, um die Spannung in seinem Nacken abzubauen. Er machte es so lange, bis er ermüdete und ihm heiß war. Jetzt konnte er es noch mal mit dem Meer versuchen. Er ging hinunter, entschlossen, nicht stehenzubleiben, um das Wasser zu prüfen. Er watete hinein, ohne auf das Spritzen einer hereinkommenden Welle zu achten, dann blieb er stehen und tauchte unter, schwamm so schnell hinaus, wie er konnte, ließ den Kälteschock durch seinen Körper schießen. Er drehte sich auf den Rücken und blickte die Küste hinunter, bemerkte, wie scharf und klar alles im frühen Morgenlicht war. Er versuchte, nicht an die Kälte zu denken.

Als er nach Hause kam, arbeitete Carmel immer noch im Garten.

«Der Postbote ist schon dagewesen», sagte sie, während sie sich aufrichtete, eine kleine Schaufel in der Hand. «Dieser kleine freundliche Mann. Er war eine ganze Weile nicht mehr da. Er hat ein dickes Päckchen für dich gebracht. Ich hab ihm gesagt, er soll's auf den Tisch legen. Er will mit dir reden wegen einer Festanstellung. Das hat er mich schon letztes Jahr gefragt, als du einmal nicht da warst. Er hat gesagt, er hat die irische Prüfung gemacht, aber sie wollen ihn trotzdem nicht fest anstellen.»

«Denkt er, ich bin der Chef vom Postamt?» fragte er.

«Er denkt, daß du Beziehungen hast», sagte sie.

Der Umschlag trug einen Amtsstempel. Er enthielt die Entscheidungssammlung des vergangenen Jahres. Sein Urteil in dem Prozeß um die Pflegeverpflichtung müßte auch drinstehen. Er sah nach und stieß dabei auf mehrere andere Urteile, die er während des Jahres gefällt hatte. Er ging ins Schlafzimmer und zog sich an, dann trug er einen Klappstuhl und einen kleinen Tisch in den Garten und begann, die Entscheidungssammlung durchzusehen. Nach einer Weile wollte er auch bestimmte Passagen markieren, und so ging er hinein und holte sich einen Kugelschreiber. Er vertiefte sich in seine Lektüre und versah die Ränder mit Anmerkungen, Kommentaren, Ausrufe- und Fragezeichen.

In den Urteilen des Obersten Gerichts, aber auch in einigen Entscheidungen des High Court waren fast überall subjektive Meinungen herauszulesen, selbst in den ausgewogensten Entscheidungen. Es machte ihm Spaß, die Anzeichen dafür zu entdecken, und die subtileren und halbgetarnten bereiteten ihm ein besonderes Vergnügen.

Als Carmel mit einem Tablett mit Tee herauskam, legte er seine Lektüre weg. Sie klappte einen zweiten Stuhl auf und setzte sich neben ihn.

«Eigentlich sollte ich die jetzt nicht lesen», sagte er. «Ich sollte mir das für Regenwetter aufheben.»

«War das Wasser warm?» fragte sie.

«Nein», sagte er. «Es war eine Tortur.» Er legte die Hände in den Nacken und lachte. «Aber ich hab mich danach gut gefühlt.»

«Das mit dem Postboten ist komisch. Ich habe das Gefühl, er denkt, du könntest ihm eine Festanstellung verschaffen. Du solltest versuchen, ihm zu helfen.»

Carmel las in einem Roman, während er sich zurücklehnte und nichts tat. Aber die Versuchung der Entscheidungssammlung war zu groß. Einige Urteile, die er zu dem Zeitpunkt, als sie gefällt worden waren, nicht näher verfolgt hatte, machten ihn jetzt neugierig. Er fing wieder an, die Broschüren durchzusehen. Der Vormittag glitt vorbei.

Er ließ sich in die verwickelten juristischen Zusammenhänge hineinziehen, las so begierig, als wären die Seiten voller Tratsch. Ihn interessierten die Gedankengänge seiner Kollegen, ihre Strategien, ihre Wortwahl. Hier und da war er enttäuscht, wenn die Argumente nur halb durchdacht waren oder vage blieben oder wenn er auf Beispiele von mangelhaftem Verständnis der Rechtsprechung stieß. Einige Urteile, die er nach dem Mittagessen las, waren von jüngeren Kollegen am High Court verfaßt, Urteile, die er selbst nicht hätte schreiben können, die detaillierte und umfassende Kenntnisse über Diffiziles wie Patentrecht und Urheberrecht bewiesen, über die Feinheiten des Delikts- und Eigentumsrechts. Er war eher an allgemeineren Fragen interessiert, an den Fällen, die eine größere Tragweite hatten als das bloße Richtig oder Falsch spitzfindiger Argumente, die dem Gericht vorgetragen wurden.

Im Laufe des Nachmittags verschwand die Sonne hinter dem Haus, und der Vorgarten lag jetzt im Schatten. Er schlief für eine Weile ein, und als er aufwachte, sah er, daß Carmel ihren Stuhl zusammengeklappt hatte und wohl hineingegangen war. Er verspürte immer noch die Erregung von der Lektüre der Entscheidungssammlung und bedauerte, daß er soviel auf einmal gelesen und sich nicht mehr für die nächsten Tage aufgehoben hatte. Er klappte ebenfalls seinen Stuhl zusammen und lehnte ihn an die Hauswand. Carmel war in der Küche.

«Ich glaube, ich fahre mal in die Stadt», sagte er. «Ich werde bei Tante Margaret vorbeischauen, aber ich werde nicht allzu lange bleiben.» Er ging hinaus zum Auto, das in dem Sträßchen geparkt war.

Das Land sah schön aus im warmen Licht des Sommerabends. Die Hecken waren dicht, und die Bäume standen in vollem Laub. Während er Richtung Ballagh fuhr, bemerkte er, daß die Felder allmählich größer wurden, der Boden fruchtbarer, daß die Zahl der Birken und Eichen zunahm. Es waren jetzt auch große alte massige Häuser zu sehen, die mit Steinmauern umfaßt waren. Ein paar Meilen später wurde das Land jedoch wieder ärmer. Hier wurde nichts angebaut, da war nichts zu sehen von dem Weizen und Hafer, den der bessere Boden hervorbrachte, nur Rinder und Schafe. Es gab auch keine großen Häuser, nur hier und da ein paar kleine Cottages am Straßenrand.

Es war das erste Mal in diesem Sommer, daß er in die

Stadt fuhr. Aber als er Templeshannon erreichte, hatte er das Gefühl, als wäre er schon immer hier gewesen. Die plötzliche Klarheit dieser Erkenntnis ließ die übrige Welt fremd und unvertraut erscheinen. Es hatte einige Veränderungen gegeben: Bennet's Hotel war verschwunden, und bei Roche's Malting waren neben den alten Lagerhäusern aus Stein mehrere große Blechlungen dazugekommen. Er fuhr am Postamt vorbei und den Friary Hill hinauf, vorübergehend überrascht, wie eng alles war, wie klein die Häuser waren.

Er hielt vor dem alten Haus seines Großvaters, wo sein Vater geboren worden war. Seine Tante Margaret wohnte immer noch hier. Sie war jetzt schon über achtzig – vielleicht fünfundachtzig, sechsundachtzig, er war sich nicht sicher –, aber geistig war sie noch ganz da, das hatte jedenfalls Carmel gesagt. Carmel stand mit Margaret in ständiger Verbindung.

Er konnte sie mit dem Rücken zum Erkerfenster dasitzen sehen, als er das Gartentor öffnete. Sie las Zeitung und hielt sich das Blatt dicht vors Gesicht. Er wollte nicht gegen die Scheibe klopfen, um sie nicht zu erschrecken. Er klopfte eine Weile mit dem Türklopfer, und dann hörte er sie kommen. Sie öffnete die Tür, musterte ihn, nahm dann die Brille ab und sah wieder hin.

«Komm rein, komm rein, komm rein», sagte sie.

Sie führte ihn in das helle Wohnzimmer und zupfte die Kissen auf einem Stuhl zurecht. Er bemerkte, daß sie an einem Bein einen Verband trug.

«Schön, dich wiederzusehen», sagte sie. «Carmel ist ein paarmal vorbeigekommen. Sie hat dich schon angekündigt, aber ich dachte, du wartest vielleicht, bis das Wetter wieder schlecht wird.»

«Es ist herrlich, nicht, das Wetter? Und das Haus und der Garten sehen auch sehr schön aus», sagte er.

«Es ist schön im Sommer», sagte sie.

Sie lächelte ihn an, als wäre er ein kleiner Junge, der mit seinem Vater zu Besuch gekommen war, stolz auf irgendein neues Stück Wissen, das er erworben hatte, oder auf irgendeine neue Leistung. Sie war immer sanft, begierig zu gefallen und bereit, ihre eigene scharfe Intelligenz und deutliche Erinnerung zu verbergen, wenn dies die allgemeine Harmonie stören konnte. Sie hatte nie geheiratet, nie die Kontrolle gekannt, die eine Ehefrau und Mutter ausübt, die unbehaglichen Kompromisse, die ein Mann und eine Frau miteinander eingehen. Sie hatte ihr ganzes Leben lang in einem Büro gearbeitet, dankbar, eine sichere Anstellung zu haben, denn sie hatte Zeiten durchlebt, in denen sichere Stellen rar gewesen waren.

Sie ging jetzt in die Küche und kam mit einer Flasche Whiskey, einem Glas und einem Krug Wasser auf einem Tablett wieder. Ihm fiel auf, daß sie unsicher auf den Beinen war. Sie stellte das Tablett auf das Beistelltischchen vor ihm.

Für ihn hatte sie immer etwas Kindliches und Süßes gehabt. Sie hatte das hohe Alter unversehrt erreicht. Sie war jetzt von allen frei. Sie hatte Carmel erzählt, daß sie glücklich sei, sich um niemand mehr kümmern zu müssen, obwohl sie sie vermißte, vor allem ihren Bruder Tom, mit dem sie sich nach dem Tod ihrer Eltern dieses Haus geteilt hatte.

«Du weißt selber am besten, wieviel Whiskey du willst», sagte sie. «Es hat keinen Sinn, wenn ich dir einschenke.»

«Willst du nicht auch einen?» fragte er.

«Ja, vielleicht», sagte sie und lachte. «Du weißt ja, daß ich normalerweise keinen trinke.» Sie ging wieder in die Küche und kam mit einem leeren Glas und einer Flasche Limonade wieder.

«Zu Hause wirst du Carmel erzählen, daß ich jetzt trinke», lachte sie wieder.

«Carmel wäre begeistert, zu hören, daß du manchmal ein Gläschen trinkst», sagte er. Sie schenkte sich Whiskey ein und goß etwas Limonade dazu.

«Mal sehen, ob ich ein paar Neuigkeiten für dich habe», sagte sie. «Es geht ja nicht, daß du dir extra den langen Weg machst und dann ohne Neuigkeiten nach Hause kommst.»

Langsam, während er an seinem Whiskey nippte, ging sie alle Verwandten der Reihe nach durch, entfernte Cousins in Nord-Wexford, die sich ständig nach ihm erkundigten, andere Cousins in Amerika, alte Familienfreunde in Cork. Sie erzählte vom Bridge Club, wobei sie sich überlegte, ob er die Leute, von denen sie ihm erzählte, überhaupt jemals kennengelernt hatte oder ob sie schon früher von ihnen erzählt hatte.

«Ich habe dir wirklich eine Menge zu erzählen», sagte sie. «Ich habe dich ja so lange nicht mehr gesehen. Ich erfahre alles über dich von Carmel.»

Es gab vieles, was ihn interessierte und von dem er nur Bruchteile wußte. Dinge, die mit ihrem Tod verschwinden würden. Zuweilen hatte er das Gefühl, er wäre mit dabeigewesen, ganz nahe dabei, als sein Großvater zwangsvertrieben wurde, und daß er seines Vaters Onkel Michael gekannt hätte, den alten Fenier, der zu krank war, um nach 1916 interniert zu werden. Oder daß er in dem Schlafzimmer gewesen wäre, in dem Zimmer über dem, wo sie jetzt saßen, als sein Großvater am Ostermontag 1916 zum Haus zurückkam und er ihm zugesehen hätte, wie er die Dielenbretter hochklappte, unter denen er eine Reihe von Gewehren versteckt hatte. Oder daß er miterlebt hätte, wie sein Großvater nach Zusammenbruch des Osteraufstandes von zu Hause abgeholt wurde. Dies waren die Dinge, die mit ihm lebten, aber er konnte sie sich nur vorstellen.

Einige dieser Ereignisse waren so gegenwärtig, sie waren so oft erzählt und durchgesprochen worden. Er begriff, daß er nie ganz genau wissen würde, was sich damals ereignet hatte, es fehlten zu viele Einzelheiten. Margaret rückte bereitwillig mit Erinnerungen und Ereignissen heraus, aber wenn sie zuviel gefragt wurde, wurde ihr Blick ausweichend und ihre Miene vage.

«Ich freue mich nicht auf den Winter», sagte sie, und sie begann zu erläutern, wie sich ihr Haus im letzten Winter in einer Art Belagerungszustand befunden hatte. Wenn sie das Licht in der Küche auf der Rückseite des Hauses anmachte, sagte sie, schmiß jemand einen Stein durchs Fenster, von dem Feld auf dem Hang dahinter. Junge Burschen aus der Stadt, sagte sie, warteten dort stundenlang. Einer der Steine hatte sie am Bein getroffen, und sie war in Angst und Schrecken gewesen. Und so konnte sie die Küche nach Einbruch der Dunkelheit nicht mehr benutzen, sie stellte sich einen elektrischen Kessel ins Wohnzimmer und machte sich dort Tee.

«Hast du denn nicht die Polizei angerufen?» fragte er.

«Ich habe die Polizei angerufen. Ich habe Corrigan angerufen, dem das Feld gehört. Ich habe sogar Manse angerufen, und sie waren alle voller Mitgefühl. Pater Doyle kam mich besuchen, aber niemand hat was unternommen. Ich wollte es Carmel erzählen, hab es dann aber nicht über mich gebracht. Es ist sehr hart. Das würde mir niemand glauben, wenn ich sage, daß sie da jeden Abend zwei oder drei Stunden mit ihren Steinen gewartet haben. Auf mich gewartet haben. Ich konnte spüren, daß sie da draußen waren. Ich hoffe, sie finden für diesen Winter eine andere Beschäftigung. Das ist das letzte, was man erwarten würde, daß die eigenen Landsleute sich gegen einen wenden.»

Sie hielt inne und sah in die Ferne. Das Schweigen dauerte einige Augenblicke, und er überlegte sich, wie er ihr helfen konnte. Er ertappte sich sogar dabei, daß er sich fragte, ob es stimmte, was sie sagte.

«Ich werde mit der Polizei darüber sprechen», sagte er.

«So was haben wir selber doch auch gemacht», fuhr sie fort. «Aber wir dachten, das ist harmlos. An Türen klopfen und wegrennen, so sah das damals aus, so haben wir die Nachbarn geärgert. Man knallte laut gegen die Tür und versteckte sich. Da gab's einen Mann oben in der Irish Street, einen Mr. Metcalfe, ein Protestant, der war immer ganz wütend und hat uns bis zum Market Square hochgejagt. So was ist heutzutage wahrscheinlich altmodisch. Dein Vater war immer begeistert dabei, und Tom.»

Sie bot ihm ein zweites Glas Whiskey an, aber er sagte, er müsse noch fahren.

«Dann tu's lieber nicht», sagte sie. «Obwohl sie dich nie anhalten würden.»

«Denkst du jemals an sie», fragte er, «an meinen Vater und an Tom?»

«Ob ich an sie denke?» fragte sie. «O ja, allerdings.» Ihr Ton war sachlich und melancholisch. Er ließ das Schweigen zwischen ihnen fortdauern, bedauerte, daß er die Frage gestellt hatte, daß er sie nicht hatte einfach weiterreden lassen. Sie dachte nach, mit sorgenvoller Miene. Er wünschte, er könnte ihr noch eine Frage stellen.

«Spielst du eigentlich noch Golf?» fragte sie.

«Ich habe es überbekommen», sagte er. «Und den Club auch.»

«Das sind schreckliche Snobs, diese ganzen Golfleute», sagte sie.

«Ich war sowieso nicht gut. Ich spiele nicht mal mehr Bridge», sagte er.

«Carmel hat's mir erzählt», sagte sie. «Ich liebe Bridge. Es hält einen geistig sehr rege.»

«Du mußt dieser Tage mal zu uns kommen, bevor wir

wieder abreisen. Ich könnte dich morgens mit dem Auto hier abholen», sagte er.

«Das wäre sehr nett, aber laß nur, ich weiß doch, daß ihr euch erholen wollt.»

«Wir könnten zusammen Lunch essen.» Er hörte sich ‹Lunch› sagen und war sich unsicher. Sie würde es immer ‹Dinner› nennen.

«Lunch heißt es jetzt in Dublin», sagte er. «Sagt man hier Dinner?»

«Luncheon», sagte sie mit einem englischen Akzent, «so sagt Mrs. Allen vom Bridge Club dazu. Aber es ist doch eigentlich alles das gleiche, oder? Es ist alles Essen.» Sie lachte.

Er nahm die Whiskeyflasche und bot ihr etwas an.

«Ich weiß nicht, warum ich dir den Whiskey anbiete», sagte er.

«Oh, ich möchte nichts mehr. Ich werde nicht schlafen können, wenn ich noch mehr trinke.»

Wieder schwiegen sie, und er fühlte sich ihr nah und war glücklich, daß er mit ihr geredet hatte.

«Madge Kehoe hat uns eingeladen, und wir haben einen wunderbaren Abend verbracht», sagte er.

«Sie ist sehr nett. Ich habe sie schon seit Jahren nicht mehr gesehen. Ich habe ein Gedenkbild von ihr bekommen, als dein Onkel Tom gestorben ist, und einen Brief. Dein Vater kannte die Kehoes und die Keatings. Sie sind immer sehr nett gewesen. Ihre Mutter war auch nett, die verstorbene Mrs. Keating.»

«Da unten hat sich viel verändert, mit der Erosion», sagte er. «Das alte Haus steht schon fast am Kliff.»

«Das geht schon seit Jahren so, seit Jahren, seit diesem schrecklichen Gewitter. Das war, bevor du geboren wurdest.»

«Und davor gab es keine Erosion?»

«Das hat man behauptet. Ich erinnere mich, wie dein Vater das gesagt hat. Dein Vater hat es da unten geliebt.»

Sie unterhielten sich, bis es dunkel wurde. Sie schickte ihn in die Küche, um den Elektroheizer zu holen. Der Sommer sei jetzt vorüber, sagte sie, auch wenn es tagsüber noch schön sei. Nachts werde es schon kalt. Als er das Licht in der Küche anmachte, fiel ihm ein, daß dies das Ziel für die Steine war, aber sie kamen nur im Winter, hatte sie ihm gesagt.

«Ich werd zur Polizei gehen», sagte er, als er wiederkam. «Wegen dieser Burschen oben auf dem Feld. Die müßten doch in der Lage sein, das zu unterbinden. Oder ich rede mit John Browne. Hast du dich mal mit ihm in Verbindung gesetzt?»

«Er hat samstags eine Ambulanz in Murphy Floods. Er soll sehr zuvorkommend sein.»

«Er könnte das für dich regeln.»

«Da gibt's noch einen, der eine Ambulanz hat», sagte sie geistesabwesend.

«Ich werde jedenfalls mit der Polizei reden», sagte er.

«Auf dich werden sie hören», sagte sie und lächelte ihn warm an.

Er trug das Tablett mit den leeren Gläsern und der Flasche Whiskey in die Küche, bevor er ging.

«Es war schön, dich zu sehen», sagte sie. «Es war eine wunderbare Überraschung.»

SECHSTES KAPITEL

Pst, pst.» Seine Großmutter hob zum Zeichen, daß sie still sein sollten, die Hand und neigte den Kopf zur Tür, als wartete sie auf ein Geräusch. Als die Männer, die um das Feuer herum saßen, festgestellt hatten, daß da kein Geräusch war, redeten sie wieder weiter, bis zu den Rundfunknachrichten, da würde seine Großmutter wieder Stille verlangen.

«Tom wird wissen wollen, was in den Nachrichten kam.»

Der Kamin rauchte im dunklen Hinterzimmer. «Wer ist mein liebster Junge?» fragte sie ihn, und sie sahen ihn alle an. Er antwortete nicht.

«Wer liebt dich am meisten?» fragte sie ihn und tat so, als wollte sie ihn kitzeln. Ihre grauen Haare waren zu einem Knoten zurückgebunden.

«Du», sagte er.

Sie fragten ihn immer über die Schule aus: wie viele Klapser er bekommen hatte, wie gut er im Rechtschreiben war, wie er mit seinem Irisch vorankam. Irisch war wichtig, wenn man ein gutes Abschlußzeugnis und eine gute Arbeit wollte, sagte seine Großmutter.

«Dein Onkel Stephen und dein Papa waren sehr gut in Irisch. Dein Papa hat ein Universitätsstipendium bekommen.»

Im November, als es schon um halb fünf dunkel wurde, kam sein Onkel Stephen vom Sanatorium nach Hause und legte sich unten im Wohnzimmer ins Bett. Eamon durfte bei ihm sitzen, solange er ihm nicht zu nahe kam.

«Liest du gerne?» fragte Stephen ihn.

«Manchmal», sagte er und schob sein Spielzeugauto um den Tisch und am Boden herum, während Stephen im Bett saß und las. Im Kamin brannte ein Feuer.

«Wenn du älter bist, wirst du Bücher lieben», sagte Stephen. «Es gibt großartige Bücher.» Er trug einen Pullover über seiner Schlafanzugjacke.

Als es dämmerte, legte sich Stephen auf das Kissen zurück und schloß die Augen. Eamon dachte, er sei eingeschlafen, bis er anfing zu husten. Zuerst war es ein schwaches Fiepen, das in Wellen mit seinem Atem erklang, und dann schien es, als könne er nicht mehr atmen, und dann, als das richtige Husten begann, konnte Eamon ihn nach Luft ringen hören. Es hörte sich an, als müsse er sich übergeben. «Hol schnell etwas Zeitungspapier», sagte seine Großmutter, als sie hereingeeilt kam. «Unten im Wandschrank in der Küche.»

Er rannte aus dem Zimmer in die Küche, wo er eine alte Zeitung fand, und brachte sie wieder nach vorne. Seine Großmutter hielt Stephen in den Armen und sagte «Ganz ruhig» zu ihm, wieder und immer wieder. Er hatte den Eindruck, daß sein Onkel Stephen weinte. Er ging in den Flur hinaus und stand da und lauschte. Nach einer Weile setzte er sich in die Küche. Als seine Großmutter erschien, sah er, daß die Zeitung, die sie in der Hand hielt, vor Blut glänzte.

Am Weihnachtsmorgen wachte er früh auf, bevor der erste schmale Streifen grauer Morgendämmerung über dem Vinegar Hill erschien, und ging nach unten. Er machte das Licht im hinteren Zimmer an und fand sein Geschenk von Santa Claus auf dem Tisch, das er sogleich auspackte. Es war das, was er sich gewünscht hatte: ein Fort zum Zusammenbauen und ein paar Soldaten. Da waren auch noch ein paar Riegel Schokolade.

Er ging wieder nach oben, seine Zähne klapperten vor Kälte, und er zog sich an. Als sein Vater erschien, hatte er das Fort bereits auf dem Tisch im Eßzimmer zusammengebaut. Er zeigte seinem Vater, wie er es zusammengesteckt hatte.

Es war ein klarer Tag mit Eis an den Kanten des Gehweges, der zur Back Road hinunterführte. Sie gingen zur Neunuhrmesse, begrüßten die, die ihnen auf dem Rückweg von der Achtuhrmesse entgegenkamen, und begrüßten sie mit «Fröhliche Weihnachten» und «Alles Gute». Unten an der Pearse Road fragte ihn eine Frau, was er von Santa bekommen habe, und er erzählte ihr von dem Fort und den Soldaten.

Sie gingen den Mittelgang der Kathedrale entlang zum seitlichen Marienaltar, aber dort war kein Platz mehr, und sie mußten auf dem Boden knien, bis eine Frau hinüberrückte und ihnen Platz machte, aber für Eamon war auf der Bank immer noch kein Platz, und er mußte sich auf die Fußstütze setzen.

Die Vorbereitungen zur Wandlung begannen zum ständigen Geräusch von Husten und Schlurfen, das bald, als die Glocken läuteten, einer ehrfürchtigen Stille wich. Er beobachtete seinen Vater aus den Augenwinkeln, als dieser das Meßbuch an der Stelle öffnete, wo das schwarzgeränderte Bildchen von seiner Mutter steckte. Er sah zu, wie sich die Lippen seines Vaters beim Beten bewegten, das Meßbuch war noch aufgeschlagen, und in der Mitte der Karte das lächelnde Gesicht seiner Mutter, so vertraut, weil er es so oft betrachtet hatte, und darunter der Tag ihres Todes – 16. August 1934 – und ihr Alter, achtundzwanzig. Er wandte sich ab, als sein Vater das Meßbuch zuklappte, nachdem das Gebet beendet war.

Nach der Messe gingen sie nach Hause und frühstückten. Dann sammelte sein Vater die Geschenke ein, die sie zu seiner Großmutter mitnehmen wollten: Bücher für seinen Großvater und Onkel Stephen, einen Schal für seine Tante Margaret und eine Strickjacke für seine Großmutter. Er fand etwas Einwickelpapier und Klebestreifen und machte sich daran, an jeden eine Karte zu schreiben.

«Die hier sind von dir», sagte sein Vater, «und du sollst sie verteilen.»

Sein Vater legte die Geschenke in einen Einkaufskorb, den er Eamon zum Tragen gab. Sie gingen die John Street und die Court Street entlang Richtung Market Square. Sein Vater blieb mehrmals stehen, um sich mit jemandem zu unterhalten. Eamon hielt seine Hand und versuchte, daran zu ziehen, damit er sich beeilte, aber ein Mann in einem braunen Mantel, unterwegs zum Weihnachtsessen bei seiner Schwester in St. John's Villas, wie er sagte, fing an, seinem Vater eine lange Geschichte zu erzählen, der Eamon nicht folgen konnte. Er stellte den Korb auf den Boden ab und wartete.

In der Irish Street führten zu jedem Haus unterschiedlich viele Stufen hinauf. Er kletterte jede Flucht hoch und sprang dann herunter, während sein Vater stehenblieb und zusah.

«Irgendwann brichst du dir in dieser Straße noch den Knöchel», sagte er.

Im Fenster vorm Haus seiner Großmutter brannte eine mit Weihnachtsgrün dekorierte Kerze. Sein Großvater hatte schon nach ihnen Ausschau gehalten und öffnete die Tür. Er hatte eine Pint-Flasche Stout in der Hand.

«Kommt rein in die Wärme», sagte er.

Eamon stellte den Korb im Flur ab.

«Wir haben Johnny Corrigan getroffen», sagte sein Vater, «und er hat uns ewig aufgehalten.»

Seine Großmutter war in der Küche mit seiner Tante Margaret und seiner Tante Molly, die mit seinem Onkel

Patrick verheiratet war. Zwei seiner Cousins waren im Hinterzimmer, sie trugen Cowboy-Anzüge. Sie versammelten sich alle um Eamon, der nun die Geschenke verteilte. Stephen saß beim Feuer, gegen die Wand gekauert, mit gekreuzten Beinen. Er öffnete sein Geschenk langsam und lächelte, als er das Buch sah. Er griff hinter sich und gab Eamon ein weiteres Päckchen mit einem Buch. Eamon übergab seinen Cousins eine Schachtel Süßigkeiten.

Als Onkel Tom und Onkel Patrick von der Messe wiederkamen, wurden die Männer ins Wohnzimmer geschickt und die Kinder nach draußen zum Spielen, damit die Frauen den Tisch decken und das Essen vorbereiten konnten. Eamon führte seine Cousins zur Irish Street, und sie sprangen von den Stufen herunter, bis Tante Molly sie holte.

Stephen saß immer beim Feuer, ein Glas Guinness in der Hand. Eamons Großvater trank auch Guinness, aber die anderen Männer tranken Ale. Im ganzen Haus roch es nach Essen, und die Fenster im Zimmer waren von der Wärme beschlagen. Tante Margaret trug ein Tablett mit Schalen voll Suppe herein, und die Männer nahmen Platz. Tante Margaret hatte für Eamon und seine Cousins Papierhütchen und stellte vor jeden eine Flasche Orangensaft. Seine Großmutter sprach das Tischgebet, und dann begannen sie zu essen.

«Gott sei Dank», sagte seine Großmutter, «daß Weihnachten ist.» Auf einer riesigen Platte brachte sie den Truthahn herein, zusammen mit dem Tranchierbesteck. Die anderen Frauen brachten das Gemüse, während Eamons Großvater weitere Flaschen Guinness und Ale öffnete.

«Ist es nicht großartig», sagte sein Großvater, «daß wir alle hier sind und genug zu essen haben?»

«Bei der Neunuhrmesse war es fürchterlich voll», sagte Eamons Vater.

«Bei der Sechsuhrmesse waren dieselben Leute wie letztes Jahr», sagte seine Großmutter, «bis auf Mr. Doran, Gott hab ihn selig, die Frauen, die Arbeit zu erledigen hatten, und ein paar besonders Fromme.»

Inzwischen hatte jeder einen Teller mit Truthahn und Gemüse vor sich, und es herrschte für eine Weile Stille, während sie aßen.

«Zu Weihnachten muß ich immer daran denken, was wir in der Stadt nach dem Aufstand durchgemacht haben», sagte seine Großmutter zu seiner Tante Molly. «Du bist zu jung, um dich daran zu erinnern, Molly. Ostern 1916. Das war, bevor Stephen geboren wurde. In Frongoch haben sie die halbe Stadt interniert und uns alles weggenommen. Die haben Tom und Papa hier in diesem Zimmer verhaftet.»

«War das ein Gefängnis?» fragte Eamon.

«Und dann haben wir gedacht, wir müßten Weihnachten ohne sie feiern. Es war eine sehr schlimme Zeit. Und dann haben sie plötzlich den ganzen Haufen einen Tag vor Weihnachten freigelassen, und wir sind rübergegangen, um sie am Zug abzuholen. Das werde ich nie vergessen. Daran muß ich zu Weihnachten immer denken.»

«War das ein Gefängnis?» fragte Eamon wieder.

«Sei still und iß», sagte sein Vater.

Nach dem Trifle und dem Plumpudding gingen die Männer zur Andacht in die Kathedrale.

«Aber gleich wieder nach Hause kommen», sagte seine Großmutter. «Nicht daß ihr mir ins Pub geht.»

«Das ist die Macht der Religion», sagte Stephen und lachte. Er saß wieder beim Feuer.

«Gab's da Eisenstäbe in Frongoch?» fragte Eamon, als die anderen gegangen waren und die Frauen in der Küche abwuschen.

«Ich weiß nicht. Ich war nicht dort.»

«Aber war es ein Gefängnis?»

«Nein, es war eher wie ein Internierungslager, ein großer Schlafsaal.»

«War das hier in der Nähe?»

«Es war in Wales.»

Es war dunkel, als die Männer wiederkamen. Stephen saß am Feuer und las, die Frauen waren immer noch in der Küche, und Eamon spielte mit seinen Cousins Karten. Als sie hereinkamen, ging sein Großvater zum Feuer und hielt die Hände vor die Flammen.

«Es ist kalt», sagte er, als die anderen Männer noch in ihren Mänteln das Zimmer betraten. «Macht mal die Tür zu, sonst geht die ganze Wärme raus.»

«Wart ihr im Pub?» fragte Stephen.

«Ja. Es war sehr voll. Sogar einer der Polizisten war da.»

Seine Großmutter und seine zwei Tanten kamen herein.

«War es voll bei der Andacht?» fragte sie.

«O Salutaris Hostia», sagte Stephen.

«Ich kann den Alkohol riechen», sagte sie. «Das wird in diesem Land das Ende der Familie sein, wenn die Männer am Weihnachtstag trinken gehen. Diese Stadt wird noch daran zugrunde gehen.»

«Ich hoffe, ihr habt nichts angerührt, während wir weg waren», sagte sein Großvater.

«Ich hab alles in die Spüle geschüttet, als ihr weg wart, jede einzelne Flasche, stimmt's, Margaret?»

«Ach, bestimmt nicht», sagte sein Großvater.

«Hab ich wohl. Du brauchst gar nicht erst runterzugehen. Du wirst nichts finden, nur leere Flaschen. Ihr habt genug zu trinken gehabt, das reicht fürs ganze neue Jahr.»

«Dann trinken wir eben eine Tasse Tee», sagte sein Großvater, «während wir uns überlegen, was wir machen.»

Seine Großmutter ging in die Küche und kam ein paar Minuten später mit einem Tablett mit Sherry, Ale- und Stout-Flaschen und Gläsern wieder.

«Am Weihnachtstag könnt ihr zu Hause trinken», sagte sie.

«Die Familie, die zusammen trinkt», lachte Stephen.

«Du hast es also doch nicht in die Spüle gegossen», sagte sein Großvater.

«Ich hab's nicht übers Herz gebracht», sagte sie. «Möchte irgend jemand lieber Tee?»

Sie ließen sich ums Feuer herum nieder, die Frauen mit einem Glas Sherry, die Männer mit Bier, die drei Jungs mit Limonade. Eamon beobachtete, wie sein Vater sein Glas leicht schief hielt und langsam Bier eingoß, indem er es sanft am Glasrand hinunterfließen ließ.

«Trinken wir», sagte Stephen, «auf die Bekehrung von ganz Rußland.» Er lachte.

«Trink mir nur mit deinen Augen zu», zitierte Tante Margaret.

«Mein Vater hat das gesungen», sagte seine Großmutter. «Es war sein Lieblingslied. Ich würde das so gerne wieder hören.»

«Ich würde gerne ‹Ich träumte von den Marmorsälen› hören», sagte Tante Molly.

«Schenk mir nach», sagte sein Großvater, «und ich tu's.»

Er räusperte sich, und die anderen sahen ihn gespannt an. Eamon setzte sich auf den Boden in die Nähe seines Vaters. Die Stimme seines Großvaters war leiser und schwächer, als er in Erinnerung gehabt hatte. Nach der ersten Strophe hörte er auf, und dann übernahm Eamons Großmutter, wobei sie seinen Großvater anlächelte. Ihre Stimme war viel kräftiger, aber sie hielt sie leise, damit sie zu der ihres Mannes paßte, und als sie ihre Strophe beendet hatte, machte er weiter. Die letzte Strophe sangen sie zusammen:

Auch träumte ich, und wie bezaubert war ich da,
Daß du mich liebst, wie du mich liebtest einst,
Daß du mich liebst, ja liebst, wie du mich liebtest einst.

Er überließ ihr die hohen Töne, ließ ihre Stimme von seiner fortschweben, und sie ließ ihm Platz, wieder mitzusingen, als das Lied dem Ende zuging. Sie klatschten alle, als es vorbei war. Eamon fiel auf, daß seine Großmutter Tränen in den Augen hatte.

«Tom wird singen», sagte seine Großmutter. Sie stand auf und ging zur Tür.

«Dann erinnere dich an den Text», sagte sie beim Rausgehen.

«Weiß irgend jemand», fragte sein Großvater und sah dabei Tante Margaret und Tante Molly an, «wo sie die Flasche Whiskey versteckt hat?»

«Frag sie lieber selbst», sagte Tante Margaret.

«Was wirst du singen, Tom?» sagte Tante Moll.

«Vielleicht singt einer der Jungs zuerst», sagte er.

Seine Großmutter kam mit einem weiteren Tablett zurück, darauf eine Flasche Whiskey, ein Krug Wasser und kleine Gläser.

«Bei dem hier schön langsam, ja?» sagte sie.

«Du bist eine großartige Frau», sagte sein Großvater.

Eamon bemerkte, daß Stephen ins Feuer starrte, ohne darauf zu achten, was im Zimmer vor sich ging. Er trank keinen Whiskey und sagte kaum ein Wort, als man ihm mehr Bier anbot.

«Na komm, Tom, dein Lied», sagte Großmutter.

«Ich singe das Boolevogue», sagte er.

«Oh, das ist wirklich schön», sagte seine Großmutter.

Er begann schüchtern mit einer zittrigen Tenorstimme, den Blick auf den Boden gerichtet, aber nach den ersten beiden Zeilen sang er mit Gefühl:

In Boolevogue, als über den Wiesen
Von Shelmalier die Sonn' versank,
Entflammte die Heide von Rebellenhand,
Und die Nachbarn eilten von weit über Land.

Die letzten Strophen sang er mit großer Leidenschaft, ohne ein Zittern in der Stimme. Sie betrachteten ihn alle, hörten aufmerksam zu, als hätten sie das Lied nie zuvor gehört. Als die Melodie verklang, schloß Stephen die Augen und zog die Schultern hoch.

«Singen ist so schön zu Weihnachten», sagte seine Großmutter. «Und Tom hat eine großartige Stimme. Jetzt ist Margaret dran», sagte sie. «Was willst du singen, Margaret?»

«Erst jemand anders.»

«Singst du mit mir zusammen das Juwelenlied?» fragte seine Großmutter sie.

«Ich muß erst überlegen, ob ich den ganzen Text kann.» Sie dachte einen Moment nach. «Komm, wir gehen mal raus ins Vorderzimmer, um zu sehen, ob wir es noch können.»

«Legt inzwischen noch Kohle nach», sagte seine Großmutter.

Im Zimmer nebenan konnten sie die beiden Sopranstimmen hören, wie sie einsetzten, aufhörten und wieder einsetzten.

«Sie sind großartig, wenn sie zusammen singen», sagte sein Großvater.

Die zwei Frauen erschienen an der Tür.

«Wir müssen stehen», sagte Tante Margaret. «Das

kann man nicht im Sitzen singen, es ist wirklich sehr schwer, und wenn wir rauskommen, seht es uns bitte nach. Bereit?»

Eamon drehte sich um und beobachtete sie, wie sie den Atem anhielten, um gleichzeitig einzusetzen. Sie begannen mit dem Lied, hörten einander dabei aufmerksam zu, konzentrierten sich auf die hohen gemeinsamen Akkorde, um sich dann wieder abzuwechseln. Das Gesicht seiner Großmutter war gerötet von der Wärme im Raum, aber sie lächelte beim Singen und machte theatralische Gesten, als das Lied dem Ende zuging.

«Das war großartig», sagte sein Großvater. «Ihr habt das mal bei dem Konzert im Athenaeum gesungen, ich weiß nicht mehr, wie lange das schon her ist. Ich weiß wirklich nicht, was wir danach noch singen sollen.»

«Ihr seid ein wunderbares Publikum», sagte seine Großmutter und setzte sich lächelnd.

Später gingen Eamon und sein Vater dann zusammen durch die stillen, leeren Straßen der Stadt. Er konnte die Froststerne auf dem Gehweg unter den Straßenlaternen in der Court Street sehen. Er behielt die Hände in den Taschen seines Mantels, um sie warm zu halten.

Sein Großvater starb im Januar. Eamon erinnerte sich, wie sein Vater in sein Schlafzimmer kam, die Vorhänge aufzog und es ihm sagte. Er drehte sich um und versuchte wieder einzuschlafen. Sein Vater sagte ihm, er solle sich anziehen, aber sowie sein Vater das Zimmer verlassen hatte, rollte er sich wieder zusammen und schloß die Augen.

Als er herunterkam, hantierte Mrs. Doyle in der Küche. Sie erzählte ihm, sein Großvater sei tot umgefallen, gerade als er durch seine eigene Haustür gehen wollte. Sein Herz, sagte sie, es war sein Herz.

«Hat er Schmerzen gehabt?»

«Er sah sehr friedlich aus.»

Als er mit seinem Vater zum Haus seines Großvaters ging, sah er, daß die Vorhänge in den Fenstern zugezogen waren, und da waren schwarze Schleifen und eine schwarzgeränderte Anzeige.

«Meinst du, er sollte hinaufgehen?» fragte sein Vater Tante Margaret.

«Ich weiß nicht. Will er denn?»

«Geh hoch und sprich ein Gebet», sagte sie zu ihm. «Knie dich hin und bekreuzige dich zuerst.»

Im Haus waren Menschen, die er nicht kannte, und andere kamen zur Tür, mit ernsten, wachsamen Gesichtern. Er ging die ersten paar Stufen hoch und wartete dort. Er konnte sie im vorderen Zimmer den Rosenkranz beten hören, ihre Stimmen murmelten zusammen in einem Gebetssingsang, und dann der Augenblick der Stille vor dem Einsatz der einzelnen Stimme: «Gegrüßet seist du, Maria, voll der Gnaden, der Herr ist mit dir.»

Er ging ein paar Stufen weiter nach oben zu dem Zimmer. Er konnte jetzt das Kerzenlicht auf der Tapete flakkern sehen, er konnte das schmelzende Wachs riechen. Er schlich näher, bis er fast den Treppenabsatz erreicht hatte. Der Rosenkranz ging zu Ende, und dann fingen sie an, das «Gegrüßet seist du, Königin» zu rezitieren.

«Hat dir deine Mama erlaubt hochzukommen?» fragte ihn eine Frau, als sie die Treppe hinaufkam. «Hast du deine Mama gefragt?»

Er sah in ihr hartes, unfreundliches Gesicht. Er kannte sie nicht. Er spürte, wie sein eigenes Gesicht auseinanderbrach, aber er weinte nicht, behielt statt dessen den Blick wortlos auf das Gesicht der Frau gerichtet.

«Wer von denen bist du?» fragte sie.

«Ich bin Eamon», sagte er.

«Und hat dein Papa dir erlaubt hochzukommen?»

Er antwortete nicht, sondern wandte sich von ihr ab.

«Du bist sehr mutig», sagte sie und ging an ihm vorbei die Treppe nach oben.

Unten im hinteren Zimmer flüsterten die Leute. Auf dem Tisch standen Stoutflaschen, und einige Frauen hatten kleine Gläser mit Sherry in der Hand.

«Jetzt ist der letzte von ihnen dahin», sagte ein Mann. «Das war der letzte Fenier.»

Stephen war in der Küche mit Tom.

«Möchtest du eine Flasche Orangenlimonade?» fragte er Eamon. Als seine Großmutter Stephen in der Küche entdeckte, führte sie ihn in das hintere Zimmer, wo es nicht zog.

«Du holst dir hier den Tod», sagte sie. Sie trug Schwarz. Selbst ihre Strümpfe waren schwarz.

«Es ging sehr schnell mit ihm», sagte jemand zu ihr, als sie wieder in den Flur ging.

Du mußt jetzt sehr lieb zu deiner Mutter sein», sagte die Frau, der Eamon auf der Treppe begegnet war, zu Tom.

«Ja, ja», sagte Tom.

Eamon ging wieder die Treppe hinauf und setzte sich auf die oberste Stufe. Aus dem vorderen Schlafzimmer kam jetzt kein Geräusch, bis auf das Geflüster von Gebeten, dann sprach er selbst ein Gebet, blieb aber draußen, wobei er sich die ganze Zeit vorstellte, wie es wäre, seinen Großvater tot zu sehen.

Über dem Friedhof lag ein Nebel, der sich zu Schneeregen verwandelte, als sie über dem Sarg die Gebete sprachen. Eamon hatte eiskalte Füße, seine Zehen schmerzten vor Kälte. Er hielt die Hand seiner Tante Margaret und stand hinter seinem Vater, dessen Rücken Eamon die Sicht auf das Grab versperrte. Als er eine Lücke in der Menge fand, war der Sarg schon in der Erde. Ein Mann hielt über dem

Priester einen Regenschirm. Sein Onkel Tom und sein Onkel Patrick stützten seine Großmutter. Stephen stand vor Eamon, neben seinem Vater. Er zitterte vor Kälte. Als er die Hände hinter seinem Rücken verschränkte, sah Eamon, wie dünn seine Finger und wie zerbrechlich seine Hände waren.

Sowie sie nach Hause kamen, legte sich Stephen ins Bett, und sie zündeten ihm im oberen Zimmer ein Feuer an. Eamon fragte sich, wer jetzt das vordere Zimmer benutzen, wer in dem Bett schlafen würde. Würden sie dieselbe Matratze benutzen, auf der der Tote aufgebahrt gelegen hatte? Er wußte, daß er das nicht fragen konnte. Seine Großmutter war in der Küche und weinte. Sein Vater und seine Onkel gingen zu ihr, und er hörte einen zu ihr sagen, daß alles wieder gut würde, aber da wurde ihr Weinen nur noch heftiger.

«Nichts wird wieder gut», hörte er sie sagen, als sie sie mit einer Handbewegung fortschickte.

Sie gingen erneut durch die Stadt. Der Schneeregen hatte aufgehört, aber es war klirrend kalt.

«Am besten gehst du sofort ins Bett. Ich mach dir eine Wärmflasche.»

«Gehe ich morgen in die Schule?» fragte er.

«Das sehen wir morgen früh.»

Im Haus war es kalt, er konnte seinen Atem sehen, als sie das Licht im Flur anmachten. Es wirkte fremd, so als wären sie lange Zeit fort gewesen. Er versuchte sich zu erinnern, wann sie das letzte Mal dort gewesen waren, und ihm wurde klar, daß er noch in der Nacht dort geschlafen hatte und erst am Morgen aufgebrochen war, um zur Beerdigung zu gehen.

«Es ist die kälteste Nacht des Jahres», sagte sein Vater, als er ein Streichholz in den Kamin hielt.

Sowie sein Vater das Licht in seinem Schlafzimmer ausmachte, schlief Eamon ein. Als er wieder aufgeweckt wurde, wußte er, daß noch nicht Morgen war und er nur eine kurze Weile geschlafen hatte. Er war müde, und das Bett war warm. Als er die Hände unter seiner Decke hervorzog, konnte er die Kälte spüren.

«Du mußt wieder aufstehen», sagte sein Vater. «Zieh noch einen Pullover und ein Unterhemd an.» Als er das Licht anmachte, sah Eamon, daß sein Vater noch im Schlafanzug war.

«Wieso muß ich aufstehen?»

«Dein Onkel Stephen hat einen Anfall gehabt.»

Er sah seinen Vater an und fragte sich, ob er die Zeit nicht eine oder vielleicht zwei Stunden zurückdrehen könnte, zu dem Punkt, wo er gerade eingeschlafen war.

«Tom wartet unten auf uns. Wir sollten uns beeilen.»

«Wo gehen wir hin?»

«Wir gehen wieder rüber. Du kannst da schlafen.»

Ihm kam in den Sinn, daß sie ihn in das Bett im vorderen Zimmer legen könnten, wo sein Großvater aufgebahrt gelegen hatte, aber er wollte da nicht schlafen, und er wußte, daß er versuchen müßte, wach zu bleiben. Er blickte vom Treppenabsatz die Treppe hinunter und sah, daß außer seinem Onkel noch ein anderer Mann da war. Sie standen beide im Flur, die Hände in den Manteltaschen. Er nahm seine Schuhe mit ins Zimmer seines Vaters und setzte sich aufs Bett, um sie anzuziehen. Sein Vater war fast fertig.

«Hast du noch einen zweiten Pullover angezogen?»

«Guck, er ist unter dem hier.»

Auf dem Bürgersteig lag Eis, als sie Richtung Back Road gingen.

«Paß auf, daß du nicht ausrutschst», sagte sein Vater. Die anderen beiden Männer schwiegen. Eamon fragte sich, ob er noch schlief, ob er vielleicht träumte, aber er wußte, daß diese Kälte wirklich war und die Dunkelheit real.

«Ist der Arzt noch gekommen, bevor ihr gegangen seid?» fragte sein Vater Tom.

«Ja, ich mußte ihn aufwecken. Sowie er da war und Stephen gesehen hat, hat er mir gesagt, ich soll den Priester holen. Es war schrecklich schwierig, den guten Mann wach zu kriegen, aber Pater Quaid sagte, er werde da sein, und dann sind wir gleich hierhergekommen.»

«Es steht so schlimm, ja?» fragte sein Vater.

«Der Arzt sagt, er wird die Nacht nicht überleben.»

Sie gingen schweigend die vereisten Bürgersteige der John Street, Court Street, Rafter Street und des Market Square entlang. Als sie im Haus ankamen, wurde im hinteren Zimmer der Rosenkranz gebetet. Die Menschen knieten und sahen nicht auf, als sein Vater und sein Onkel hineinkamen, sich ebenfalls hinknieten und in konzentriertem Gebet die Köpfe senkten. Eamon zählte zwölf Personen plus sich selbst. Die meisten waren Nachbarn. Als der Glorreiche Rosenkranz vorüber war, fingen sie wieder an, diesmal mit dem Schmerzensreichen. Auf dem Weg zur Toilette begegnete Eamon seiner Tante Margaret, die sagte, sie würden die ganze Nacht den Rosenkranz beten.

«Dein Onkel wird im Himmel sein, bevor es Morgen wird», sagte sie.

Er stellte sich vor, wie Stephens Seele aus ihm herausschwebte, aus seinem Körper heraussickerte, hoch durch das Haus und in den Himmel. Sein Vater kam in die Küche. «Wir gehen jetzt nach oben. Wir haben im hinteren Zimmer ein Bett für dich gerichtet, so daß du ein Gebet sprechen und ein bißchen schlafen kannst.»

Eamon ging hinein und legte sich auf die Kissen, die sie für ihn hingelegt hatten. Er ließ seine Kleider an, zog aber seine Schuhe aus. Sie fuhren fort, in dem Zimmer den Rosenkranz zu sprechen, und er wachte ein paarmal auf, als die Gebete lauter und dann wieder leiser wurden, aber bald war er fest eingeschlafen. Er wachte erst wieder auf, als der Morgen schon angebrochen war. Irgend jemand hatte weitere Decken über ihn gelegt. Das Zimmer war jetzt leer. Er blieb eine Weile lang still liegen, hatte Angst, sich zu rühren. Er fühlte sich heiß und verschwitzt, und er mußte auf die Toilette, aber er hatte Angst.

Plötzlich hörte er, wie das Bett im Zimmer über seinem bewegt wurde, und da wußte er, daß Stephen tot war. Er drehte sich um und versuchte wieder einzuschlafen, aber es gelang ihm nicht, und er fragte sich, ob jemand kommen würde. Schließlich kamen seine Tante Margaret und sein Onkel Tom ins Zimmer. Sie suchten etwas und bemerkten nicht, daß er wach war. Sie bewegten sich leise, flüsterten, bemühten sich, ihn nicht zu stören. Bald machten sie die Tür wieder zu, und er war wieder allein im Zimmer.

Er wußte nicht, was sie mit jemandem machten, der tot war. Zogen sie ihm alle Kleider aus? Was hatte einer an, wenn er begraben wurde? Ihm kam ein Bild seiner Mutter auf der Karte seines Vaters in den Sinn, aber er verbannte es aus seinen Gedanken. Er versuchte statt dessen an seinen toten Onkel zu denken. Er wartete, bis sein Vater ins Zimmer kam.

«Stephen ist jetzt im Himmel», sagte er, sowie er sah, daß Eamon wach war.

Eamon drehte sich um, er wollte nicht, daß sein Vater ihn quer durchs Zimmer beobachtete. Er schloß die Augen. Sein Vater kam herüber und berührte seine Schulter. Er wollte sich zu seinem Vater drehen, aber er behielt die Augen zu und die Fäuste geballt.

«Eamon, du mußt jetzt aufstehen, du kannst später wieder schlafen.»

Im Haus war es still, die Nachbarn waren alle gegangen. Er ging in die Küche und sah auf die Uhr, es war halb acht. Es war eiskalt im Haus. Er ging zur Haustür und sah zwei Nonnen den Gehweg heraufkommen, auf ihn zu. Er sagte seiner Tante Margaret Bescheid, und sie kam heraus, um sie zu begrüßen, und führte sie nach oben.

Nach einer Weile kam seine Großmutter aus dem Zimmer herunter, wo Stephen gestorben war. Ihre Haare lagen offen auf den Schultern, aber als sie ihn sah, strich sie es mit beiden Händen nach hinten. Sie trug einen schwarzen Mantel.

«Armer Eamon», sagte sie. «Armer Eamon.»

Er drückte sein Gesicht gegen sie und versuchte, sie zu umarmen, aber sie ging schnell weg und setzte sich allein ins hintere Zimmer, bis die anderen kamen und sich zu ihr setzten.

«Ich will nicht, daß mich jemand anfaßt», sagte sie. «Es soll keiner mehr in meine Nähe kommen.» Sie saßen schweigend da, alle, bis eine der Nonnen kam und fragte, wo die gesegneten Kerzen aufbewahrt wurden.

ZWEITER TEIL

SIEBTES KAPITEL

In der Nacht wachte er auf und ging nach unten in sein Arbeitszimmer. Er hatte geträumt, aber jetzt war ihm der Traum entfallen. Er ging in die Küche und holte sich etwas kaltes Wasser aus einer Plastikflasche im Kühlschrank. Er saß eine Weile am Küchentisch und ging dann wieder in sein Arbeitszimmer. Es war eine warme Nacht.

Er setzte sich an seinen Schreibtisch und blickte auf das Urteil, das er mit der Hand auf Kanzleipapier geschrieben hatte. Es war abgabebereit. Er fragte sich einen Moment lang, ob er es tippen lassen sollte, aber er befürchtete, daß es in die falschen Hände geraten könnte. Niemand wußte etwas davon. Selbst als er sich hingesetzt hatte, um es zu schreiben, hatte er nicht gewußt, was er schreiben würde, wie er entscheiden würde. Es gab sowenig, wovon man ausgehen konnte, keinen richtigen Präzedenzfall, niemanden, der eindeutig schuldig war. Keiner der Protagonisten des Falls hatte gegen das Gesetz verstoßen. Und das war alles, was er kannte: das Gesetz, seinen Wortlaut, seine Traditionen, seine Mehrdeutigkeiten, seine Bücher. Hier jedoch war er aufgefordert, über etwas Grundsätzlicheres zu entscheiden, und jetzt erkannte er, daß er versagt hatte, und er hatte Angst.

Er nahm einen Kugelschreiber aus einer Schublade und begann, auf einem Notizblock herumzukritzeln. Was gab es jenseits des Gesetzes? «Gesetz», notierte er. Es gab natürliche Gerechtigkeit. Er schrieb die beiden Wörter hin und versah sie mit einem Fragezeichen. Und dann gab es noch die Vorstellung von richtig und falsch, die beiden Prinzipien, die alles bestimmten und die von Gott kamen. «Recht» und «Unrecht». Er schrieb die beiden Wörter hin, setzte sie in Klammern und schrieb daneben in Großbuchstaben das Wort «Gott».

Irgendwie erschien ihm hier mitten in der Nacht, während die Falter und Mücken ans Fenster gelockt wurden, die Vorstellung von einem Gott noch absurder als je zuvor. Die Vorstellung eines Wesens, dessen Gedanken Ordnung ins Universum brachten, eines Wesens, das über die Dinge wachte und dessen Gegenwart der Welt eine Moral gab, die nicht auf Eigeninteresse gründete, erschien ihm völlig grotesk. Er fragte sich, wie man an so etwas glauben konnte, und doch begriff er, daß die Macht und Kraft der Gerichte und des Gesetzes letztendlich von einer solchen Vorstellung abhingen. Er strich das Wort «Gott» durch. Er fühlte sich machtlos und seltsam, während er beliebige Passagen seines Urteils noch einmal durchlas. Er beschloß, ins Bett zu gehen und noch ein wenig zu schlafen. Vielleicht würde er am Morgen eine gelassenere Haltung zu seinem Urteil haben.

Carmel bewegte sich nicht im Bett, als er ins Schlafzimmer kam, aber er wußte, daß sie wach war. Er legte die Arme um sie. Sie küßte ihn sanft auf den Hals, drehte sich dann um und ließ ihn sich an sie schmiegen. Sie schlief wieder ein, und er lag eine Weile da und hielt sie, bis er ebenfalls wieder einschlief.

Er wurde vom Wecker geweckt und griff über sie, um ihn auszustellen. Sie lagen beide da, ohne sich zu bewegen oder zu sprechen, als würden sie noch schlafen.

«Mußt du heute ins Gericht?» fragte sie schließlich, fast flüsternd.

«Ja», sagte er.

«Hast du einen vollen Tag?»

«Es gibt eine Menge durchzuarbeiten.»

Wieder ein letzter Sitzungstag, wieder ein Jahr vergangen. Er hoffte, all die Anträge auf einstweilige Verfügungen würden woandershin gehen. Er wußte, daß die Presse heute bei seiner Verhandlung dabeisein würde. Dieser Fall hatte Nachrichtenwert. Er haßte es, wenn die Gesichter der Journalisten zu ihm hochblickten, gierig auf irgend etwas, das sie packen und vereinfachen konnten. Er döste noch eine Weile, und als er wieder aufwachte, stellte er fest, daß Carmel aufgestanden war. Er rollte auf ihre Seite und lag in ihrer Wärme, bis es Zeit war, aufzustehen.

Es war ein schöner Morgen. Dünne weiße Wölkchen hingen im Himmel wie Rauch, und die Sonne war schon stark. Während er das Wasser in der Dusche prüfte, dachte er, daß er jetzt gern ins Auto steigen und mit Carmel nach Cush fahren würde und nie wieder einen Schritt ins Gericht setzen wollte.

Als er nach unten kam, war sie noch im Morgenrock. Sie goß ihm Tee ein.

«Ich glaube, es ist alles gepackt», sagte sie. «Freust du dich darauf wegzufahren?»

«Und wie. Ich habe gerade überlegt, daß ich nur zu froh wäre, wenn ich nie wieder einen Fuß ins Gericht setzen müßte.»

«Am Ende des Sommers wird's dir anders gehen.»

Er ging wieder in sein Arbeitszimmer und setzte sich an den Schreibtisch. Er fand, daß er das Urteil noch einmal durchlesen sollte, bevor er ins Gericht ging, aber er brachte es nicht über sich. Er hatte ein unsicheres Gefühl, und als er das Haus verließ, um in die Stadt zu fahren, wurde aus der Unsicherheit ein tiefes Unbehagen. Es war noch nicht neun, als er das Four Courts erreichte, und er sollte sein Urteil erst um elf vortragen, oder vielleicht noch später, je nachdem, welche Verfügungen beantragt wurden.

Die Argumentationsführung in seinem Urteil war klar, dachte er. Es war nicht in Eile geschrieben worden. Abend um Abend hatte er in seinem Arbeitszimmer gesessen und an dem Entwurf gearbeitet, hatte die Möglichkeiten ausgearbeitet, hatte die Beweislage überprüft und war noch einmal die Fakten durchgegangen. Trotzdem war er sich immer noch nicht sicher.

Er stand am Fenster seines Amtszimmers und sah hinunter über den Fluß, der jetzt wenig Wasser führte, wegen der Ebbe und aufgrund des guten Sommers. Er beobachtete, wie ein Junge auf einem Pferd sich zwischen Lastwagen und Autos hindurchbewegte, ohne Sattel, stolz. Als die Ampel auf Grün schaltete, reihten sich der Junge und sein Pferd in den Verkehr Richtung Capel Street ein.

Er hatte das Urteil aus seiner Aktentasche genommen und auf den Schreibtisch gelegt. Er ging hinüber und sah es sich noch einmal an. Der Fall hatte sich in einer der Grenzstädte ereignet. Eine Menge Leute müssen dort sehr angespannt leben, dachte er, in seltsamem Aufruhr, in rätselhaftem Kommen und Gehen. Aber das hatte nichts mit dem Fall zu tun, soviel er wußte. Der Fall lag einfach: Eine sechzehn Jahre alte Schülerin, die eine Klosterschule besuchte, war schwanger geworden, und man hatte sie von der Schule verwiesen. Sie sollte das Kind im Sommer bekommen und wollte ihr letztes Schuljahr abschließen, aber die Schule hatte deutlich gemacht, daß sie nicht wieder aufgenommen würde. Die Schülerin und ihre Mutter wollten die Schule per Gerichtsbeschluß dazu zwingen.

Die Schülerin war intelligent, das belegten die Zeugnisse, die in der Beweisaufnahme vorgelegt worden waren. Ihre Schwangerschaft war ein großes Trauma für sie gewesen, und sie hatte sich erst jemandem anvertraut, als es schon zu sehen gewesen war. Sowohl sie als auch ihre Mutter hatten ausgesagt. Die Mutter wirkte erstaunlich jung, hatte aber im Zeugenstand sehr selbstbewußt von ihren Besuchen bei der Rektorin der Schule und von den langen Diskussionen mit ihrer Tochter über ihre Schwangerschaft und ihre Zukunft berichtet. Sie wirkte aufrichtig und tief beunruhigt über die Lage ihrer Tochter.

Es wäre für alle Beteiligten einfacher gewesen, sagte sie, wenn ihre Tochter abgetrieben hätte. Aber weil sie sich dazu entschieden hatten, das Kind zu bekommen und es in der Stadt großzuziehen, ließ man ihre Tochter dafür leiden. Sie würde auf die Berufsschule gehen oder täglich in eine andere Stadt fahren müssen. Sie würde schikaniert und stigmatisiert werden, sagte ihre Mutter. Sie berichtete dem Gericht, daß der Rektorin die Geheimhaltung der Schwangerschaft wichtiger gewesen sei als das Wohlergehen ihrer Tochter oder das Wohlergehen des ungeborenen Kindes.

Die Tochter war eine kleinere, sanftere Version ihrer Mutter, die ebenso scharf formulierte und ebenso überzeugt davon war, daß ihr ein Unrecht angetan wurde. Es gefalle ihr auf der Schule, sagte sie, sie habe ein gutes Verhältnis zu allen ihren Lehrerinnen, sie habe fest vorgehabt, nach dem Abschluß auf die Universität zu gehen. Sie erzählte dem Gericht von ihren Sorgen, als sie zuerst vermutet hatte, schwanger zu sein, von ihrer Hoffnung, daß es zu einer Fehlgeburt kommen würde, von ihrem Plan einer heimlichen Abtreibung. Als ihre Mutter dahintergekommen sei, sagte sie, habe sie ihr versichert, daß die ganze Familie sie unterstützen würde. Ihr Vater sei ein paar Tage lang aufgeregt gewesen, aber er habe nichts Schlechtes zu ihr gesagt.

Die Rektorin sei neu, sagte sie, sie habe eine Nonne ersetzt, die die Schule jahrelang geleitet hatte. Sie sei jung und alle würden sie mögen. Sie habe also keine Angst gehabt, als sie ins Büro gerufen wurde. Aber sie sei sehr überrascht gewesen, erzählte das Mädchen dem Gericht, als man sie informierte, daß sie im nächsten Trimester nicht wiederkommen könne. Ein paar Tage später habe die Rektorin ihrer Mutter gesagt, daß man sie im nächsten Jahr nicht wieder auf die Schule lassen würde. Das habe sie schockiert und verletzt, sagte das Mädchen. Sie habe nicht mehr auf die Straße gehen wollen und habe sich geschämt und sei deprimiert gewesen.

Sie sagte dem Rechtsvertreter der Schule, daß sie wisse, was sie Unrechtes getan habe. Und sie gebe zu, daß es ein schlechtes Beispiel für jüngere Mädchen sei, besonders auf einer katholischen Schule. Sie habe allen gesagt, wie leid es ihr tue, sagte sie. Niemand wolle den Jungen relegieren, sagte sie, obwohl einige wüßten, wer es war. Sie habe das Gefühl, durch einen Schulverweis stigmatisiert zu werden.

Er hatte sich den Fall drei Tage lang angehört. Die Rektorin war höchstens Ende Zwanzig. Auch sie war ruhig und selbstbewußt und formulierte gut. Sie habe den Auftrag, eine katholische Schule zu leiten, sagte sie. Es handele sich um eine Bildungseinrichtung, und zwar um eine mit besonderem moralischem Auftrag. Sie sei bereit, gewisse Übertretungen zu vergeben, sagte sie, und es sei an Gott zu urteilen, nicht an ihr, aber sie müsse die Moral der Schule verteidigen. In dieser sich wandelnden Welt, sagte sie dem Gericht, stünden die Mädchen unter großem Druck, aber einige Dinge seien noch immer weder für sie als Rektorin noch für die Schulleitung, noch für die Mehrheit der Eltern akzeptabel. Sie habe das Recht zu entscheiden, ob ein Mädchen von der Schule verwiesen werden solle, und sie habe beschlossen, von diesem Recht Gebrauch zu machen.

Eltern, die Kinder auf der Schule hatten, sprachen für beide Seiten. Einige meinten, man solle dem Mädchen vergeben und es im letzten Schuljahr wie eine normale Schülerin behandeln. Andere sagten, eine Schwangerschaft in diesem Alter könne nicht als normal oder akzeptabel angesehen werden, und dem Mädchen zu erlauben, auf die Schule zurückzukehren, würde schwerwiegende Folgen für ihre Mitschülerinnen haben.

Eamon war sich darüber im klaren, daß mit jedem Verhandlungstag die Kosten stiegen und daß es für das Mädchen und seine Familie ein harter finanzieller Schlag wäre, wenn sie den Prozeß verlören. Der Fall, über den im Radio, im Fernsehen und in der Presse ausführlich berichtet wurde, beunruhigte ihn. Er erinnerte sich daran, wie ruhig das Mädchen gewesen war, wie verletzlich. Er begriff, daß dies einer der wenigen Fälle war, wo beide Seiten eindeutig die Wahrheit sagten und keiner Angst hatte, die Wahrheit zu sagen. Alle Zeugen waren aufrichtig, niemand wollte irgend etwas verbergen.

Er hörte sich die Einlassungen der Rechtsbeistände über verschiedene Artikel der Verfassung aufmerksam an, aber es gab keinen Streit um Tatsachen oder Wahrheit, Schuld oder Unschuld. Im Grunde konnte er hier gar nicht richten, weil so wenige gesetzliche Fragen zur Debatte standen. Die meisten Fragen, die dieser Fall aufwarf, waren ethischer Natur: Konnte die «Moral» über dem Recht eines Individuums stehen? Im Grunde war er aufgefordert, darüber zu befinden, wie das Leben in einer Kleinstadt geführt werden solle. Bei diesem Gedanken lächelte er in sich hinein und schüttelte den Kopf.

Während er an dem Urteil arbeitete, erkannte er deutlicher als je zuvor, daß er selbst keine ausgeprägten moralischen Ansichten hatte, daß er aufgehört hatte, an irgend etwas zu glauben. Aber bei der Abfassung des Urteils hütete er sich davor, das zu erkennen zu geben. Das Urteil war das einzige, das er hätte verfassen können. Es war zwingend, schlüssig in der Argumentation und vor allem einleuchtend.

Er ging wieder ans Fenster und blickte hinaus. Wie schwer es war, sicher zu sein! Nicht nur der Fall und die Fragen über Gesellschaft und Moral, die er aufwarf, verursachten bei ihm Unbehagen, sondern vielmehr die Welt, in der diese Dinge geschahen, eine Welt, in der entgegengesetzte Werte so nahe nebeneinander existierten. Welcher dieser Werte konnte das Recht beanspruchen, geschützt zu werden?

Er ging hinüber zu seinem Bücherregal und zog den heiligen Text hervor: *Bunreacht na hEireann*, die irische Verfassung. Sie enthielt die leitenden Grundsätze, denen die Gesetze unterworfen waren. Die Präambel äußerte sich klar über das christliche Wesen des Staates und nahm ausdrücklich Bezug auf die Heilige Dreifaltigkeit. Wieder sinnierte er, daß die Schule also die Pflicht hatte, christliche Prinzipien zu verteidigen, und sogar das Recht, es zu tun, gemäß ihrer eigenen Satzung sowie gemäß den allgemeinen Vorgaben der Verfassung.

Diese Rechte und Pflichten mußten doch den Rechten eines Individuums übergeordnet sein, dessen Anwesenheit in einer Schule womöglich die moralischen Prinzipien dieser Institution untergrub?

Sein Gerichtsdiener kam mit Tee. Ein weiteres Mal ließ er es sich durch den Kopf gehen. Er schrieb drei Wörter auf einen Block: Barmherzigkeit, Gnade, Vergebung. Diese Worte hatten keinen gesetzlichen Status, sie gehörten fest in die Sprache der Religion, aber sie waren für den Fall relevanter als jede Ansammlung juristischer Termini. Daneben schrieb er drei andere Wörter: Übertretung, Sünde, Skandal. Er seufzte.

Nun beschäftigte ihn noch etwas anderes. Die Familie war laut Verfassung die grundlegende Einheit in der Gesellschaft. Er las die entsprechende Passage in der Verfassung: «eine moralische Institution, die unveräußerliche

Rechte besitzt, allem positiven Recht vor- und übergeordnet». Was war eine Familie? Die Verfassung definierte den Begriff Familie nicht, denn 1937, als sie geschrieben worden war, hatte man den Begriff sehr gut verstanden: ein Mann, seine Frau und ihre Kinder. Aber die Verfassung war im Präsens abgefaßt. Es war nicht seine Aufgabe, zu entscheiden, wie bestimmte Begriffe – er schrieb «bestimmte Begriffe» auf seinen Notizblock, unterstrich es und schrieb darunter «unbestimmte Begriffe» –, etwa der Begriff der Familie, früher verstanden wurden. Seine Aufgabe war es, diese Begriffe für heute umzudeuten und zu definieren. Konnten nicht eine junge Frau und ihr Kind eine Familie sein? Und wenn sie das waren, kamen einer jungen Frau dann nicht durch die Tatsache, daß sie Mutter wurde und somit eine Familie schuf, Rechte zu, Rechte, die größer waren als die Rechte irgendeiner Institution?

Er dachte eine Weile darüber nach und über die Irritation, die das unter seinen Kollegen auslösen würde: eine Erweiterung des Konzeptes der Familie. Dann müßte das Mädchen also gewinnen und die Schule verlieren. Der Gedanke schien auf einmal plausibel, aber das Ganze würde noch viele Überlegungen und umfangreiche Recherchen erfordern. Diese Sichtweise war weder von den Rechtsvertretern des Mädchens noch von der Schule als eine Möglichkeit angeführt worden. Die Anwälte wußten, dachte er, daß er nicht zu der Sorte Richter gehörte, die derartig abwegige Vorstellungen in seinem Gericht erwogen.

Wäre er ein anderer Mensch, könnte er dieses Urteil schreiben, aber während der Zeiger der Uhr gegen elf rückte, wußte er, daß das Urteil, das er auf seinem Kanzleipapier ausgeschrieben hatte, das Urteil sein würde, das er abgeben würde, und es würde von seinen Kollegen als überaus vernünftig und gut durchdacht bewertet werden.

Aber er war weiterhin unzufrieden mit dem Fall, weil er zu mehr aufgefordert war, als das Gesetz zu interpretieren. Aber er war nicht vorbereitet, ein Schiedsrichter der Moral zu sein. Er war sich über Recht und Unrecht unsicher, und er erkannte, daß er genau dies vor dem Gericht verbergen mußte.

Die unteren Flure des Four Courts waren wie ein riesiger Marktplatz. Er mußte sich einen Weg durch den Korridor bahnen, der zur Seitentür seines Gerichtssaals führte.

«Der Gerichtssaal ist völlig überfüllt, Euer Ehren», sagte sein Gerichtsdiener.

«Dann sind wir also soweit?» fragte er.

Er versuchte sich so geschäftmäßig zu geben wie möglich, während er den Gerichtssaal betrat und alle aufstanden. Er nahm Platz, ordnete seine Papiere vor sich, setzte seine Lesebrille auf und befragte kurz den Justizwachtmeister, der ihm mitteilte, daß mehrere Anwälte gerichtliche Verfügungen beantragen wollten. Er versuchte sie kurz und bündig abzuhandeln, denn wenn er sich beeilte, könnte er bereits um ein Uhr fertig sein und schon um vier oder halb vier in Cush ankommen, und wenn es warm genug war, könnte er noch eine Runde schwimmen. Er sagte dem Gerichtsdiener, daß er bereit sei, das Urteil zu verlesen. Er ließ den Blick durch den Gerichtssaal schweifen. Wie er vermutet hatte, waren die Pressebänke voll und die Publikumsränge ebenfalls. Er wußte, daß dieses Urteil Schlagzeilen machen würde. Man würde es in den Nachrichten bringen, und es würde wahrscheinlich Leitartikel in den Zeitungen geben. Die *Irish Times* würde ihn mit Sicherheit angreifen. Während er sich jetzt darauf konzentrierte, das Urteil zu lesen, inzwischen überzeugt von der Richtigkeit seiner Schlußfolgerungen, dachte er daran, wie oberflächlich und dumm die Kommentare sein würden, wie wenig die Journalisten von Rechtsprechung begriffen.

Sein Urteil sollte nicht dramatisch klingen, und zunächst wollte er nochmals die Tatsachen anführen, klar und genau. Die Argumentation, das wußte er, war stellenweise dicht und komplex, und die meisten Zuhörer würden Mühe haben, ihr zu folgen, aber sehr vieles war auch sehr klar. Nach einer halben Stunde, als er die Tatsachen dargelegt hatte und innehielt, um einen Schluck Wasser zu trinken, war er sich bewußt, daß niemand im Saal wußte, für wessen Seite er sich letztendlich aussprechen würde. Er konnte die Spannung spüren, und die wenigen Male, die er aufblickte, konnte er sehen, daß sie ihn genau beobachteten. Sein Blick traf den der Mutter nur einmal. Sie hatte, fand er, den resignierten Blick von jemandem, der wußte, daß er verlieren würde. Man dürfte sie gewarnt haben, daß er nicht zu den Richtern gehörte, die zu ihren Gunsten entscheiden würden. Er vermied den Blickkontakt mit dem Mädchen.

Als er weiterlas und zu der Passage kam, bei der das Ergebnis klar werden würde, stellte er fest, daß er die Spannung genoß, und bemerkte, daß er jetzt deutlicher sprach, aber er bremste sich und kehrte zu der strengen Monotonie zurück, mit der er begonnen hatte.

Ein Raunen ging durch den Saal, sowie klar war, daß er zugunsten der Schule entschieden hatte. Von der Richterbank hörte es sich an wie ein Raunen in einem Film, und er hatte das Gefühl, er müßte mit dem Hammer auf den Tisch schlagen und «Ruhe im Saal!» brüllen, aber er fuhr fort, als hätte es keinen Laut gegeben.

Als er fertig war, sprang der Anwalt der Schule auf, das Gesicht vom Sieg gerötet. Er wollte die Kostenentscheidung beantragen. Es gab keine Wahl, er konnte es bis zur nächsten Sitzungsperiode verschieben, aber das wäre sinnlos, und er wollte den Fall abschließen. Die Kosten würden hoch sein. Er hörte sich die Einlassung der Gegenseite an. Als er hinüberblickte, sah er, daß die Mutter und der Vater einander festhielten, und beide sahen ängstlich zu ihm auf.

«Die Kostenentscheidung richtet sich nach dem Ausgang des Prozesses, und ich sehe keinen Grund, warum das in diesem Fall anders sein sollte», sagte er. Die Mutter brach in Tränen aus. Obwohl er sie zur Zahlung der Gerichtskosten verurteilt hatte, würde sie vermutlich nicht für die ganze Summe aufkommen müssen. Während er seine Papiere einsammelte, fragte er sich, ob sie Berufung einlegen würde, und er hielt es für unwahrscheinlich. Er hatte einen großen Teil seines Urteils auf Tatsachen gegründet und weniger auf Gesetzesauslegungen, und das Oberste Gericht konnte nicht viele seiner Entscheidungen anfechten. Sie würde keine große Chance haben, ein Berufungsverfahren zu gewinnen.

Als er wieder im Amtszimmer war, ging er sofort zum Telefon.

«Ich bin jetzt fertig», sagte er, sowie Carmel sich meldete.

«Wir holen Niamh in Rathmines ab. Sie hat beschlossen, heute mit uns runterzufahren. Sie nimmt den Baby-Tragekorb und all die Sachen mit, deswegen müssen wir sie abholen», sagte Carmel.

«Ich dachte, sie wollte nicht mitkommen», sagte er.

«Es ist nicht leicht für sie», sagte Carmel, als hätte er sich darüber beschwert, daß sie mitkam.

«Ich bin in einer halben Stunde da», sagte er. Er setzte sich an seinen Schreibtisch und legte den Kopf in die Hände. Er spürte, wie ihm der Schweiß den Rücken hinunterrann und sein Herz schnell schlug. Er versuchte, seine Atmung zu kontrollieren, ruhig durch die Nase zu atmen. Er versuchte sich zu entspannen. Er erinnerte sich am deutlichsten an die vierzehn- oder fünfzehnjährige Niamh, als sie noch nicht erwachsen gewesen war. Selbst damals war sie schon groß für ihr Alter gewesen und hatte nur Sport im Kopf gehabt: Hockey, Tennis, Schwimmen. Sie hatten ihr zuviel Druck gemacht, sagte Carmel, hatten sie gezwungen zu lernen, als sie es nicht wollte. Da ihre Noten nicht für ein Medizinstudium ausgereicht hatten, hatte sie Sozialwissenschaften studiert. Sie war Statistikerin geworden, hatte an Meinungsumfragen und Untersuchungen über gesellschaftlichen Wandel gearbeitet. Sie war unabhängig geworden und hatte sich von ihnen entfernt, bis sie schwanger wurde. Sie und Carmel waren sich wieder nähergekommen, aber er glaubte nicht, daß sie seit ihrer Pubertät für ihn Liebe empfunden hatte.

Er saß mit hämmerndem Herzen an seinem Schreibtisch. Er fragte sich, ob er einen Herzinfarkt bekommen würde, und er wartete auf einen stechenden Schmerz oder plötzliche Beklemmungen, aber nichts kam, und allmählich wurde der Herzschlag wieder ruhiger.

Niamh stand vor der Tür eines kleinen Hauses in einer Seitenstraße in Rathmines. Sie winkte, als er hupte, und rief, daß sie gleich käme.

«Ich dachte, sie wohnt in einem Apartment», sagte er.

«Ja», sagte Carmel, «in dem Haus gibt es drei Apartments, und sie kennt die anderen Leute, sie sind alle miteinander befreundet. Sie sind sehr gut zu ihr, sie passen auf ihr Kind auf und helfen ihr.»

Niamh kam mit ihrem Kind durch die Haustür. Ihm fiel auf, daß sie abgenommen hatte und sich die Haare hatte wachsen lassen. Sie lächelte ihnen zu.

«Ich hoffe, im Kofferraum ist noch jede Menge Platz, denn außer meinem Baby muß ich auch noch meinen Computer mitnehmen, nicht zu vergessen den Buggy und den Tragekorb.» Sie übergab Carmel das Kind. Eamon ging in den Flur, holte die Tragetasche und verstaute sie im Kofferraum.

«Der Computer muß dann auf den Rücksitz», sagte er. «Bist du sicher, daß du ihn brauchst?»

Sie ging an ihm vorbei, ohne zu antworten. Er trug einen Koffer und verstaute ihn im Kofferraum. Dann stand er da und betrachtete das Baby, das seinen Blick verdrießlich und neugierig erwiderte, ihn wie etwas Neues und Fremdes fixierte. Plötzlich begann das Baby zu weinen und brüllte ununterbrochen weiter, während sie den Buggy auf dem Dachgepäckträger festbanden und dann durch Ranelagh und Donnybrook fuhren. «Er ist sehr groß», sagte er nach einer Weile, als sich das Kind beruhigt hatte. «Er ist viel größer, als ich gedacht hatte.» Er drehte sich zu dem Kind um, das wieder zu weinen anfing.

«Es ist vielleicht besser, wenn du ihn nicht anguckst, wenn er so ist», sagte Niamh.

Während sie an Bray vorbeifuhren, dachte er daran, daß sie das Radio anmachen und die Dreiuhrnachrichten hören könnten, in denen wahrscheinlich über das Urteil berichtet würde. Carmel würde mehr darüber erfahren wollen, würde mit ihm darüber diskutieren wollen, aus welchen Gründen er zugunsten der Schule entschieden hatte, sie würde weggehen, darüber nachdenken und weiter darüber diskutieren. Mit Niamh im Haus wäre es noch schlimmer. Er stellte fest, daß es ihm lieber wäre, wenn sie nie davon erführen. Es wäre schwer zu erklären.

«Wer wohnt noch in dem Haus?» fragte er Niamh. Es hatte im Auto eine Weile lang Schweigen geherrscht. Beide Frauen sagten ihm, er solle leise sprechen.

«Das Baby schläft», sagte Niamh.

Bei Arklow fuhr er einen Umweg, um den Verkehr in der Stadt zu vermeiden. Es war kurz vor vier, und erst jetzt entspannte er sich so weit, daß er das gute Wetter genießen konnte, das klare Licht über den Feldern und die Wärme, die mindestens noch zwei Stunden anhalten würde, trotz der Wolkenbank am Horizont. Als sie Gorey passierten, wachte das Baby auf und gab gurgelnde Laute von sich.

«Du solltest ihm *The Croppy Boy* beibringen», sagte er und lachte in sich hinein, als sie an einem Schild nach Oulart vorbeikamen. Niamh sagte, sie müsse seine Windeln wechseln, und so hielten sie an und stiegen aus. Er ging auf und ab und tankte Sonne, während sich die beiden Frauen um das Kind kümmerten, das wieder angefangen hatte zu weinen.

Als sie nach Blackwater kamen, wollte Carmel anhalten, um noch ein paar Einkäufe zu machen und für die Dauer ihres Aufenthaltes die *Irish Times* zu bestellen. Das Baby schlief wieder, und er und Niamh saßen da, ohne ein Wort zu wechseln. Er schloß die Augen und öffnete sie dann wieder. In all den Jahren hatte sich der Blick von hier zum Hügel hoch kaum verändert. Jedes Gebäude war eine abgeschlossene Einheit, jedes zu einer anderen Zeit errichtet. Jedes Dach war anders, verlief in einem anderen Winkel, war aus anderem Material: Schiefer, Ziegel, Blech. Er hatte das Gefühl, er konnte bei der Betrachtung dieser Szene jedes beliebige Alter haben, und verspürte die plötzliche Illusion, daß sich nichts in ihm verändert hatte, seit er diese Gebäude zum erstenmal gesehen hatte.

Bei Ballyconnigar fuhren sie zum Meer hinunter und bogen dann bei der kleinen Gasse Richtung Cush ein. Auf dem schmalen Sträßchen waren Schlaglöcher, und er mußte vorsichtig fahren.

«Was gibt's zum Abendessen?» fragte er.

«Ich mache kein Abendessen mehr», sagte Carmel und lachte.

«Niamh, ich hoffe, du kannst kochen», sagte er.

«Niamh ist eine hervorragende Köchin», sagte Carmel.

«Es ist Zeit, daß die Männer auch ihren Beitrag leisten», sagte Niamh trocken.

Da war immer dieser Augenblick, wo er das Meer deutlich sah, wo es den ganzen Horizont ausfüllte, seine Blau- und Grüntöne leuchteten fragil im Nachmittagslicht. Ab hier ging es bergab. Er fuhr die sandige Straße entlang und grüßte unterwegs ein paar Leute.

«Ich möchte ganz schnell ausladen», sagte er, als er vor dem Haus hielt, «weil ich noch eine Runde schwimmen möchte, bevor die Sonne weg ist.»

«Ich würde auch sehr gerne schwimmen gehen», sagte Niamh.

«Ich nehme das Baby, wenn ihr beide den Wagen ausräumt», sagte Carmel.

Niamh ging sich umziehen, und er wartete auf sie. Von dem hohen Gras vor dem Haus kam ein süßer, feuchter Geruch. Er war müde und spürte die Last des Tages in den Rückenmuskeln und den Augen. Plötzlich sah er auf, und sein Blick fiel auf das rostrote Eisentor. Ihm gefiel die Farbe, und es kam ihm vertraut vor, wie er da stand und den Anblick in sich aufnahm: das zerfurchte Sträßchen, die Grasbüschel, die sich an den sandigen Boden des Straßengrabens klammerten, und das Geräusch eines Traktors in der Ferne. Er stand einen Moment dort, ohne seinen Blick auf irgend etwas Bestimmtes zu fixieren, ließ jedes Detail der Landschaft zu ihm hinsickern, während er versuchte, sich von allem zu entledigen, was an diesem Tag passiert war.

Unten am Strand konnten sie bis Curracloe sehen. Niamh trug nur ein dünnes Kleid über ihrem Badeanzug, so daß sie schon im Wasser war, während er sich noch auszog. Als er seine Schuhe abstreifte, verspürte er eine sofortige Befreiung, als sei ein Gewicht von ihm genommen worden. Der größte Teil des Strandes lag im Schatten. Er ließ seine Sachen auf einem Brocken getrocknetem Mergel und ging auf den sonnenbeschienenen Strandabschnitt zu, stakste behutsam über die kleinen spitzen Steine, mit denen der Sand gespickt war.

Das Wasser war kalt. Niamh winkte ihm von weit draußen zu. Er sah zu, wie ihre langen dünnen Arme aus dem Wasser tauchten, während sie parallel zum Ufer schwamm. Er war wie immer versucht umzukehren, aber er watete weiter hinein, sprang hoch, um einer Welle auszuweichen, und dann tauchte er hinein und schwamm forsch hinaus, über jede herankommende Welle gleitend. Er drehte sich um und legte den Kopf zurück, ließ ihn auf dem kalten, blauen Wasser ruhen und öffnete die Augen, um zum Himmel hochzustarren. Er atmete tief ein und trieb auf der Dünung, jetzt entspannt und ruhig. Nach einer Weile rollte er sich wieder herum und schwamm weiter hinaus, die Bewegungen halb instinktiv, halb bewußt kontrolliert.

Er ließ den Blick die Küste entlangschweifen und sah beim Wenden, wie sich eine Familie mit Matten und Babys langsam den Strand entlang auf die Lücke zubewegte, wie sie sich abmühten, als sie das Kliff erreichten. Er beobachtete, wie Niamh hinauswatete und sich abtrocknete. Sie winkte ihm zu. Bis zum nächsten Morgen würde niemand mehr hierherkommen, außer vielleicht einem Traktor, der den Strand als Abkürzung benutzte. Er war jetzt müde. Das Schwimmen würde ihm am nächsten Tag leichter fallen, und am Tag danach. Er wechselte zu einem Hundepaddeln, das weniger Energie verbrauchte als das Brustschwimmen. Eine Wolke zog vor die Sonne, und er schwamm nun im Schatten, konnte eine kalte Spitze vom Wind auf seinem Gesicht spüren. Er drehte sich wieder um und trieb, wobei er die Augen so lange wie möglich geschlossen hielt, ohne zu wissen, ob das Wasser ihn hinein- oder hinaustrug. Ein paar Sekunden lang vergaß er sich selbst, getragen vom Auf und Ab der Wellen und dem

Wissen, daß sie ihn so lange tragen würden, wie er sich entspannte und seine Seelenruhe behielt.

Sowie er nach Hause kam, wußte er, daß Carmel und Niamh die Nachrichten um halb sieben gehört hatten.

«Na, du warst aber fleißig heute morgen», sagte Niamh.

«Kam es in den Nachrichten?» fragte er, als sei es eine Routinesache.

«Meinst du, ich sollte auch relegiert werden?» fragte sie.

«Dein Vater hat Urlaub, Niamh», sagte Carmel.

«Bevor er reinkam, hast du was anderes gesagt. Mein Vater meint, daß ledige Mütter nicht zur Schule gehen dürfen», sagte sie mit einem bitteren Lachen.

«Was genau ärgert dich?» fragte er.

«Dieses arme Mädchen. Wie kann es denn gerecht sein, sie zu relegieren und nie wieder zurückzulassen?»

«Lies das Urteil, dann weißt du es», sagte er.

«Hast du es mitgebracht?» fragte sie.

«Natürlich nicht.»

«Es ist eine Schande», sagte Niamh. «Es ist empörend.»

«Es liegt ja wohl nahe, daß du das findest.»

«Ich weiß, wie das ist, in diesem Land eine Frau zu sein. Ich weiß, wie es ist, hier ein Kind zu haben.»

«Und ich nehme an, du bist auch eine Rechtsexpertin.»

Sie aßen schweigend, nur das Gewimmer des Kindes war ab und zu zu hören. Er saß mit dem Blick zum Fenster und bemerkte die ersten zuckenden Strahlen des Leuchtturms in der Ferne. Er wollte Carmel fragen, was sie über ihn und sein Urteil gesagt hatte, bevor er hereingekommen war, aber er erkannte, daß ihm das nichts bringen würde.

«Möchtest du noch Tee?» fragte Carmel ihn.

«Ja bitte», sagte er. Er versuchte, seiner Stimme einen neutralen Ton zu geben. Er war jetzt zu müde, um sich weiter zu streiten. Er blieb am Tisch sitzen, während die beiden Frauen das Geschirr abräumten.

«Wir machen jetzt mit Michael einen Spaziergang», sagte Carmel zu ihm. «Bleibst du hier?»

«Ja», sagte er.

«Ist alles in Ordnung?» Sie legte ihm die Hand auf die Schulter.

«Ich bin müde», sagte er. «Ich bin froh, hier zu sein.»

Er ging ins Schlafzimmer und kramte in den Koffern herum, bis er ein Buch fand. Er legte sich aufs Bett, aber als er das Buch aufschlug, merkte er, daß er zu müde zum Lesen war. Er zog Jacke und Schuhe aus und legte sich auf die Seite, vom Fenster abgewandt.

Er wachte auf, als sie die Nachttischlampe anmachte. Er fühlte sich schwer und müde, als er sich zu ihr umdrehte.

«Es ist alles still», sagte sie. «Du hast geschlafen.»

«Ist es spät?»

«Es ist nach zehn. Du warst wieder in den Nachrichten. Nicht du, aber da kam ein Bericht über dich.»

«Nichts, was sie nicht vorher gesagt haben.»

«Der Irish Council for Civil Liberties – Niamh sagt, Donal ist Mitglied – hat eine Stellungnahme abgegeben.»

«Unser Sohn und unsere Tochter», sagte er und lachte.

«Es sind feine Menschen, alle beide», sagte Carmel.

«Dann bin ich wohl der Mißratene?»

«Nein, du bist auch in Ordnung.» Sie stand über ihm und lächelte.

«Nach ein paar Tagen hier wird's dir wieder bessergehen, aber ich verstehe dein Urteil nicht. Es kommt mir falsch vor.»

Sie legte sich neben ihn, ohne die Schuhe auszuziehen.

«Ich bin auch müde», sagte sie, als sie sich zu ihm drehte und die Arme um ihn legte. «Ich weiß nicht, warum ich so müde bin.»

ACHTES KAPITEL

Der Schock des Weckers am frühen Morgen. Es war Winter. Er kuschelte sich im warmen Bett zusammen, versuchte wach zu bleiben und jede ihm verbleibende Minute auszukosten. Sein Vater hatte einen leichten Schlaf, der Wecker hatte ihn, wie er wußte, im vorderen Zimmer geweckt und er würde wach bleiben, bis er irgendein Geräusch hörte. Eamon graute vor dem Knarren der Schritte seines Vaters auf den nackten Dielenbrettern des Vorderzimmers. Er wußte, sein Vater würde ihn wecken kommen, wenn er nicht aufstand. Noch eine Minute. Er lag still in der Wärme des Bettes und wartete. Seine Nasenspitze war kalt und das Bett gemütlicher, als er es sich jemals vorgestellt hatte. Er bedauerte, daß er es in der Nacht nicht mehr würdigte. Dann riß er sich plötzlich zusammen und sprang hinaus in die eiskalte Luft und ging zitternd durchs Zimmer, um das Licht anzumachen.

Als er angezogen war, fühlte er sich weniger schläfrig. Er ging in den Hinterhof hinaus, holte das Fahrrad aus dem Schuppen und schob es nach vorne, vors Haus. Über Vinegar Hill und Turret Rocks lag schwaches Licht. Der Boden war feucht, und als er den Hügel hinunterfuhr, merkte er, daß er auf Glatteis achtgeben mußte.

Er kam an Parkton und Lymington House vorbei und dann an dem einen Ende der Pearse Road. Er hatte Angst, als er an den dunklen Bäumen bei O'Flaherty vorbeifuhr und an dem großen alten Haus, das dahinter lauerte. Er zitterte vor Erleichterung, als er die New Street überquerte und im Leerlauf die Spout Lane hinunter zur Kathedrale fuhr.

Bill Devereux, der Küster, war schon in der Sakristei und wickelte ein Bündel Kerzen aus.

«Ist heute morgen gar nicht so schlimm», sagte er.

«Es ist eiskalt, Mr. Devereux», sagte Eamon.

«Nicht, wenn du warme Sachen anhast.»

Eamon suchte die Soutanen durch, bis er eine gefunden hatte, die ihm paßte. Nach jedem Ministrantendienst hängte er die Soutane, die er getragen hatte, an eine bestimmte Stelle, die er sich zu merken versuchte, aber beim nächsten Mal war sie nie da.

«Wenn du dich nicht beeilst, werd ich die Kerzen selber anzünden müssen», sagte Bill Devereux. «Auf dem Altar stehen frische Lilien, mit denen du bitte vorsichtig umgehst.»

Er war bereit. Die lange Stange hatte oben einen Kegel, mit dem man die Kerzen ausmachte, wenn die Messe vorüber war. Er ging hinaus zum Altar und sah hinunter in die riesige, in tiefen Schatten liegende Kirche, die für die Frühmesse schwach beleuchtet war. Er langte nach oben zu den hohen Kerzen auf dem Altar. Er mußte beide Hände benutzen, um den Kerzenanzünder schräg an den Docht der Kerze zu halten, und er mußte gucken und warten, um sicherzugehen, daß sie auch brannte. Als auf einer Seite vier angezündet waren, ging er die Stufen hinunter, beugte das Knie, vergewisserte sich, daß noch alle brannten, und zündete dann die vier auf der anderen Seite an. Als er auf dem Rückweg zur Sakristei wieder das Knie beugte, bemerkte er die Lilien. Sie schienen wie aus Wachs geschnitzt, handgemacht, so rein in ihrer Farbe und Form.

«Ich habe die Lilien nicht beschädigt», sagte er, als er wieder in der Sakristei war.

«Du bist heute morgen aber sehr ernst», sagte Bill Devereux lachend.

In dem Raum, in dem sich der Priester umzog, lag ein roter Teppich. Eamon wartete, während Pater Howlin sich das grün-goldene Meßgewand über den Kopf legte. Er hatte das Wort für jedes einzelne Teil gelernt: das Achseltuch, die Albe, das Zingulum, die Stola, das Manipel, das Meßgewand. Wenn Pater Howlin sich umzog, sagte er nichts, sondern drehte sich um und signalisierte mit einem Kopfnicken, daß er bereit war. Dann gingen sie hinaus zum Altar, und die Messe begann.

«Introibo ad altarem Dei», begann der Priester auf lateinisch, und Eamon rief die Antwort, die er auswendig konnte, ohne auf die Karte blicken zu müssen, die auf den Altarstufen vor ihm lag. Er mochte die lateinischen Laute, und er fand Trost in dem Geruch der Kerzen, der Form des Kelchs, dem gedrungenen Schwung des Ziboriums und den kleinen roten Vorhängen auf der Innenseite der Türen des Tabernakels. Als er angefangen hatte zu ministrieren, hatte er jedes einzelne Ding so interessant gefunden, daß er oft vergaß, die Antwort zu rufen, aber gewöhnlich war auch noch ein zweiter Ministrant da. Doch an diesem Morgen war er allein, er mußte sich also konzentrieren.

Er ging zu den Seitenstufen, um den Wein und das Wasser einzugießen, und ging wieder zurück, um auf seiner Seite die Glöckchen zu läuten, die die Gemeinde auf die bevorstehende Wandlung aufmerksam machten. Er wartete darauf, daß die Hostie emporgehoben wurde, klingelte mit dem Glöckchen und senkte den Kopf. Und dann, beim Heben des Kelches, klingelte er erneut, um die Stille in der riesigen Kathedrale zu brechen.

Als er nach der Messe wieder in die Sakristei ging, waren zwei weitere Ministranten eingetroffen. Bill Devereux bedeutete Eamon mitzukommen, um die Zwanzig-vor-acht-

Glocke zu läuten, während die anderen die Kerzen löschten und den Altar für die Achtuhrmesse vorbereiteten. Eamon behielt seine Soutane an. Sie gingen am Kalvarienberg vorbei und zum Marienaltar hinüber. Bill schloß mit einem riesigen Schlüssel die kleine Seitentür auf, und dann gingen sie die Wendeltreppe hinauf, bis zum Ansatz des Turmes. Von dort sahen sie hinunter in das Gewölbe der Kirche, wo sich schon ein paar Menschen für die nächste Messe versammelt hatten.

«Einige gehen zu zwei Messen», sagte Bill Devereux. «Du kommst wahrscheinlich mit deinem Vater wieder.»

«Ich denke schon.»

«Wir machen noch einen richtigen Heiligen aus dir.»

Er schob den Riegel zurück und öffnete die Tür, die auf die Rampe hinausging, die weiter zum Turm führte. Es war jetzt ein klarer Tag, aber über dem Fluß hingen noch einige Nebelflecken.

«Wir müssen uns beeilen, sonst läuten wir die Zwanzig-vor-acht-Glocke erst um Viertel vor. Weißt du, wie man das nennt?»

«Was?» fragte Eamon.

«Die Zwanzig-vor-Glocke um Viertel vor läuten.»

«Nein.»

«Ich dachte, du wüßtest alles. Das ist ein Irish Bull. Hast du das schon mal gehört?»

«Nein.»

«Also, dann geh nach Hause und sag deinem Vater, daß nächsten Sonntag die Neunuhrmesse um zehn sein wird, und frag ihn, was er davon hält. Tust du das?»

«Ja, mach ich.»

Bill Devereux ergriff das Seil und zog fest daran, hielt es fest umklammert und ließ es erst los, als es nicht mehr ging. Es gab keinen Ton, sein Gesicht war angespannt vor Konzentration. Er zog wieder, diesmal fester, hielt es wieder so lange fest, wie er konnte, und jetzt kam das erste Läuten, dröhnte zu ihnen hinunter, laut genug, um die Luft zu erfüllen.

«Versuch du mal», sagte er und hielt Eamon das Seil hin. «Du müßtest stark genug sein.»

Eamon hielt das Seil, er konnte das große Gewicht der Glocke spüren, er versuchte, das Seil nicht ruckartig, sondern gleichmäßig zu ziehen.

«Das wird jetzt die ganze Stadt aufwecken», sagte Bill Devereux. «Männer, Frauen und Kinder.»

Als sie wieder zur Rampe zurückgingen, war der Tag heller geworden. Sie standen da und blickten über die Dächer zum Fluß und zu dem riesigen roten Backsteinbau des psychiatrischen Krankenhauses dahinter.

«Ein herrlicher Tag», sagte Bill Devereux und wartete, rieb sich die Hände, um sie zu wärmen. Eamon stand neben ihm, schlotternd vor Kälte.

«Schau mal runter.» Er hielt den zitternden Eamon an den Schultern fest. Er zeigte zum Wasser. Über dem Fluß hing ein cremiger Nebel wie weißer, dicker Rauch.

«So hab ich den noch nie gesehen. Weißt du das? In all den Jahren. So weiß ist er noch nie gewesen.» Er schüttelte den Kopf. «Man würde doch meinen, man hätte schon alles gesehen.»

Als er seine Soutane ausgezogen hatte, schlüpfte Eamon in seinen Mantel und ging zum Seiteneingang hinaus, um sein Fahrrad zu holen. Er fuhr im Leerlauf die Cathedral Street hinunter auf den Marktplatz. Als acht Uhr geläutet wurde, kam er an ein paar Nachzüglern vorbei, die zur Kathedrale eilten. Er hielt am Marktplatz und kaufte eine Zeitung für seinen Vater. In der Court Street brannte noch eine Lampe, und in den Fenstern einiger Häuser in der John Street war ebenfalls noch Licht an. Er ging zu Corrigan's, um Milch zu kaufen. Sein Vater hatte ihm das Geld gegeben, um die Rechnung der letzten Woche zu bezahlen. Als er an die Tür klopfte, kam Mr. Corrigan in einem kragenlosen Hemd heraus und sah ihn an.

«Du kommst ja viel zu früh.»

«Ich habe ministriert.»

«Die Kühe sind noch nicht gemolken. Du mußt noch mal wiederkommen. Es sei denn, du willst die von gestern.»

«Nein.»

«Dann komm um neun oder halb zehn wieder.»

Er schob sein Fahrrad den Hügel hoch. Ihm fiel auf, daß die Vorhänge im Zimmer seines Vaters noch zugezogen waren. Er würde jetzt schlafen, aber Eamons Rückkehr, egal wie leise er war, würde ihn wecken. Er stellte sein Fahrrad in den Schuppen und betrat das Haus durch die Hintertür, die er nicht abgeschlossen hatte. In der Küche roch es nach Gas, er überprüfte den Herd und den Ofen. Sein Vater vergaß manchmal, das Gas abzudrehen. Aber alles war ausgestellt. Er ging ins hintere Zimmer und zog die Vorhänge zurück, auf irgendein Geräusch lauschend, aber da oben war nichts. Er ging auf Zehenspitzen zur Toilette, immer noch nach einem Geräusch aus dem Schlafzimmer seines Vaters horchend.

Unten strich er möglichst dünn Butter auf eine dicke Scheibe Brot. Später würde er die Würstchen essen, die ihm sein Vater am Tag zuvor gekauft hatte, aber sein Vater würde nichts essen, weil er für die Kommunion fastete. Er konnte nur Wasser trinken. Eamon fragte sich, zu welcher Messe sein Vater gehen würde. Für die Neunuhr- war es wahrscheinlich schon zu spät, und die Zehnuhrmesse mochte sein Vater nicht, weil da zu viele Kinder waren. Also würde es die Elfuhrmesse sein. Ihm war schleierhaft, wie sein Vater es fertigbrachte, so lange zu fasten. Vielleicht würde er heute auf die Kommunion verzichten.

Er machte Feuer, indem er ein Stück Zeitung zu einem festen Knoten zusammenrollte und dann ein paar leichte Zweige, die er aus dem Schuppen holte, rundherum legte. Er beobachtete sorgfältig die sich ausbreitenden Flammen und legte dann noch mehr Stöcke, etwas Torf und ein paar Stück Kohle nach.

Seine Bücher waren auf dem Tisch, wo er sie am Abend liegengelassen hatte. Sein Englisch-Aufsatz war schon geschrieben, und die Mathematikaufgaben hatte er auch schon gelöst. Sein Vater lehrte Geschichte und Irisch. In Geschichte gab es nie etwas zu lernen. Eamon vergaß nichts, was sein Vater sagte. Er kannte die Daten: Laois im Jahr 1555, Munster 1575, Ulster 1598, und später unter der Regierung von James I. bestieg Heinrich VIII. im Jahr 1509 den Thron, 1533 ließ er sich von Katharina von Aragon scheiden. Elizabeth bestieg den Thron im Jahr 1558 und starb 1603, im Jahr des Vertrages von Mellifont. Manchmal fragte sein Vater im Unterricht die Geschichtszahlen ab. Eamon mußte aufpassen, nicht zu zeigen, daß er mehr wußte als alle anderen. Die anderen kamen durcheinander, sie datierten die Flucht der Earls vor die Schlacht von Kinsale, was, wie sein Vater sagte, unsinnig war.

Andere Dinge waren nicht so leicht. Stegreifübersetzungen in Latein fand er schwierig. Er haßte es, zu raten, aber Mr. Mooney sagte ihnen, sie sollten keine Lücken lassen, sie würden für Lücken keine Punkte bekommen, also war er gezwungen zu raten. Er lernte eisern seine Vokabeln, und jetzt, da er in seinem zweiten Jahr war, stellte Mr. Mooney ihm nur dann eine Frage, wenn niemand sonst die Antwort wußte. Er saß an dem Tisch im hinteren Zimmer, ein stiller Morgen, hinter sich das prasselnde Feuer, und machte sich an sein Irisch, schrieb alle Wörter, die er nicht wußte, auf die eine Seite des Blattes und ihre englischen Entsprechungen auf die andere, versuchte, sich jedes irische Wort einzuprägen, wie sich die Substantive im Genitiv veränderten, wie man bei den Verben die Vergangenheitsform bildete.

Nach einiger Zeit hörte er seinen Vater, und er ging hinauf zu ihm.

«Ich fahr jetzt runter die Milch holen», sagte er.

«Ich hab gehört, wie du aufgestanden bist», sagte sein Vater. Er saß auf dem Bett und hatte noch die Schlafanzugjacke an. «Es war sicher sehr kalt. Wir sollten dir ein Paar Handschuhe besorgen.»

«Ich werde nicht mehr lange ministrieren.»

Als Eamon wiederkam, saß sein Vater vorm Kamin und las Zeitung.

«Hast du schon gefrühstückt?»

«Nein.»

«Dann tu das jetzt, denn ich werde nichts essen. Ich faste für die Kommunion.»

Eamon ließ Schmalz in der Bratpfanne aus und briet sich die Würstchen. Er trank keinen Tee, weil er wußte, daß er rationiert war. Er überließ ihn seinem Vater. Er schnitt sich eine Scheibe Brot ab und goß sich einen Becher Milch ein. Die Milch war noch warm. Er trug das Essen in das hintere Zimmer und machte auf dem Tisch dafür Platz.

«War die Siebenuhrmesse sehr voll?» fragte sein Vater.

«Nicht sehr, bei der Achtuhrmesse war's voller.»

«Wer hat die Messe gelesen?» fragte sein Vater, immer noch Zeitung lesend.

«Pater Howlin. Bei der Siebenuhrmesse gibt's keine Predigt.»

«Brauchen sie wahrscheinlich nicht. Die sind alle sehr fromm, die Leute bei der Siebenuhrmesse.»

«Gehst du zur Elfuhrmesse?» fragte er seinen Vater.

«Ja.»

«Ich glaube, die hält Pater Doyle», sagte er.

«Du kennst dich aus», sagte sein Vater. «Bei diesen Würstchen läuft einem ja das Wasser im Mund zusammen», fuhr er fort.

«Möchtest du eins?» Eamon hielt es auf der Gabel hoch und lachte.

«Führe mich nicht in Versuchung. Wenn der Papst sagt, daß man nichts essen darf, dann darf man nichts essen. Was für Rom gilt, gilt für mich erst recht.» Er sah lächelnd ins Feuer.

«Was ist ein Irish Bull?»

«Wieso willst du das wissen?»

«Bill Devereux hat gesagt, ich soll dich fragen.»

«Ein Irish Bull? Die Osterfeierlichkeiten finden Weihnachten statt. Das ist ein Irish Bull.»

«Neunuhrmesse wird um zehn Uhr gehalten. Ist das ein Irish Bull?» fragte er.

«Es würde Bill Devereux besser anstehen, Kerzen anzuzünden und seine Gebete zu sprechen», sagte sein Vater. «Richtest du ihm das aus?»

Sie gingen zusammen die Back Road entlang zur Messe. In dem klaren Tageslicht sah jetzt alles anders aus. Es fiel ihm schwer, sich jetzt, da es hell war und er neben seinem Vater lief, vorzustellen, wie ängstlich er noch einige Stunden zuvor gewesen war, als er an den dürren kahlen Bäumen bei O'Flaherty's vorbeigefahren war.

Die Kathedrale war sehr voll. Sie gingen den Mittelgang auf der Männerseite hoch, bis sie einen Mann sahen, den sein Vater kannte und der ihnen Platz machte. Auch als die Messe bereits angefangen hatte, waren im Mittelgang noch Gläubige, die nach Plätzen suchten.

Sie setzten sich zur Predigt. Der Priester sprach von der Bedeutung des Heimes, aber Eamon hörte dann nicht mehr zu, er sah sich um und dachte über die Schule nach und wie er die Kartoffeln putzen würde, wenn er nach Hause käme, und die Koteletts braten, so wie Mrs. Doyle es ihm gezeigt hatte. Er hatte plötzlich das Gefühl, daß er nicht zu einer zweiten Messe hätte kommen sollen. Bald würde er überhaupt mit dem Ministrieren aufhören und nur noch zu einer Messe gehen, sonntags mit seinem Vater.

Der Priester ging von der Kanzel zurück zum Hauptaltar, man hörte Leute husten und auf ihren Plätzen herumrücken. Zuerst dachte er, sein Vater müßte niesen – er hatte die Angewohnheit, in beengten Räumen zu niesen –, und er hoffte, er würde rechtzeitig ein Taschentuch finden. Aber sein Vater saß nicht mehr, er versuchte aufzustehen, und die Leute vor ihnen drehten sich um, als sein Körper nach vorne sackte, als würde er geschubst. Er stieß plötzlich ein Stöhnen aus, als einige Männer hinter ihm ihn hielten und ihn von seinem Platz in den Mittelgang hoben und seine Krawatte lockerten. Sie versuchten, ihn aus der Kirche zu führen, aber er wirkte leblos, und sie mußten ihn zur Tür tragen.

Die Leute sahen sich erschrocken und verwundert um und wandten sich dann wieder dem Altar zu, zwischendurch hinter sich blickend, ob alles vorbei war. Eamon verließ seinen Platz und ging den Gang entlang, aber die Tür war von Zuspätkommenden blockiert, alles Männer. Es gab kein Durchkommen. Es war so schnell passiert. Er ging wieder zu seinem Platz zurück. Er suchte den Mann, der ihnen Platz gemacht hatte, aber er war verschwunden. Um ihn herum war niemand, den er erkannte. Er kniete, bis er die Glöckchen für die Wandlung hörte, dann beschloß er, daß er versuchen würde, sich zum Vorplatz der Kathedrale hindurchzudrängen. Er stand auf und beugte das Knie, als wollte er klarstellen, daß er jetzt ging. Er nahm das Meßbuch seines Vaters und ging zögernd zum hinteren Teil der Kirche. Durch eine Lücke zwischen den Gestalten, die im

Eingang knieten, erhaschte er einen flüchtigen Blick auf seinen Vater, der im Vorhof der Kirche lag, umringt von Männern. Er wandte sich ab. In diesem Moment hob der Priester gerade die Hostie, und die Glöckchen klingelten. Er kniete nieder, wo er war, und wartete. Nach der Wandlung kehrte er zu seinem Platz zurück. Er zitterte. Er dachte, man würde ihn suchen kommen, und hielt es für das Beste, dort zu sein, wo sie ihn finden konnten.

Er wollte nicht hinausgehen. Nach der Messe schloß er sich nicht der hinausdrängenden Menge an, sondern blieb sitzen und wartete. Er sah Gesichter, die er wiedererkannte, wußte aber nicht, was er sagen sollte. Schließlich folgte er doch der Menge, die sich langsam den Mittelgang entlangschob. Draußen blickte er sich um, aber er konnte keinen der Männer sehen, die seinen Vater hinausgetragen hatten. Der Kirchhof war jetzt voller Menschen, und er mußte dem Strom in Richtung Tor folgen. Er wartete auf der anderen Seite des Geländers und fragte sich, was er nun tun sollte. Schließlich, als ihn niemand ansprach, beschloß er, nach Hause zu gehen. Sein Vater würde inzwischen zu Hause sein. Es kam häufiger vor, daß jemand bei der Messe ohnmächtig wurde, er selbst war auch einmal bei einer Frühmesse ohnmächtig geworden.

Aber als er sich dem Haus näherte, wußte er, daß sein Vater nicht da war. Er öffnete die Tür, legte das Meßbuch seines Vaters in den Wandschrank, zog seinen Mantel aus und legte etwas Kohle und Torf auf das Feuer. Er ging in die Küche und begann, die Kartoffeln zu putzen, die Möhren zu schaben, dann tat er sie in zwei Töpfe mit Wasser, die er auf die Gasringe stellte. Er ging immer wieder ans Fenster und sah hinaus, aber die Straße war leer. Er räumte die Frühstückssachen vom Tisch im hinteren Zimmer und stellte sie in die Spüle. Es würde fünfundzwanzig Minuten dauern, bis die Kartoffeln gar waren, er überprüfte die Zeit auf der Uhr im hinteren Zimmer. Die Koteletts brauchten eine Viertelstunde. Wenn sein Vater nicht in zehn Minuten da war, würde er sein eigenes Kotelett schon einmal braten.

Als er gegessen hatte, ging er zu seinen Lateinbüchern zurück, nahm einen Text für eine Stegreifübersetzung von den Muster-Prüfungsbögen, die sein Vater aus Dublin für ihn mitgebracht hatte, und versuchte, ihn durchzuarbeiten. Er las es zuerst, um einen allgemeinen Eindruck von dem Sinn zu bekommen, und dann machte er sich daran, Zeile für Zeile zu übersetzen, frustriert über die Sätze, die Wörter enthielten, die er nicht kannte. Er widerstand der Versuchung zu raten und ließ Lücken.

Er ging ans vordere Fenster und sah wieder hinaus. Es hatte angefangen zu nieseln, der Tag war dunkel geworden, und Vinegar Hill war nur undeutlich zu erkennen. Es war niemand auf der Straße. Es war kalt. Er ging nach oben und holte sich eine Decke vom Bett. Er legte sich auf das Sofa im vorderen Zimmer, in die Decke eingewickelt. Er drehte sich vom Fenster weg und schlief bald ein.

Als er wieder aufwachte, war es dunkel. Er hörte, wie sich in der Tür ein Schlüssel drehte und im Flur das Licht angemacht wurde. Es wäre kein Problem, dachte er sofort, das Schweinekotelett seines Vaters in einer Viertelstunde auf dem Tisch zu haben, und er könnte die übrigen Kartoffeln und Möhren in ein Sieb tun und sie über Wasserdampf wärmen.

«Hier ist niemand», hörte er jemanden sagen. Er war sich nicht sicher, wer es war.

«Ich bin hier», rief er.

Plötzlich wurde das Licht im vorderen Zimmer angemacht, und als er sich zur Tür drehte, blendete es ihn, und er mußte sich die Hand vor die Augen halten.

«Du solltest nicht hier allein sein», sagte sein Onkel Tom. «Wir haben dich überall gesucht.»

«Ich konnte niemand finden.»

«Du hättest in der Nähe warten sollen.»

Ein anderer Mann stand da, ein Mann, der in der Court Street wohnte und zusammen mit seinem Vater im St. Vincent de Paul war.

«Dein Vater hat einen Anfall gehabt», sagte sein Onkel. «Er wurde rüber nach Wexford gebracht. Sieht so aus, als wird er nach Dublin verlegt.»

Eamon sagte nichts. Er versuchte einzuschätzen, was man ihm gesagt hatte. Er wollte, daß die beiden Männer wieder gingen.

«Wollt ihr eine Tasse Tee?» fragte er.

«Nein, schon gut», sagte sein Onkel.

Er stand vom Sofa auf und zog die Vorhänge zu.

«Ich muß mal nach dem Feuer sehen», sagte er und ging an ihnen vorbei ins hintere Zimmer.

«Wir haben deine Tante Kitty in Tullow angerufen», sagte sein Onkel. «Du ziehst lieber da hoch, bis es deinem Vater wieder bessergeht. Du kannst hier nicht allein bleiben, und bei uns gibt's niemand, der auf dich aufpassen kann.»

«Für wie lange muß ich weg?»

«Stell dich beim Packen lieber auf eine längere Zeit ein. Hast du einen Koffer oder eine Truhe?»

Er bemerkte, daß der andere Mann sich in dem Zimmer umsah und alles genau musterte.

«In welches Krankenhaus kommt er in Dublin?» fragte er seinen Onkel.

«Das wissen wir noch nicht. Wahrscheinlich wird's das Vincent sein. Aber dafür ist noch genug Zeit.» Er wedelte mit der Hand, um ihn zur Eile anzutreiben.

«Was mach ich wegen der Schule?» fragte er.

«Nimm deine Bücher lieber mit, und auch genug Sachen.»

«Genug Sachen wofür?»

«Beeil dich jetzt mal. Deine Tante Kitty wird dich vom Bus abholen.»

Oben ging er in das Zimmer seines Vaters, wo das Bett noch ungemacht war und der Schlafanzug seines Vaters auf dem Boden lag. Er hob den Schlafanzug auf und legte ihn aufs Bett. Er fand einen Koffer unter dem Bett, voller alter Kleider, die er auf den Boden ausleerte. Er trug den Koffer ins hintere Zimmer und kramte seine Kommode durch, tat die Dinge, von denen er meinte, daß er sie brauchen würde, in den Koffer. Er hievte ihn nach unten und stopfte auch Bücher und Prüfungsbögen hinein, ging jedes Schulfach durch und vergewisserte sich, daß er genug Bücher und Unterlagen hatte. Der Koffer ging nicht zu, und so nahm er ein paar Bücher wieder heraus und tat sie in eine Tasche. Sein Onkel und der Mann aus der Court Street saßen auf Stühlen im hinteren Zimmer.

«Für wie lange werde ich weg sein?» fragte er seinen Onkel.

«Das weiß ich nicht. Er ist in Dublin, um sich untersuchen zu lassen. Es kommt darauf an, was bei den Untersuchungen rauskommt.»

«Ich dachte, du hast gesagt, er geht erst noch nach Dublin. Ich dachte, er ist jetzt in Wexford.»

«Sie haben beschlossen, ihn zu verlegen.»

«Hast du Bescheid gesagt, daß er morgen nicht zur Schule kommt?»

«Das machen wir, wenn wir dich zum Bus gebracht haben.»

Sie gingen durch die Stadt. Die beiden Männer wechselten sich mit dem Koffertragen ab, und Eamon trug die Tasche mit seinen Büchern. Sie warteten unten an der Slaney

Street, bis der Bus kam. Sein Onkel kaufte ihm den Fahrschein und steckte ihm zwei Shilling zu.

«Wirst du ihn sehen?» fragte er.

«Er wird bald wieder zu Hause sein», sagte sein Onkel.

Der Bus schob sich langsam die schmale Straße nach Bunclody entlang. Er war verraucht und überhitzt. Die Fensterscheiben waren beschlagen. Als er ein Stück frei wischte, sah Eamon nur sein eigenes Spiegelbild und die Regentropfen, die an der Scheibe klebten.

Der Regen wurde stärker, als sie hinter Bunclody in die Berge fuhren. Wenn der Bus eine Panne hatte, dachte er, gäbe es meilenweit niemanden. Er stellte sich vor, wie all die Passagiere im Regen zurückliefen auf der Suche nach einem Farmhaus mit einem Telefon. Der Mann ihm gegenüber, der Pfeife rauchte, beugte sich vor und spuckte auf den Gang. Der Mann räusperte sich und spuckte erneut aus, dann lehnte er sich zurück und rauchte weiter.

Seine Tante und sein Onkel holten ihn in Tullow ab. Die drei älteren Schwestern seiner Mutter lebten in Amerika, aber Kitty war jünger als seine Mutter und hatte in eine Farm im Hügelland über dem Fluß in der Nähe von Tullow hineingeheiratet. Er kannte sie kaum. Er hatte seine Cousins, ihre Kinder, ein paarmal getroffen, aber da sie von einer Farm kamen, waren sie anders. Sie waren auch jünger als er und hatten einen ländlichen Dialekt.

«Du bist aber groß geworden», sagte seine Tante.

Sie verstauten den Koffer im Kofferraum und fuhren los.

«Wer hat dich zum Bus gebracht?» fragte sie.

«Mein Onkel Tom und ein anderer Mann.»

«War das nicht lieb von ihnen?» fragte sie.

Sie unterhielten sich vorne im Auto miteinander. Er hörte zu, verstand aber kaum etwas. Er war schon einmal bei ihnen gewesen, aber diesmal kam ihm die Fahrt länger vor.

«Ich kann mir vorstellen, daß du es hier oben ganz schön anders finden wirst», sagte seine Tante.

Sie hielten neben dem Haus und wurden von Schäferhunden begrüßt, die ihn bellend umringten, als er ausstieg.

«Achte nicht auf sie», sagte sein Onkel.

Die Kinder saßen in der Küche um einen Tisch herum. Über dem Herd hing Wäsche. Da waren ein Mädchen, das jünger war als er, und zwei Jungs im Alter von sieben oder acht, und dann noch ein jüngeres Mädchen und ein Baby in einem Kinderwagen. An der Spüle stand eine Magd.

«Wir machen jetzt Tee», sagte seine Tante. «Und dann werdet ihr alle früh ins Bett gehen wollen.»

Eamon stand an der Wand, seine Tasche noch in der Hand, und sah sie an, sah sich in der Küche um. Er fragte sich, ob es in der Nähe eine Schule gab, die er besuchen konnte, er fragte sich, wo er schlafen würde. Er wollte seiner Tante erklären, daß er jeden Abend vor dem Insbettgehen noch lernte, aber sie war mit dem Baby beschäftigt.

«Setz dich und trink deinen Tee», sagte sein Onkel.

Nach dem Abendessen gingen sie ins Bett. Er sollte sich mit seinen beiden Cousins ein Bett teilen, die unter ihren Schlafanzügen ihre Unterwäsche anbehielten.

«Kommst du morgen mit in die Schule?» fragte einer.

«Ich weiß nicht. Gibt es ein Gymnasium?»

«Es ist eine staatliche Schule.»

Er blieb noch eine Weile wach, aber er konnte an nichts anderes denken als an das leere Haus daheim, alles ruhig und unberührt in der Dunkelheit, in allen Räumen Stille, das Feuer erloschen, die Milch, die er am Morgen geholt hatte, der ihm jetzt so fern vorkam, und die jetzt während der Nacht langsam sauer wurde. Er stellte sich jedes Zimmer vor, jedes Möbelstück, bis auch er schließlich einschlief.

NEUNTES KAPITEL

Sie rückten im Zwielicht des Schlafzimmers näher zusammen. Als sie anfingen sich zu lieben, hörten sie im Wohnzimmer das Baby weinen. Eamon schloß die Augen und fuhr mit der Zunge über Carmels Nacken und Schultern, während sie in den Schlitz seines Pyjamas griff und seinen Penis hielt. Das Baby hörte auf zu weinen, und sie konnten Niamh hören, die das Baby in den Kinderwagen legte.

«Ich bin zu alt», sagte sie und küßte ihn.

«Ach was, ist schon in Ordnung, es ist schön, so mit dir zusammenzusein», sagte er.

Sie fing an, ihn zu masturbieren, zuerst langsam und rhythmisch. Er streichelte ihre Haare und fuhr mit den Händen über ihre Oberschenkel. Als er ejakulierte, hielt sie ihn fest und küßte ihn.

«Urlaub», sagte er und lächelte.

«Hoffentlich hat Niamh uns nicht gehört», flüsterte sie.

Als sie angezogen waren, gingen sie hinaus in den Garten. Eamon trug Tisch und Stühle hinaus, und sie frühstückten zusammen mit Niamh, während das Baby im Kinderwagen im Schatten schlief. Es war ein warmer Tag, ein starker Wind blies Wolken über den Himmel.

Carmel machte noch einmal Tee, während Niamh ins Dorf fuhr, um die Zeitung zu holen und ein paar Einkäufe zu machen.

«Das Meer ist bestimmt bewegt heute», sagte er.

«Donal kommt heute», sagte Carmel. «Du wirst mit ihm eine Runde schwimmen können.»

«Wie kommt er hierher?»

«Er hat ein Auto. Er hat schon seit zwei Jahren eins. Ich glaube, er bringt eine Freundin mit.»

«Sein Engagement für kostenlosen Rechtsbeistand hat eine Menge Aufruhr verursacht.»

«Ich weiß.»

«Er wird nicht viel zum Arbeiten kommen, wenn er ständig Stellungnahmen veröffentlicht.»

«Tatsächlich ist er sehr erfolgreich. Er hat auch eine Menge Prinzipien.»

«So fangen sie alle an», sagte Eamon.

«Er ist ein bißchen wie du, als du in seinem Alter warst, sehr ernst, ohne eine Spur Selbstironie. Das ist typisch für die Redmonds.»

«Werden sie lange bleiben?» fragte er.

«Nein, sie kommen nur für einen Tag», sagte sie.

Später, als Niamh wiederkam, waren auch Donal und seine Freundin dabei. Sie hatten sich im Dorf getroffen und waren zusammen zurück nach Cush gefahren. Carmel stand auf, um sie zu begrüßen. Als auch Eamon sich erhob, merkte er, wieviel glücklicher und lebhafter Carmel jetzt zu sein schien, da Donal da war. Donal sah jedesmal dünner, erwachsener und fremder aus. Heute trug er Kragen und Krawatte. Seine Freundin trug ein Sommerkleid, ihre Haare waren sehr kurz geschnitten.

«Das ist hier ja sehr entlegen», sagte sie. «Ein richtiges Versteck. Das würde man nie finden, wenn man nicht wüßte, wo es ist.»

«Donals Vater kommt schon seit seiner Kindheit hierher», sagte Carmel.

«Donal hat mir von dem Kliff erzählt.»

«War die Erosion stark in diesem Jahr?» fragte Donal ihn. Er gab der Frage einen professionellen und ernsten Klang.

«Bei den Keatings ist es viel schlimmer als hier, aber dieses Jahr ist eine große Lücke entstanden, wo Mikes Haus vorher war. Jetzt kommt man leichter hinunter zum Strand und wieder zurück. Während er dies sagte, fiel ihm ein, daß sie gerade ein wesentliches Gesprächsthema verbrauchten.

«In einer Stunde gibt's Mittagessen», sagte Carmel, die in der Tür stand. «Es gibt Hühnchen, neue Kartoffeln und einen Salat, das ist das Menü. Es wird serviert, wenn Niamh wieder zurück ist.»

«Wo geht Niamh hin?» fragte er.

«Sie holt deine Tante Margaret», sagte Carmel, «damit heute vier Generationen der Familie versammelt sind. Ich werde ein Foto machen.»

«Ich mach's, dann können Sie auch mit drauf sein», sagte Donals Freundin.

«Irgend jemand wird Michael wickeln müssen», sagte Niamh. «Machst du das, Donal? Wäre eine gute Übung für dich.»

«Es gibt keinen Grund anzufangen», sagte Donal.

«Ich mach's», sagte Donals Freundin.

«Du hast doch heute deinen freien Tag, Cathy», sagte Carmel, während sie das Kind hochnahm. «Er ist an mich gewöhnt, gleich ist er wieder frisch und sauber.»

Donal klappte mehrere Klappstühle auf und sie setzten sich vors Haus in die Sonne.

«War das Wetter gut?» fragte Donal seinen Vater.

«Einmal am Tag regnet es immer mal, aber es war warm.»

«Wie ist das Meer?»

«Einen richtig glühendheißen Tag haben wir noch nicht gehabt, aber es wird immer wärmer, oder vielleicht gewöhne ich mich bloß dran.»

Cathy war außer Hörweite im Garten umhergeschlendert. Sie ging jetzt auf sie zu.

«Es ist ein wunderschönes Haus», sagte sie. Sie sprach mit Süd-Dublin-Akzent. Sie war sehr selbstbewußt.

«Erkennst du Cathy nicht wieder?» fragte Donal ihn.

«Wiedererkennen? Ich hab sie doch eben erst kennengelernt.»

«Er würde sich nicht an mich erinnern», sagte Cathy.

Eamon merkte, daß beide feindselig geworden waren. «Ich habe ein gutes Gedächtnis für Gesichter», sagte er. «Es ist nicht so gut wie Carmels, aber ich denke, ich würde mich an Sie erinnern, wenn ich Ihnen schon einmal begegnet wäre.»

«Vielleicht ist es das schlechte Gewissen», sagte Donal.

Eamon sah ihn scharf an. «Was meinst du damit?»

«Sie war in deiner Verhandlung», sagte Donal.

Eamon sah sie wieder an, aber er konnte sich nicht an ihr Gesicht erinnern.

«Ich war diejenige, die in dem Fall Ryan die Regelung der Kostenentscheidung beantragt hat. Ich habe in der Verhandlung assistiert. Ich hatte nicht viel zu tun, abgesehen vom letzten Tag», sagte sie.

«Sie sind Anwältin?» fragte er.

«Richtig, aber ich habe nur einmal vor Ihnen verhandelt.»

«Und Sie haben das Mädchen und seine Mutter vertreten, richtig?»

«Richtig», sagte sie höflich.

«Hast du gelesen, was die *Irish Times* über dein Urteil geschrieben hat?» fragte Donal scharf.

«Komische Zeiten, wenn eine Zeitung anfängt, juristische Urteile zu fällen.» Er war plötzlich zornig. «Aber ich denke, wir sollten jetzt nicht über den Fall diskutieren, wenn ihr nichts dagegen habt. Ich rede lieber über Küstenerosionen oder die Temperatur der Irischen See.»

«Das glaube ich dir gerne», sagte Donal.

«Sie werden sowieso nicht in die Berufung gehen», sagte Cathy. «Sie haben nicht die Mittel dafür.»

«Sie könnten doch Ihr Honorar spenden, wenn Ihnen die Sache so am Herzen liegt.»

«Ich wurde nicht bezahlt», sagte sie.

«Ich sollte sagen, daß Cathy mich gebeten hat, den Fall nicht zu erwähnen», sagte Donal. «Aber ich fand, er sollte erwähnt werden, einfach um die Atmosphäre zu reinigen.»

«Die Atmosphäre hier unten ist vollkommen rein», sagte Eamon. «Jedenfalls war sie es, bis ihr gekommen seid.»

«Es tut mir leid, daß wir hier Ärger gemacht haben», sagte Cathy.

«Es tut mir leid, daß Donal ihn gemacht hat», sagte Eamon.

Er ging hinein und erzählte Carmel, was passiert war.

«Ihr seid beide selbstgerecht», sagte Carmel, «der eine wie der andere.»

Es war so lange her, daß er sie so hatte reden hören, daß er bestürzt war. Er stand da und sah sie an.

«Ich gehe schwimmen», sagte er. «Ich bin rechtzeitig zum Mittagessen wieder da.»

Als er zurückkam, stellte er fest, daß sie den Eßtisch in den Garten getragen hatten. Donal trug Stühle hinaus, während Cathy den Tisch deckte.

«Ich habe die Anweisung, mich bei dir zu entschuldigen», sagte Donal.

Eamon lächelte und legte die Hand auf Donals Schulter.

«Ist es zu windig für Tante Margaret?» fragte Carmel, als sie zur Tür kam.

«Weiß Tante Margaret von Niamhs Kind?» fragte Donal.

«Nein», sagte Carmel. Sie schüttelte seufzend den Kopf.

«Was willst du machen?» fragte Donal.

«Das weiß ich nicht. Darüber mache ich mir in einer halben Stunde Gedanken. Wenn es für Tante Margaret hier draußen zu windig ist, dann tragen wir den Tisch eben wieder rein.»

«Gib ihr doch einen Sonnenplatz», sagte Donal.

«Und ihr könnt jetzt alle einen Drink nehmen», sagte Carmel. «Martini, Rot- oder Weißwein, Sherry, Gin und Tonic. Cathy, was hättest du gern?»

«Das ist ja wie auf dem Kontinent», sagte Donal. «Im Freien essen. Man könnte meinen, wir wären in Italien.»

«Warte nur, bis Frank Murphys Traktor vorbeikommt», sagte Eamon. «Spätestens dann wissen wir, daß wir in Cush sind.»

Als Tante Margaret kam, holte Carmel eine Wolldecke, die sie sich bei Bedarf um die Schultern legen konnte. Niamh trug einen Kinderstuhl für das Baby heraus, das sofort mit dem Löffel gegen den Plastiktisch schlug, der an dem Stuhl befestigt war.

«Ist er nicht ein prächtiger kleiner Bursche, Tante Margaret?» sagte Carmel.

Eamon fragte sich, ob Niamh auf der Rückfahrt Tante Margaret von dem Kind erzählt hatte, aber Tante Margaret ließ nichts erkennen. Sie lächelte.

«Ist das nicht komisch, wie er mit dem Löffel schlägt?» sagte sie.

Sie setzten sich alle zum Essen hin, reichten beflissen die Speisen herum und schenkten sich gegenseitig Wein ein. Ein paarmal kam Wind auf, ließ die Blätter in dem niedrigen Weißdornbusch am Gartenrand rascheln, aber die Sonne blieb stark.

«Ist es nicht ein wunderschöner Tag?» sagte Tante Margaret.

«Es ist eindeutig bis jetzt der schönste Tag dieses Sommers», sagte Carmel.

Niamh versuchte, das Kind zu füttern, aber es war zu abgelenkt von der Gesellschaft, um irgend etwas zu essen. Carmel ging hinein, um den Nachtisch vorzubereiten, während Donal das Geschirr abräumte.

«Es tut gut zu sehen, daß er seinen Beitrag leistet», sagte Niamh zu Cathy. «Sein Vater rührt im Haushalt keinen Finger.» Sie lächelte ihrem Vater zu.

«Arbeitet er denn nicht das ganze Jahr?» fragte Tante Margaret.

Carmel kam mit einem Tablett mit Rhabarberkuchen, Sahne, Tellern, Tassen und Untertassen heraus. Donal folgte ihr mit einer Kanne Kaffee. Es wurde vereinbart, daß Donal und Cathy den Abwasch machen würden. Carmel lehnte sich auf ihrem Stuhl zurück, ihre Tasse in beiden Händen, und unterhielt sich mit Tante Margaret über ihren Besuch in Wexford und was sie dort gekauft hatte, und darüber, wie die Geschäfte waren. Sie war hier soviel entspannter als in Dublin, fand Eamon. Als Donal und Cathy wieder erschienen, versuchte Carmel ein Gesprächsthema zu finden, das sie alle interessierte. Niamh setzte das Kind mit ein paar Spielsachen auf den Rasen.

«Würdest du gern auf dem Land leben, Cathy?» fragte Carmel.

Sie unterhielten sich über das Land, wie einsam es sein konnte, aber daß man jeden kannte und bessere Nachbarn hatte als in der Stadt.

«Ich mag Dublin», sagte Carmel, «aber ich komme nicht daher, und ich würde mich in einer Kleinstadt wohler fühlen. In Dublin kennen wir auch jeden um uns herum, aber es ist nicht dasselbe. Sie kommen alle aus verschiedenen Gegenden, und sie haben alle ihr eigenes Leben.»

Donal und Cathy holten ihr Badezeug aus dem Auto.

«Ihr habt doch gerade erst gegessen», sagte Carmel. «Ihr könnt Krämpfe bekommen.»

«Wir machen zuerst einen Spaziergang», sagte Donal. «Wir laufen uns das Essen ab. Niamh kommt mit, wenn wir das Kind hier bei euch lassen können.»

«Das Kind könnt ihr ruhig hierlassen», sagte Carmel. «Aber ihr solltet noch eine Stunde warten, bis ihr ins Wasser geht.»

Als sie aufgebrochen waren, ging Carmel ins Haus, um noch mehr Tee für Tante Margaret zu machen.

«Du bist heute in sehr schlechter Verfassung», sagte sie zu Eamon, als sie ihm in der Küche begegnete.

«Bin ich das?» fragte er. «Ich fühle mich gut. Ich bin nur nicht gesprächig.»

«Solange dir nicht der viele Besuch auf die Nerven geht.»

«Es tut mir leid, wenn ich diesen Eindruck mache. Ich genieße die Gespräche.»

Sowie Carmel wieder hinausging, begann das Kind zu weinen. Sie nahm es auf den Arm, drückte sein Gesicht an ihres und lächelte es an. Es weinte weiter, ohne auf ihr Lächeln zu achten, und versuchte sie wegzuschieben.

«Normalerweise ist er nicht so quengelig», sagte sie zu Tante Margaret. «Er ist gewöhnlich ganz glücklich und zufrieden. Nicht, mein Kleiner?» Sie hielt das Kind hoch in die Luft, und plötzlich lächelte es sie an.

«Sieh ihn dir an, jetzt lacht er.» Er lächelte wieder, ein breites Lächeln.

Carmel erzählte Tante Margaret von dem Kind und was es für ein Schock gewesen sei, als Niamh ihr die Neuigkeit eröffnet hatte.

«Ich bin an dem Tag in die Kirche in der Clarendon Street gegangen», sagte sie. «Ich habe Gott gesagt, wenn es irgend etwas Besonderes für mich zu tun gäbe, würde ich es darbringen. Daran habe ich mich später erinnert. Und ich habe es auch gemeint, wirklich, Tante Margaret.

Und als ich nach Hause kam, wer hat da auf mich gewartet? Niamh. Sie hatte Angst, es mir zu sagen. Zuerst wußte ich nicht, wie ich reagieren sollte, aber jedenfalls habe ich beschlossen, daß wir alles tun würden, um ihr zu helfen. Ich war für die Verfassungsänderung, ich bin auf der ganzen Linie für den Schutz des ungeborenen Lebens. Man muß doch den Mut zu seiner Überzeugung haben und sein Bestes tun. Und im Herbst werde ich das Kind jeden Tag nehmen, weil Niamh voll arbeiten wird und dann jede erdenkliche Unterstützung braucht.»

Er hörte Carmel zu, während sie erzählte, und bemerkte, daß sie Tante Margaret keine Möglichkeit ließ, dem, was sie sagte, zu widersprechen. Er hatte nicht gewußt, daß Niamh voll arbeiten wollte. Carmel hatte ihm nie erzählt, daß sie das Kind im Herbst jeden Tag nehmen wollte, aber vielleicht war dies ihre Art, es ihm zu sagen, dachte er.

Carmel schenkte ihm einen Brandy ein. Er schmiegte das Glas in seine Hand, lehnte sich in seinem Stuhl zurück und lauschte der Unterhaltung der beiden Frauen, auf eine unbestimmte Art und Weise froh, daß seine beiden Kinder in der Nähe waren, zusammen, vielleicht jetzt schon im Wasser, und den Tag ebenso genossen wie er. Er schloß die Augen und trank in der Wärme der nachlassenden Sonne.

Nachdem das Foto gemacht worden war, fuhren Donal und Cathy auf ihrem Rückweg nach Dublin Tante Margaret in die Stadt.

«Weiter so mit deiner Arbeit», sagte Donal, als sie sich die Hände schüttelten.

«Das Gericht wird nie wieder umkippen, dessen kannst du sicher sein», antwortete er mit einem säuerlichen Lächeln.

«Trotzdem viel Glück», sagte er zu Cathy. «Das nächste Mal werde ich Sie erkennen.»

«Aber wird sie dich erkennen?» fragte Donal.

«Hör auf, Donal, wir haben schon genug Ärger gemacht», sagte Cathy.

Eamon kam in den Sinn, was für eine Geschichte ihre Auseinandersetzung von vorhin abgeben würde, wenn sie wieder in Dublin wären.

Carmel räumte gerade den Tisch im Garten ab, als ihm zum erstenmal auffiel, wie sie sich den Kopf hielt.

«Ich hätte diesen Brandy nicht trinken sollen», sagte sie.

«Ich räume hier fertig ab. Du hast den ganzen Tag hart gearbeitet. Geh und leg dich hin.»

Er hatte erwartet, daß sie protestieren würde, es war untypisch für sie, sich einfach so ruhig zu fügen. Als sie gegangen war, trug er die Tassen und Gläser in die Küche zurück und stellte sie auf das Abtropfbrett. Er dachte immer noch, daß sie wieder erscheinen würde, aber sie kam nicht. Als er das Tischtuch in den Wäschekorb im Badezimmer getan hatte, ging er auf Zehenspitzen ins Schlafzimmer. Die Vorhänge waren zugezogen, und sie lag mit geöffneten Augen auf dem Bett.

«Kann ich dir irgend etwas bringen?» fragte er. «Hast du Kopfschmerzen?»

«Es sind keine richtigen Kopfschmerzen. Ich weiß nicht, was es ist. Vielleicht geht es weg, wenn ich ein Weilchen schlafe.»

«Möchtest du, daß ich mich neben dich lege, Carmel?» fragte er.

«Ja, oder laß vielleicht einfach die Tür auf, damit ich weiß, daß du da draußen bist. Ich habe ein schrecklich schwaches Gefühl in den Beinen. Ich weiß nicht, was das ist.»

«Soll ich einen Arzt holen?»

«Eamon, ich fühle mich schrecklich», sagte sie.

«Möchtest du, daß ich einen Arzt hole?»

«Nein, ich werde ein Weilchen schlafen.»

Er ließ die Tür offen und das Licht an und setzte sich ins Wohnzimmer, um zu lesen. Das Kind schlief und Niamh war ins Bett gegangen. Er konnte durch die offene Tür Carmels Körper auf dem Bett sehen. Sie schien zu schlafen. Er ging hinein und legte sich neben sie und las, ohne sich auszuziehen. Er wollte nicht schlafen, aber er stellte bald fest, daß er müde wurde, und so zog er seinen Schlafanzug an und machte das Licht aus. Carmel bewegte sich nicht, als er unter die Decke schlüpfte, und er achtete darauf, sie nicht zu stören.

Sie wachte in den frühen Morgenstunden auf. Er merkte, wie sie sich bewegte, und hörte dann ihre Stimme. Er drehte sich um und hielt sie im Dunkeln, aber sie schien ihn wegzustoßen. Ihre Stimme war gedämpft, und er verstand nicht, was sie sagen wollte. Er hörte zu, setzte sich dann auf und knipste die Nachttischlampe an. Sie hatte das Gesicht ins Kissen gedrückt und murmelte immer noch vor sich hin. Als sie sich zu ihm drehte, sah er eine fürchterliche Verzweiflung in ihrem Gesicht. Ihr Gesicht wirkte verzerrt, als sie zu sprechen versuchte. Er spürte kalten Schweiß ausbrechen, als er zusah, wie sie sich an den Kopf griff und ihre Hand auf der Stirn liegenließ, als hätte sie große Schmerzen.

«Carmel, ich fahre nach Blackwater und hole einen Arzt. Ich werde Niamh bitten, sich um dich zu kümmern.»

Er weckte Niamh auf. Er wußte nicht, was er ihr sagen sollte.

«Weck nicht das Kind auf», sagte sie.

Er ging mit ihr ins Schlafzimmer. Carmel lag immer noch reglos auf dem Bett und hielt sich mit einer Hand den Kopf. Ihre Augen waren geöffnet.

«Kannst du bei ihr bleiben? Ich bin so schnell wie möglich wieder da», sagte er.

Es war kurz vor Morgengrauen, als der Krankenwagen kam. Eamon mußte das Tor öffnen, damit er wenden konnte.

«Sie hat gute Chancen, wenn wir sie schnell einliefern können», sagte der Arzt.

«Ich fahr mit meinem Wagen hinterher.»

«Das ist eigentlich nicht nötig», sagte der Arzt.

Sie rollten sie auf einer Tragbahre hinaus. Sie war noch wach und sah aus, als versuchte sie verzweifelt, die Augen offenzuhalten. Er ging zu ihr und hielt ihre Hand.

«Es wird gut werden», sagte er. «Wir lieben dich alle, Carmel.» Er sah keine Reaktion in ihren Augen. Er war sich nicht sicher, ob sie ihn hören konnte.

Als sie die Türen des Krankenwagens zugemacht hatten, wandte er sich wieder an den Arzt.

«Ich wäre sehr gern mitgefahren», sagte er.

«Nein, man wird sie sofort behandeln.»

«Ist es ein Schlaganfall?»

«Sieht so aus.»

«Ist es ernst?»

«Wenn sie sie nach Wexford bringen, hat sie gute Chancen, aber man weiß nie.»

«Ich glaube, ich fahr rein und warte im Krankenhaus. Wir haben hier kein Telefon. Komisch, aber wir haben nie gedacht, daß wir eins brauchen würden.»

Er fuhr wie benommen die schmalen Straßen entlang, versuchte sich die ganze Zeit daran zu erinnern, was passiert war, versuchte, den vorherigen Tag nach Hinweisen abzusuchen. Er saß in dem kalten viereckigen Warteraum des Wexford-Krankenhauses. Er sah durch die Glasscheibe zu, wie Krankenschwestern und Ärzte und Pfleger sowie Patienten in Morgenmänteln und Schlafanzügen den Korridor auf und ab gingen. Er hielt nach einem vertrauten Gesicht Ausschau; jedesmal, wenn die Tür aufging, sah er hin, voller Angst, daß eine Gestalt auf ihn zukäme, um ihm etwas mitzuteilen. Er machte sich Sorgen um Niamh mit ihrem Kind, wie sie auf Nachricht wartete, auf das Geräusch seines zurückkommenden Autos.

Man sagte ihm, ihr Zustand sei stabil, und als er um genauere Informationen bat, sagte die Krankenschwester, sie könne es nicht näher ausführen. Zu Mittag ging er in die Stadt. Als er wiederkam, erkundigte er sich noch einmal, wie es ihr ging und ob er sie sehen könne.

«Es ist besser, wenn sie keinen Besuch hat», sagte die Schwester.

«Meinen Sie, sie kommt durch?» fragte er.

«Ihr Zustand ist stabil», sagte die Schwester. «Und wir haben sie unter ständiger Beobachtung.»

«Aber sie wird doch überleben, oder?»

«Sie hatte einen schweren Schlaganfall.» Es hörte sich wie eine Beschuldigung an.

Er verließ das Krankenhaus und fuhr nach Cush zurück. Niamh fütterte gerade das Kind, als er hereinkam.

«Es gibt noch nichts Neues», sagte er. «Sie ist auf der Intensivstation.»

Er legte sich angezogen aufs Bett, bis er einschlief. Niamh weckte ihn, als es Zeit fürs Abendessen war. Er duschte und zog sich frische Sachen an. Später saß er allein auf der Veranda und beobachtete, wie die Kegel des Leuchtturms die Dunkelheit durchschnitten.

Sie riefen am Morgen an und erhielten die Auskunft, daß ihr Zustand stabil sei und sie kurz Besuch haben könne. Niamh ließ das Kind bei Mrs. Murphy in dem Haus, das über ihrem lag, und dann fuhren sie nach Wexford.

«Ich hab ihr ein Buch mitgebracht», sagte Niamh. «Ich weiß, daß sie jetzt nicht lesen kann, aber ich dachte, sie würde sich vielleicht freuen, es neben ihrem Bett liegen zu haben.»

Sie setzten sich ins Wartezimmer. Der Kaffeeautomat war übergelaufen, und eine Frau wischte den Boden auf. Keiner von beiden sagte etwas. Niamh ging mehrmals zu den Schwestern, um zu fragen, ob sie Carmel jetzt sehen könnten, aber man sagte ihr, sie würden warten müssen. Als die Oberschwester erschien, merkte er an ihrem Verhalten, daß irgend jemand herausgefunden hatte, daß er Richter war. Sie führte sie den Korridor entlang zu Carmels Station. Sie sagte ihm, der Facharzt wolle ihn sprechen, bevor er ging.

Es gab nur zwei Betten in dem abgedunkelten Zimmer. Das andere war leer. Er ging leise hinein, während Niamh draußen mit der Oberschwester wartete. Ihm fiel die Hitze in dem Zimmer auf und die blasse Haut von Carmels Armen.

«Dir geht's schon viel besser, Carmel», flüsterte er. Er hatte Angst, sie zu berühren. «Es wird dir wieder großartig gehen.»

Sie begann zu murmeln, wie im Traum, als würde sie etwas zutiefst beunruhigen.

«Ich höre dir zu, ich bin hier, Carmel.»

Wieder murmelte sie etwas. Er strengte sich an, zu verstehen, was sie sagte. Es schien eine präzise Frage zu sein. Er hörte wieder zu. Ging es mir vorher schlechter? Gingen wir... Aber er konnte nur raten, daß dies die Worte waren. Er rührte sich nicht. Er konzentrierte sich auf sie, darauf, bei ihr zu sein, sagte nichts, versuchte, nichts zu denken.

Als er hinausging, wartete Niamh schon darauf, zu ihr hineinzugehen. Die Oberschwester sagte ihm, daß der Facharzt ihn jetzt erwarte, in seinem Büro, ein Stockwerk höher. Wenn er dort fertig wäre, könne er noch einmal in ihr Büro kommen, sagte sie.

«Richter Redmond», sagte der Arzt und erhob sich von seinem Schreibtisch.

«Wird sie durchkommen?» fragte Eamon, nachdem sie sich die Hände geschüttelt hatten.

«Darüber wollte ich mit Ihnen reden. Ich werde sie nach Dublin verlegen. Ihr Zustand ist noch ernst, aber sie muß sehr stark sein. Es könnten einige Schädigungen entstanden sein, ich bin mir nicht sicher, oben in Dublin wird man das genauer sagen können. Ich hätte den Krankenwagen gern schon früher geschickt, doch wir haben leider Personalmangel. Aber sie wird innerhalb der nächsten Stunde hochgebracht. Sind Sie übrigens für die Blackrock-Klinik versichert?»

«Nein», sagte Eamon. «Sollte sie dahin?»

«Ich werden sie erst mal ins Vincent's schicken.»

«Was meinen Sie mit Schädigungen?»

«Ehrlich gesagt, es besteht die Gefahr, daß ihr Sprechvermögen und ihre Motorik beeinträchtigt sein könnten. Das ist die beste Prognose, die ich Ihnen geben kann.»

«Und die schlechteste?»

«Im Moment ist ihr Zustand jedenfalls stabil. Wie gesagt, sie ist sehr stark. Manche Menschen sind so.»

Eamon und Niamh fuhren schweigend nach Cush zurück, holten das Kind ab, packten ihre Sachen und machten sich auf den Rückweg nach Dublin.

«Soll ich fahren?» fragte Niamh.

«In einer Weile vielleicht. Macht es dir was aus?»

«Schreckliche Vorstellung, daß sie dieselbe Strecke fahren wird, nur in einem Krankenwagen, findest du nicht?» meinte Niamh.

«Sie hat zuviel getan. Wir hätten sie nie so hart arbeiten lassen dürfen», sagte er. «Willst du für die nächste Zeit bei uns wohnen?»

«Nein danke, ich glaube, ich bleibe lieber in meiner Wohnung.»

«Du wärst sehr willkommen.»

«Danke, aber ich bleibe lieber bei mir.»

«Was hat Donal gesagt?»

«Es geht ihm sehr schlecht.»

«Ich weiß nicht, was für finanzielle Vereinbarungen du mit deiner Mutter getroffen hast. Sie verwaltet das ganze Geld, aber ich möchte es so belassen, wie es ist.»

«Ich verdiene zur Zeit eigentlich ganz gut. Ich hab ein paar Methoden für die Auswertung von Meinungsumfragen ausgearbeitet, ich bin also gefragt. Aber trotzdem vielen Dank.»

Als er nach Hause kam, rief er im St.-Vincent's-Krankenhaus an. Die diensthabende Schwester sagte, Carmels Zustand sei immer noch stabil, sie dürfe nur von nächsten Angehörigen besucht werden. Er könne um sieben Uhr kommen. Er fuhr zum Supermarkt und kaufte eine Zeitung und ein paar Lebensmittel. Er blieb eine Weile im Auto sitzen, weil er noch nicht nach Hause wollte. Er machte sich auf die Suche nach Blumen und kaufte noch eine Zeitung, bevor er zum Krankenhaus fuhr und bis sieben Uhr auf dem Parkplatz wartete.

Die diensthabende Schwester holte das Krankenblatt hervor und sah drauf.

«Ich weiß nicht, wieso die sie so lange in Wexford behalten haben», sagte sie. «Wir hätten sie sofort hier haben müssen. Wir haben sie unter Beobachtung.»

«Was meinen Sie damit?» fragte er.

«Sie muß alle paar Minuten kontrolliert werden. Es kann sich in die eine oder andere Richtung entwickeln. Das werden wir im Laufe der nächsten Tage wissen», sagte sie. «Sie sind der Richter, nicht?» fügte sie hinzu, als würde es ihr im nachhinein einfallen.

«Ja», sagte er. «Kann ich mich zu ihr setzen?»

«Sie wird sich an nichts erinnern», sagte die Schwester.

«Ich würde einfach gern eine Weile neben ihr sitzen.»

Sie war still. Er wußte nicht, ob sie schlief oder bewußtlos war. Vielleicht stand sie unter Medikamenten. Sie sah friedlich aus.

«Carmel, ich bin hier», flüsterte er. «Ich bin hier, hier neben dir.»

Er konnte die grauen Wurzeln ihrer Haare sehen, und die helle Haut ihres Armes erinnerte ihn an die Zeit, als sie jünger gewesen war. Er hatte Angst, sie zu berühren, als könnte eine kleine Bewegung sie noch mehr beschädigen.

ZEHNTES KAPITEL

Er fuhr vom Krankenhaus heim und wartete im leeren Haus, falls das Telefon klingeln sollte. Er machte sich ein Sandwich und trank ein paar Gläser Brandy. Er hoffte, er würde schlafen können. Aber die ganze Zeit ging ihm die Szene in der Kirche durch den Kopf, in seiner Kindheit, wie sein Vater dastand, als wäre irgend etwas langsam durch ihn hindurchgeschossen. Als es Nacht wurde, machte er nicht das Licht an, sondern wartete im Dunkeln.

Er konnte sich nicht erinnern, wie lange er während der Krankheit seines Vaters bei seiner Tante Kitty geblieben war. Er erinnerte sich, wie er auf Nachricht wartete und lauschte, ob irgend etwas gesagt wurde, aber er wußte, daß man ihn abgewimmelt hätte, wenn er gefragt hätte. Der Wind, erinnerte er sich, war während der ersten Wochen bitter kalt, und die Abende waren dunkel, und das Haus wirkte seltsam und fremd. Er konnte es nicht erwarten, wieder nach Hause zu kommen.

«Ich werde meine Prüfung nicht bestehen, wenn ich nicht lerne», sagte er zu seiner Tante Kitty.

Es gab in der Nähe keine höhere Schule, nur eine technische Schule. Sie versicherte ihm, daß dort auch Englisch und Irisch unterrichtet wurden und daß er Werken und technisches Zeichnen lernen könne.

«Ich kann nicht auf die technische Schule gehen. Es gibt kein Latein auf der technischen Schule.»

«Und was soll dir Latein nützen?»

«Ich möchte an die Universität.»

Er stellte sich die technische Schule in Enniscorthy vor und die Jungs, die sie besuchten, viele von Cottages an den Außenbezirken, andere von Reihenhäusern am Stadtrand, Jungs, die er vom Sehen her kannte, mit denen er aber nie gesprochen hatte. Nach der Schule würden die meisten von ihnen nach England gehen. Er wollte nicht auf die technische Schule, mochte seine Tante ihm auch noch so nachdrücklich versichern, daß sie ganz anders war als die technische Schule in Enniscorthy.

Sie stellte ihm ein Petroleumöfchen ins Wohnzimmer und ließ ihn seine Bücher auf den Tisch stapeln.

«Du bist sehr fleißig», sagte sie zu ihm. «Deine Mutter, Gott erbarme sich ihrer Seele, war eine große Leserin. Sie ließ sich Bücher aus Dublin kommen. Wir haben eine Menge Bücher oben, der Vater deines Onkels hat sie vor Jahren mal bei einer Versteigerung gekauft. Du kannst dir davon nehmen, was du willst.»

Für ein paar Stunden am Tag war es still im Haus. Er blätterte oben die Bücher durch und nahm einige mit nach unten ins Wohnzimmer. Er erkannte die Namen der meisten Autoren wieder. Einige Bücher waren schimmelig und rochen feucht, aber sie waren seit Jahren nicht mehr geöffnet worden, und die Schrift war noch gut lesbar. Eines Tages, als die Petroleumdämpfe ihn schläfrig gemacht hatten, konnte er nicht mehr lernen, und er nahm eines und begann die erste Seite zu lesen. Er war verwirrt, das Unvertraute wurde zu detailliert erzählt. Aber er las weiter, bis er einen Faden fand, dem er folgen konnte, und begriffen hatte, wie die beschreibenden Passagen zu überspringen waren. Er vertiefte sich in die Geschichte, in die Nebenhandlungen und in die verschiedenen Figuren. Danach verbrachte er im Wohnzimmer mehr Zeit damit, Romane zu lesen, als sich mit seinen Schulbüchern zu beschäftigen.

Wenn seine Cousins von der Schule nach Hause kamen,

mußte er mit ihnen zusammen auf der Farm arbeiten. Er haßte es, sein warmes Zimmer und die verwickelten Geschichten der Romane zu verlassen, aber seine Tante bestand darauf. Er haßte es, in Gummistiefeln durch den dikken Schlamm des Hofes zu waten. Seine beiden Cousins fanden es selbstverständlich und zeigten starkes Interesse für die Preise auf dem Markt und die Kosten von Viehfutter. Sie konnten nicht glauben, daß er auf die Universität wollte. Sie wollten so schnell wie möglich die Schule beenden und Geld verdienen.

Abends nach dem Tee spielte er Karten. Er brachte seinen drei älteren Cousins Solo bei. Sie verstanden das Prinzip des Trumpfs, weil sie mit ihrem Vater immer Twenty-five gespielt hatten, und bald kannten sie die Regeln. Sie spielten am Küchentisch, denn seine Tante hatte gesagt, daß nur Eamon das Wohnzimmer benutzen durfte. Das Spiel wurde ständig durch Arbeiter und Viehhändler unterbrochen. Seine Cousins spielten schließlich ebenso geschickt und konzentriert Solo wie er, und nach ein paar lustlosen Versuchen mitzuspielen, ließen seine Tante und sein Onkel sie in Ruhe, bis es Zeit war, ins Bett zu gehen, und dann gab es regelmäßig Streit darüber, wie viele Spiele vor den letzten abendlichen Pflichten und dem Insbettgehen noch gespielt werden durften.

Während der Lämmerzeit verwandelte sich das Haus. Die Jungs konnten zu jeder Nachtzeit aufgeweckt und zum Mithelfen abgeordnet werden. Sie gingen nicht zur Schule, sondern verbrachten den Tag mit den neugeborenen Lämmern oder misteten die Ställe aus, Eamon stand zitternd in der Scheune und betrachtete die Lämmer, schwach und schleimig in dem trüben elektrischen Licht. Sie waren so klein und zerbrechlich, aber nach ein oder zwei Tagen waren sie stark genug, um mit den Schafen auf die Weide zu gehen.

Die Tage wurden länger. Er bemerkte das blasse Licht am Abendhimmel, aber es gab immer noch keine Nachricht. Seine Anwesenheit wurde jedem Besucher auf die gleiche Weise erklärt: Sein Papa sei im Krankenhaus oben in Dublin und er bliebe hier, bis sein Papa wieder nach Hause käme. Und dann wurden weitere Bemerkungen hinzugefügt, etwa «Er ist dabei, aus diesem Haus eine richtige Kartenspielgemeinschaft zu machen» oder «Er ist ein großer Gelehrter» oder «Wir werden schon noch einen Farmer aus ihm machen».

Jimmy Walsh kam oft bei seiner Tante und seinem Onkel vorbei. Er trank eine Tasse Tee und sprach über Preise, Nachbarn und Fußballspiele. Er sagte Eamon, er könne jederzeit vorbeikommen und das Pferd ausprobieren.

«Es steckt noch viel Feuer in dem alten Mädchen», sagte Jimmy und blickte zwinkernd zu Eamon auf. «Ein bißchen frische Luft würde dir guttun.»

Es war ein langer Weg zu den Walshs. Als er das erste Mal nachmittags hinging, dachte er, er hätte die Abbiegung verpaßt. Er brauchte fast eine Stunde, bis er das Brett mit den drei Milchkannen erreichte, von dem man ihm erzählt hatte, und eine halbe Stunde, um die Auffahrt entlangzugehen, wobei er darauf achtete, jedes Tor hinter sich zuzumachen, so wie man es ihm gesagt hatte. Das Haus sah, als er es schließlich erreichte, heruntergekommen und feucht aus. Er ging zur Haustür und klopfte mit den Fingern an, und dann mit der Faust, aber es rührte sich nichts. Ein Schäferhund erschien und bellte ihn an. Als der Hund näher kam, streichelte er ihm den Kopf. Der Hund wedelte mit dem Schwanz und folgte ihm, als er um das Haus herum nach hinten ging. Als er um die Ecke kam, ging die Küchentür auf und ein Mädchen, das ein paar Jahre älter als er war, erschien. Sie trug eine Schürze.

«Mr. Walsh hat gesagt, ich kann mal auf dem Pferd reiten», sagte er.

«Ich bin Anne», sagte sie und klemmte sich die Haare zurück. «Ich dachte, du wärst jünger.»

«Ich bin Eamon», sagte er.

«Wie alt bist du?» fragte sie.

«Ich bin vierzehn.»

«Du siehst älter aus. Mein Onkel hat gesagt, ich soll dir das Pferd satteln und dir alles erklären. Er hat gesagt, du sollst zuerst eine Tasse Tee kriegen.»

«Ist Mr. Walsh dein Onkel?»

«Ja. Ich komme jeden Tag hierher und mache ihm den Haushalt.»

Die Küche war kahl und kalt. Er setzte sich an den Tisch, während sie Tee machte.

«Hast du viele Geschwister?» fragte sie.

«Nein, ich bin das einzige Kind.»

«Ich hab zehn», sagte sie. «In dem Haus hört man sein eigenes Wort nicht. Hier unten ist es toll.»

Sie holte etwas Knäckebrot und Butter und setzte sich mit aufgestützten Ellbogen an den Tisch.

«Ist dein Vater krank?» fragte sie.

«Er hatte einen Schlaganfall.»

«Und wo ist deine Mutter?»

«Sie ist tot», sagte er und sah zu Boden.

«Wann ist sie gestorben?»

«Als ich ein Kind war.»

«Dann gab es also nur dich und deinen Vater? Wie war das, nur so zu zweit?»

Er zögerte. Er wußte nicht, wie er antworten sollte, aber sie blickte ihn in erwartungsvollem Schweigen an.

«Ich weiß nicht», sagte er. «In Ordnung, denke ich.»

«Du mußt deinen Vater aber jetzt vermissen», sagte sie, als sie mit der Teekanne und den Tassen zurückkam.

«Ja, das tue ich», sagte er und lächelte, während sie ihn von der anderen Seite des Tischs beobachtete. Es war das erste Mal, daß ihn jemand nach seinem Vater gefragt hatte. Er wollte noch etwas sagen. Sie schenkte Tee ein.

«Ich war mit ihm zusammen in der Kirche, als er seinen Anfall hatte. Ich hab sehr große Angst gehabt.»

Sie nahm die Schürze ab und wischte sich mit einem Tuch die Hände ab. Sie gingen hinaus zu einem Nebengebäude, wo auf einem breiten Regal neben der Tür der Sattel aufbewahrt wurde. Sie sagte ihm, er solle ihn nehmen, und als er sich umdrehte, bemerkte er ihre Brüste unter ihrem Wollpullover. Ihre Blicke trafen sich, als er wegsah.

Sie öffnete ein Tor, das auf ein Feld voller Disteln führte, und machte das Tor hinter sich wieder zu. Sie trug einen Schottenrock. Ihm fiel ihre Hüfte auf, wie schmal sie war. Es gefiel ihm, wie sie ging und wie selbstbewußt sie redete.

«Du mußt gut aufpassen», sagte sie, als sie sich dem Pferd im Nachbarfeld näherten. «Du könntest runterfallen und dir den Hals brechen. Der letzte Mann, der auf dieser Stute saß, ist fürchterlich gestürzt.» Sie lachte. «Achte nicht auf mich. Das war bloß ein Witz. Du hast so ängstlich ausgesehen.»

Sie sagte ihm, er solle die Stute einfangen und sie beruhigen. Sie warf den Sattel auf den Rücken der Stute, wobei sie ihm immer wieder befahl, sie ruhig zu halten. Dann band sie den Sattel fest.

«Paß jetzt auf», sagte sie. «Sie wird ausschlagen.» Er wußte nicht, ob sie es ernst meinte oder nicht.

Sie löste die Scheuklappen und drückte dem Pferd das Gebißstück ins Maul.

Der Sattel wirkte viel höher, als er sich vorgestellt hatte.

«Wie soll ich da raufkommen?» fragte er.

«Ganz einfach», sagte sie. «Ich halte sie. Du klammerst

dich oben am Sattel fest und ziehst dich hoch. Schnell jetzt.»

Er versuchte es ein paarmal, aber er fiel jedesmal zurück. Sie wurde ungeduldig.

«Halt mal die Zügel», sagte sie, «ich zeig's dir.» Bei ihr wirkte es ganz leicht. Als sie abgestiegen war, übergab er ihr wieder die Zügel.

«Du bist es gewöhnt», sagte er und versuchte es erneut, aber es gelang ihm immer noch nicht, in den Sattel zu springen, ohne daß das Pferd nervös wurde.

«Ich zieh dich hoch, die Stute ist stark genug für uns beide», sagte sie und stieg wieder ohne erkennbare Mühe in den Sattel. Er hielt sich wieder mit einer Hand am Sattel fest und mit der anderen an ihrem Arm.

«Zieh mich nicht runter», rief sie. «Eins, zwei, drei, los.»

Diesmal schaffte er es, und das Pferd blieb ruhig. Er brauchte eine Weile, bis er sich herumgeschoben hatte und auf dem hinteren Teil des Sattels saß, wo sie ihm Platz gemacht hatte. Sie streichelte das Tier und hielt die Zügel.

«Halt dich jetzt an mir fest», sagte sie. Sie gab dem Pferd mit beiden Beinen einen Tritt, und das Tier galoppierte los. Nach einer Weile ließ sie die Stute langsamer laufen, hielt sich am Rand des Feldes und ritt eine Runde nach der anderen.

«Das Geheimnis», sagte sie, sich zu ihm umdrehend, «liegt in deinen Beinen. Du mußt sie mit deinen Beinen halten.»

Sein Glied war hart, und er versuchte, sich im Sattel zurückzuschieben, damit sie nicht spürte, wie es gegen sie drückte, aber jedesmal wenn sich das Pferd nach vorne bewegte, wurde sein Körper gegen ihren geworfen. Er wußte nicht, was er machen sollte. Er wußte, daß sie spürte, wie sein Glied gegen sie drückte, aber sie ließ sich nichts anmerken. Er wollte seine Hände auf ihre Brüste legen, aber gleichzeitig wollte er von dem Pferd absteigen, ohne daß sie dabei seine Erektion bemerkte. Er schob sich näher an sie heran, schloß die Augen und vergaß seine Verlegenheit. Er saß dicht an sie gepreßt, während sich das Pferd langsam übers Feld bewegte. Sie schien ihn gar nicht wahrzunehmen. Er hielt ihre Hüfte fest umschlungen. Er konnte die beruhigende Wärme ihres Körpers spüren, während er sich noch fester an sie preßte, er fühlte, wie sein Herz hämmerte, und er hielt den Atem an, als er zu ejakulieren begann. Dann empfand er eine plötzliche Traurigkeit, den Drang, sich von ihr zu entfernen, ein unbehagliches Schuldgefühl, das ihm neu war.

Er war froh, an jenem Abend wieder Solo spielen zu können, glücklich, in dem Haus mit seinen Cousins zusammenzusein. Er hatte eine frische Unterhose angezogen und die alte hinter einen Busch im Obstgarten geworfen, wo niemand mehr hinging, weil die Bäume dort fast alle tot waren. Aber als sie an jenem Abend spielten, war er abwesend, seine Gedanken wanderten immer wieder zu dem zurück, was früher am Tag passiert war.

Am nächsten Morgen, als die anderen zur Schule losgegangen waren, sprach er seine Tante in der Küche an.

«Bist du gerade beschäftigt?» fragte er sie.

«Wieso, Eamon? Was hast du?»

«Ich will nach Hause», sagte er. «Ich will in meinem eigenen Haus sein.»

«Da ist niemand, der für dich sorgen kann.»

«Aber wann kann ich denn wieder nach Hause?»

«Ich fahre nächste Woche nach Dublin hoch, da werde ich deinen Papa sehen und wir werden das klären.»

«Ich werde ihm einen Brief schreiben, den du mitnehmen kannst.»

«Natürlich nehme ich ihn mit, aber sieh zu, daß du ihm nicht zu viele Sorgen machst. Und hör mal, ich habe deinen Tanten in Amerika geschrieben und ihnen von dir erzählt, und sie möchten, daß du ihnen auch schreibst.»

«Ich hab ihnen doch schon zu Weihnachten geschrieben», sagte er.

«Du solltest ihnen öfter schreiben. Sie hören so gerne von uns.»

In der nächsten Woche ging er wieder zu Jimmy Walsh. Wieder war Jimmy weg, bei einer Verkaufsschau, und Anne war allein da.

«Deine Haare sind anders», sagte er, als sie in der Küche saßen. «Was hast du damit gemacht?»

«Ich hab gewußt, daß du kommst», sagte sie.

«Und hast du es deswegen gemacht?» fragte er lachend.

«Ich weiß nicht, was es da zu lachen gibt.»

Er hatte sich Sorgen gemacht, wie er ihr gegenübertreten sollte, hatte Angst, sie könnte erwähnen, was zwischen ihnen passiert war. Aber sie sagte nichts, und er war jetzt entspannt, wie er da in der Küche am Tisch saß.

«Wie geht's deinem Vater?» fragte sie.

Er wußte nicht, wie er antworten sollte, aber erzählte ihr von seinem Gespräch mit seiner Tante.

«Hat er dir denn nicht geschrieben?» fragte sie.

«Doch», sagte er, nicht genau wissend, was sie meinte.

«Ich glaube, du bist nicht für den Sattel geschaffen», sagte sie. «Vielleicht führen wir das Pferd einfach spazieren.» Sie ging zum Schuppen und holte die Zügel, womit sie dann zur Weide ging. Sie liefen über ein paar Wiesen, das Pferd in Schlepptau, in langsamem Tempo, wobei die Stute dem Zug der Zügel widerstand, bis sie zu einem zerfurchten Sträßchen mit tiefen Gräben auf beiden Seiten kamen. Schließlich gelangten sie auf eine offene Wiese, die sich zu einem Bach hinunterneigte. Anne ging vor ihm und redete mit der Stute, lockte sie voran. Am Himmel hingen tiefe Wolken, aber es wollte nicht regnen.

Im Bach lagen Steine, die das Überqueren erleichtern sollten. Anne ließ die Stute trinken, führte sie dann über den Bach und band die Zügel an einem Baum fest, wobei sie genügend Spielraum ließ, damit die Stute sich umherbewegen konnte. Sie gingen durch eine Baumgruppe bis zu einem mit Unterholz bewachsenen Uferstück. Fliegen summten, und da war der Geruch von feuchter Erde.

«Der Boden ist zu naß zum Draufsitzen», sagte sie. «Wir hätten eine Decke mitbringen sollen.»

Sie standen beide da. Er hielt Abstand zu ihr, immer noch nicht sicher, wieso sie ihn dorthin geführt hatte. Er wollte nicht zuviel vermuten. Sie sagte nichts, sondern ging zu einem Baum und lehnte den Kopf gegen den Stamm. Er ging beiläufig zu ihr und tat, als wäre er in Gedanken versunken. Sie lächelte ihn an und streckte ihm die Hand entgegen. Er hatte an ihren Körper gedacht, ihre Brüste, ihre Hüften, ihre Haare, aber ihre Lippen bemerkte er erst, als er sie küßte und ihren warmen Atem kostete. Sie legte die Arme um ihn und machte ihren Mund weit auf, damit seine Zunge mit ihrer spielen konnte.

Zu Hause stellte er fest, daß er sein Glied hart machen konnte, indem er sich auf ihren Mund und ihre Brustwarzen konzentrierte, die er hatte berühren dürfen. Er lernte zu masturbieren. Er nahm ein halbes Zeitungsblatt mit nach oben, und während seine Cousins schliefen, bearbeitete er sich, wobei er an ihre Lippen und ihre Zunge dachte, an die Sanftheit ihrer Brüste und die Wärme zwischen ihren Beinen.

«Du scheinst ja eine richtige Schwäche für Jimmy Walsh zu entwickeln», sagte seine Tante eines Tages, als sie alle am Tisch saßen und Tee tranken.

«Vielleicht hat er ja für die Nichte eine Schwäche entwickelt», sagte sein Onkel. «Sie wird die Farm erben. Jimmy ist ganz vernarrt in sie. Sie wäre eine großartige Partie, Eamon.» Er lachte.

«Läßt du den Jungen jetzt in Ruhe?» sagte seine Tante. «Dafür wird er noch genug Zeit haben.»

Als das Wetter besser wurde, ging er so oft wie möglich zu den Walshs. Manchmal war Anne beschäftigt, und er mußte auf sie warten. Sie führten die Stute aus, und sie brachte ihm Kanter und Galopp bei, aber er tat sich schwer. Sie stellte ihm Fragen, die ihm noch nie jemand gestellt hatte, sprach ganz natürlich mit ihm, als wäre er ein Erwachsener, und jedesmal, bei jedem Besuch, wußte er, daß sie in einem der Nebengebäude oder in dem Dickicht auf der anderen Seite des Bachs verschwinden wollte, genauso dringend wie er.

Sie ließ ihn seine Hand in ihre Unterhose schieben und die Stelle zwischen ihren Beinen erforschen. Sie schnappte nach Luft, als er seinen Finger hineingleiten ließ, aber er wußte, daß er ihr nicht weh tat. Er liebte die weiche Feuchtigkeit da unten, und dann den engen Eingang, und er liebte es, wenn sie vor Lust zuckte. Er war nervös, als sie das erste Mal seine Hose aufknöpfte. Er küßte sie auf den Mund, in der Hoffnung, sie würde ihn nicht ansehen wollen, aber sie ließ sich nicht abbringen, schob ihre Hand in seine Unterhose und ergriff sein Glied.

Er wußte, daß das, was sie taten, eine Sünde war. Er wußte, während er nach Hause ging, daß er, wenn er starb oder einen Unfall hatte, oder sein Herz stillstand, für alle Ewigkeit in der Hölle sein müßte. Er würde so bald wie möglich zur Beichte gehen müssen. Der Pfarrer Pater Moriarty kam oft ins Haus seiner Tante und seines Onkels. Er war ein großer, jovialer Mann mit einem schrillen Lachen. Er schien sich gern mit Kindern zu unterhalten.

Eamon konnte sich nicht vorstellen, ihm zu erklären, was er und Anne zusammen getan hatten, nicht einmal in der Dunkelheit des Beichtstuhls. Er wußte, daß Pater Moriarty alles, was man ihm erzählte, für sich behalten mußte, und er konnte es auch nicht seiner Tante oder Jimmy Walsh sagen, aber es wäre trotzdem unmöglich, es ihm zu sagen. Bis jetzt war es ihm unvorstellbar erschienen, mit einer Todsünde zu leben. Jetzt war er überrascht, wie leicht es war, zu lernen, zu lesen oder Mahlzeiten einzunehmen, ohne davon beunruhigt zu sein. Nur nachts traf ihn das, was er getan hatte, mit ganzer Macht.

Sonntags ging er mit dem Rest der Familie zur Kommunion, und eines Samstags ging er mit seinen Cousins zur Pfarrkirche zur Beichte bei Pater Moriarty. Eamon sagte ihm, er habe vergessen, seine Nachtgebete zu sprechen, und Pater Moriarty sagte ihm, Gott würde ihm vergeben, wenn er Buße täte. Bevor er die lateinischen Gebete sprach, fragte Pater Moriarty ihn, ob er für seinen Vater bete, und er bejahte. Er war überrascht, daß Pater Moriarty ihn wissen ließ, daß er ihn erkannte. Keiner der Priester in Enniscorthy hatte das je getan. Jetzt wußte er erst recht, daß er Pater Moriarty nicht von seiner Sünde erzählen konnte. Er würde warten müssen, bis er wieder zu Hause in Enniscorthy war.

Als die Schulferien begannen und seine Cousins tagsüber zu Hause blieben, wurde es schwieriger für ihn zu lernen. Er mußte mit ihnen zusammen auf der Farm arbeiten. Er bekam wieder Heimweh, nach seinem eigenen Tagesablauf ebensosehr wie nach Enniscorthy und seinem eigenen Haus und seinem Vater. An einem Tag begleitete ihn einer seiner Cousins zum Haus von Jimmy Walsh, um die Stute zu reiten. Eamon und Anne versuchten, sich im Schuppen zu verstecken, aber sie hatten gerade erst angefangen sich zu küssen, als sie seinen Cousin draußen nach ihnen rufen hörten, und sie wußten, daß es nicht ginge und sie auf einen anderen Tag warten mußten.

Eines Abends nach dem Tee, als sie sich bereit machten, wieder hinauszugehen und Kartoffeln zu ernten, erzählte ihm seine Tante, daß sein Vater jetzt zu Hause sei, er sei aber noch nicht ganz gesund; Eamon könne hinunterfahren ihn besuchen, aber er müsse sehr brav sein.

«Kann ich morgen fahren?» fragte er.

«Ich erkundige mich mal, ob dein Onkel nach Tullow fährt. Wenn nicht, fährt vielleicht irgend jemand anders», sagte sie.

Er packte seine Sachen und Bücher. Er ging nach unten und fragte seinen Onkel, ob er nach Tullow fahren würde, aber sein Onkel sagte, das wisse er noch nicht. Er fragte noch mal seine Tante.

«Ich hätte es dir erst morgen früh sagen sollen», sagte sie.

Erst als sie angefangen hatten, Karten zu spielen, konnte er sich beruhigen und die Fahrt nach Tullow vergessen. An diesem Abend ließ seine Tante sie viel länger spielen als sonst. Sie sagte, seine Cousins könnten ihn bald in Enniscorthy besuchen und dort mit ihm Solo spielen.

Er wachte früh am Morgen auf. Es war draußen schon hell, aber seine Cousins schliefen noch. Er spürte sein steifes Glied, und er dachte daran, wie er seine Hand auf Annes Brust legte, an die seidige Haut ihres Bauches und an den starken süßen Duft, der aus der weichen Rose zwischen ihren Beinen drang. Er versuchte, seine Cousins nicht zu wecken, während er masturbierte, die Augen fest geschlossen, die Gedanken auf Anne konzentriert.

Als er nach unten kam, saß sein Onkel am Tisch und trank Tee. Seine Tante war noch im Morgenmantel.

«Ich glaube, heute fährt keiner rein», sagte sie.

«Kann ich probieren, per Anhalter zu fahren?» fragte er.

«Du willst dringend weg, nicht?» fragte seine Tante. «Sieh dich an», sagte sie. «Du wirst dich bald rasieren. Und bist in die Höhe geschossen. Die werden dich in Enniscorthy nicht mehr wiedererkennen, so groß bist du geworden. Das muß die Landluft sein. Guck nicht so besorgt. Irgendwie kriegen wir dich schon nach Tullow.»

«Die Bücher habe ich alle oben gelassen», sagte er.

«Du kannst alle mitnehmen, die du haben willst», sagte sie.

Seine Cousins warteten im Hof, um ihm auf Wiedersehen zu sagen. Er wußte, daß er endgültig nach Hause ging. Seine Tante hatte ihr bestes Kostüm angelegt. Sie saß vorne neben seinem Onkel, der hinterm Steuer saß.

In Tullow nahm er den Bus. Diesmal konnte er aus dem Fenster sehen. Seine Hinfahrt einige Monate zuvor schien ihm in weiter Ferne zu liegen. Er dachte wieder an Anne. Er hätte sich von ihr verabschieden sollen. Er begann sich jetzt über die Todsünden Sorgen zu machen, die auf seiner Seele lasteten. In Enniscorthy müßte er so schnell wie möglich zur Beichte gehen.

Sein Onkel Tom erwartete ihn an der Bushaltestelle unten an der Slaney Street.

«Dein Vater ist bei uns», sagte er. «Er erwartet dich dort.»

Es war ein warmer Sommerabend, und die Möwen kabbelten sich hoch oben in der Luft über der Eisenbahnbrücke, als er seinen Koffer Richtung Island Road trug. Seine Todsünden kamen ihm jetzt wichtiger vor als in der Zeit seiner Abwesenheit, wirklicher und dringlicher.

Sein Vater saß in einem Sessel im hinteren Zimmer des Hauses, als Eamon und sein Onkel hereinkamen. Er war viel kahler geworden und seine Haare waren an den Schläfen ergraut. Eamon trat einen Schritt zurück und betrachtete ihn. Die Augen seines Vaters wirkten geschwollen und seltsam.

Sein Vater sagte etwas, aber seine Stimme war verzerrt. Eamon bemerkte, daß ein Teil seines Gesichts gelähmt war. Er stand da und betrachtete ihn, während sein Vater zu sprechen versuchte. Er hörte genau zu, um zu verstehen, was sein Vater sagte. Er machte noch einen Versuch, und diesmal sah Eamon ganz deutlich, daß er nur eine Hälfte seines Gesichts bewegen konnte. Sein Vater lächelte ihn immer noch eifrig an und sagte etwas. Als er fertig war, nickte Eamon, als hätte er ihn verstanden.

«Ich geh noch ein Stück mit euch», sagte sein Onkel. «Eine deiner Taschen kannst du hierlassen und später abholen.»

Es war sonst niemand im Haus. Er sah zu, wie sein Vater aufstand und durch das Zimmer hinkte. Er sah keinen Schmerz in seinem Gesicht, nur Anstrengung und Konzentration. Er ging zu ihm und stützte seinen Arm und führte ihn hinaus in den Flur.

Sein Vater wedelte ihn ungeduldig weg und lief langsam, ohne Hilfe. Eamon und sein Onkel Tom begleiteten ihn den Gehweg hinunter zur Straße. Als sie die Irish Street erreichten, nahmen sie ihn in die Mitte. Es war schwierig, so langsam zu gehen. Menschen kamen an die Türen und betrachteten sie, grüßten sie und musterten seinen Vater neugierig.

«Sie sind ein anständiger Mensch», sagte eine Frau hinter einem Gartentor zu seinem Vater. «Wir beten alle für Sie.»

Am Samstagabend stellte sich Eamon ans Ende der langen Schlange für die Beichte. Er rückte dem Beichtstuhl näher. Er sah zu, wie jede Gestalt in den Kasten trat, und er versuchte sich auf die Dunkelheit dort drinnen vorzubereiten, und auf die Luke, die geöffnet würde, und die gedämpfte Stimme. Der Priester war alt, er kannte Eamon nicht und auch niemanden aus seiner Familie, so daß es leichter wäre, aber Eamon spürte, wie seine Kehle trocken wurde, während er in dem Kasten niederkniete und wartete. Als der Priester ihn nach seinen Sünden fragte, brachte er nichts heraus.

«Was sind deine Sünden?» fragte er. Er wirkte ungeduldig. Eamon erzählte dem Priester die Sache mit Anne und was sie getan hatten.

«Hast du Samen ausgeschüttet?» fragte der Priester.

«Ja, Vater.» Er erzählte dem Priester, wie er masturbiert hatte und wie oft.

«Ist das alles?» fragte der Priester mit einem Seufzer.

«Nein, Vater.»

«Was gibt es sonst noch, mein Kind?» Eamon erzählte ihm, wie er eine falsche Beichte abgelegt und jeden Sonntag zur Kommunion gegangen war.

«Hast du gewußt, was du tust?»

«Ja, Vater.»

«Und wo ist da deine Intelligenz geblieben?» fragte der Priester.

Dann war es vorbei. Ihm wurde die Buße auferlegt, und der Priester sprach die lateinischen Gebete der Vergebung. Er verließ den dunklen Kasten und ging in den Raum der Kathedrale, wo er betete, bis er Buße getan hatte. Er hatte erwartet, sich anders zu fühlen, erleichterter, glücklicher, jetzt wo seine Seele gereinigt und seine Sünden fortgewischt waren. Aber er fühlte sich nicht besser. Er empfand jetzt eine noch größere Schande und wunderte sich darüber. Es bereitete ihm Unbehagen, daß Gott anscheinend nicht in der Lage war, ihn von der Last der Schuld zu befreien.

Ende Juni war der Himmel tagsüber von einem klaren

Blau, und die Sonne war heiß. Eamon stellte für seinen Vater einen Stuhl in den Hinterhof hinaus und saß lesend da, während sein Vater schlief oder dösend im Schatten lag. Wenn sich sein Sprechen nicht verbesserte, sagte der Arzt, müsse er wieder nach Dublin. Er mußte das Sprechen üben.

Einige Laute waren leicht. Eamon verstand inzwischen eine ganze Menge von dem, was er sagte. Er wußte, wenn sein Vater seinen Namen sagte, aber eines Tages, als er zuhörte, fragte er sich, ob auch ein Außenstehender aus den Lauten klug werden konnte. Er hörte nur «A–i–n», und er begriff, daß ein Fremder das nicht entschlüsseln konnte. Sein Vater bewegte sich langsam und reagierte langsam auf Dinge. Er fing wieder an, zum Museum zu gehen, aber er konnte die Treppen nicht steigen und die Fragen der Besucher nicht beantworten. Eamon fiel es schwer, mit ihm zu reden. Er vermied es, ein Gespräch zu beginnen, weil er wußte, daß sein Vater dann über Worte stolpern und Laute erzeugen würde, die er nicht verstand.

An einigen Tagen fuhr er mit dem Rad nach Cush, besuchte die Cullens und schwamm eine Runde, bevor er wieder zurückfuhr. Aber er machte sich Sorgen, seinen Vater allein zu Hause zu lassen. Er versuchte, in seiner Nähe zu bleiben. Mrs. Doyle kam jeden Tag, um für sie zu kochen und zu putzen. Sie verstand nichts von dem, was er sagte.

«Was sagt er?» fragte sie Eamon, als sei sein Vater ein Kind.

An einem regnerischen Tag im August saßen seine Tante Margaret und sein Onkel Tom im hinteren Zimmer. Sie lauschten auf den langsamen, mühevollen Aufstieg seines Vaters zur Toilette.

«Es wird ihm viel bessergehen, wenn er wieder an der Schule ist», sagte Tante Margaret. Eamon schwieg.

«Es geht ihm schon viel besser, nicht, Eamon? Du müßtest das doch merken, wo du hier wohnst.»

«Wird er wieder unterrichten?» fragte er.

«Bruder Delaney sagt, daß das ginge. Die Jungs werden sehr froh sein, wenn er wieder da ist.»

Sie hörten die Spülung und seinen humpelnden Schritt. Er lächelte sie an, als er hereinkam, und Eamon nahm sich vor, seinem Vater jeden Tag bei der Sprechtherapie zu helfen. Er hatte jetzt eine neue Angst: die Angst, wieder zur Schule zu gehen. Er hatte nicht gedacht, daß sein Vater versuchen würde, wieder zu unterrichten. Er hatte sich Gedanken über Geld gemacht, darüber, wovon sie leben würden. Als sein Vater jetzt sprach, hörte er zu, als wäre er eine Schulklasse, und er wußte, daß sie nicht die Geduld aufbringen würden, die er hatte. Er wollte seinen Vater kraft seines Willens gesund werden lassen, er arbeitete mit ihm, versuchte, ihn dazu zu bringen, Wörter deutlicher auszusprechen, sie hinauszurufen, jede Silbe zu artikulieren. Aber er wußte, die Zeit würde nicht reichen. Die Schule würde in ein paar Wochen wieder beginnen, und seine Angst vor der ersten Unterrichtsstunde und dem Erscheinen seines Vaters im Klassenraum begleitete ihn als etwas Schreckliches, Unvorstellbares.

ELFTES KAPITEL

In den Monaten nach Carmels Schlaganfall fuhr er sie jeden Morgen nach Wexford zu ihrer Physiotherapie. Er hatte zwei Stunden Zeit, in der Stadt herumzuschlendern, während man im Krankenhaus an ihrer Stimme und ihrem betroffenen Bein und Arm arbeitete. Er ließ den Wagen normalerweise auf dem Parkplatz des Talbot Hotel stehen und spazierte die hölzerne Uferpromenade entlang, sah sich die alten Gebäude am heruntergekommenen Kai und das breite Gewässer des verschlammten Hafens an. An manchen Tagen waren die Muschelboote da. Sie sahen wie Relikte aus, Museumsstücke, alte Kähne, die mit Winden und Kränen aufgestockt worden waren. Als er vorbeiging, roch es scharf und verdorben. Er mochte den Geruch, und er nahm sich vor, es Carmel zu erzählen, schon im voraus wissend, wie sie reagieren würde. Sie wand sich, rümpfte die Nase, lächelte und sagte, sie sei froh, im Krankenhaus zu sein und keine Muscheln riechen zu müssen.

Es war Spätherbst. Bald würde er wieder ans Gericht zurückmüssen, es sei denn, er konnte noch einen weiteren Urlaubsmonat arrangieren, aber die Gerichte waren wie immer überlastet, und es würde schwierig sein. Er hatte mit dem Gerichtspräsidenten darüber gesprochen, welch große Fortschritte Carmel in Wexford machte und wieviel leichter es wäre, wenn sie ihre Behandlung hier unten fortsetzen könnte.

Es war auch für ihn gut. Während er auf die Brücke zuging, fragte er sich wieder, ob er sich jetzt pensionieren lassen sollte. In der Stadt würde er den stahlgrauen Himmel vermissen, er würde es vermissen, träge eine Gruppe von Kormoranen auf einem Felsen im Hafen zu betrachten, er würde es vermissen, den ganzen Tag lang nicht besonders viel zu tun. Er überquerte den kühlen Brückenbogen, blieb stehen und betrachtete den Streifen cremigen Lichts am Horizont und die stattlichen Türme der Stadt. Er ging weiter Richtung Marschland, glücklich, daß er niemanden in Wexford kannte, daß er hier herumlaufen konnte, ohne stehenbleiben und mit Leuten reden zu müssen, denen er begegnete.

Es war seltsam, dachte er, wie schnell er und Carmel sich an ihr neues Leben gewöhnt hatten. Ihre langsame Rekonvaleszenz kam ihnen jetzt wie ein normaler Bestandteil des Alltags vor. Er machte kehrt und ging wieder Richtung Stadt. Es klarte jetzt auf. Er fragte sich, ob er versuchen sollte, jeden Tag zu schwimmen, obwohl es oft kalt war. Er wollte am Nachmittag an den Strand gehen, um zu prüfen, wie kalt das Wasser war. Er ging eine der Seitenstraßen zur Hauptstraße hinauf und dann hoch zu White's Hotel. Er setzte sich in die Lounge und zog die *Irish Times* aus der Tasche.

Er blätterte die Zeitung durch. Nach Carmels Schlaganfall hatten sie in Cush das Telefon anschließen lassen und ein Fernsehgerät gekauft. Das wichtigste Thema des Tages war für sie jetzt das abendliche Fernsehprogramm. Das war das erste, was er in der Zeitung aufschlug. Danach ging er die Meldungen und Kommentare durch, aber es fiel ihm schwer, die Artikel ganz zu lesen. Er sah auf die Uhr: noch eine Stunde, bis sie fertig war. Er trank seinen Kaffee aus und bezahlte. Vielleicht sollte er in Zukunft sein Badezeug mitnehmen und im Swimmingpool des Hotels eine Runde schwimmen, dachte er. So würde die Zeit schneller vergehen.

Er ging die Hauptstraße entlang, bis er zu der Buchhandlung kam. Er kaufte dort meist nur eine englische Zeitung, aber man kannte ihn inzwischen als Stammkunden. Er schlenderte umher, sah sich um, nahm ein Buch in die Hand, blätterte darin und stellte es wieder zurück. Die Klassiker in einer gesonderten Abteilung, Taschenbuchausgaben mit schwarzen Rücken, die Romane von Dickens und Romane von George Eliot und Jane Austen. Er beschloß, ein paar davon zu kaufen, um zu sehen, ob er sie jetzt lesen konnte. Vielleicht konnte Carmel sie auch lesen. Er nahm sie heraus, mit der Absicht, einige wieder zurückzustellen, aber dann stand er doch mit sieben oder acht Taschenbüchern und einer englischen Zeitung an der Kasse. Er bezahlte und ging. Er ging bis zu der alten Kaserne, kaufte zwischendurch noch Obst ein und ging dann Richtung Parkplatz. Er hätte die restlichen Einkäufe ohne weiteres während seiner Wartezeit erledigen können, aber er wußte, daß Carmel das Gefühl brauchte, am Haushalt teilzunehmen, obwohl der Arzt ihm gesagt hätte, daß sie nur noch leichte Hausarbeit würde machen können.

Unterwegs fiel ihm ein dreistöckiges Gebäude auf, das ganz mit Schieferplatten verkleidet war. Er sah sich die enge Straße genau an, die zum verschlammten Hafen hinunterführte, und sinnierte verwundert, daß es hier aussah wie sonst nirgends auf der Welt. Wexford an einem Wochentag im September, der lichterfüllte Himmel über dem Hafen, das Blauschwarz des Schiefers, die grauen Gebäude überall.

Manchmal erinnerte ihn Carmels langsame Rekonvaleszenz an seinen Vater in den Jahren nach seiner Operation. Das langsame Hinken und die lädierte Stimme seines Vaters und die Heuchelei, daß es ihm trotz seiner Behinderungen gutgehe. Ihm graute davor, wenn sein Vater in der Klasse eine Geschichte erzählte. Er begann selbstbewußt, aber einige Worte waren vollkommen verschwommen. Es gab eine Geschichte, die er häufig erzählte, vom Sohn eines Totengräbers, der die Stelle seines Vaters nicht bekam, weil er nicht lesen oder schreiben konnte. Alle Schüler kannten sie, wußten, wie der Sohn nach Amerika gegangen war, Öl gefunden hatte und einer der wohlhabendsten Männer der Vereinigten Staaten geworden war. Eamon erinnerte sich, wie sein Vater vor seiner Krankheit den Abschnitt der Geschichte, in dem der Sohn des Totengräbers einen Vertrag unterschreiben sollte und zugeben mußte, seinen Namen nicht schreiben zu können, im amerikanischen Akzent erzählte.

«Da sind Sie nun einer der reichsten Männer in Amerika und können nicht einmal Ihren Namen schreiben. Wo wären Sie jetzt, wenn Sie lesen und schreiben könnten?»

«Totengräber in Irland», war die Antwort.

Aber es gab einen Tag, an dem sein Vater in der Geschichte steckenblieb, er gab nur unbestimmte Laute von sich und sein ganzes Gesicht war verzogen und verzerrt, aber er wollte immer noch nicht aufhören, selbst nicht als einige Schüler anfingen zu lachen und andere wegsahen, betreten und peinlich berührt. Er stand da wie immer, blickte abwechselnd in jedes Gesicht und agierte die Geschichte aus. Eamon wollte ihm zubrüllen, hör auf, hör bitte auf. Verstand er denn nicht, daß die Laute, die er hervorbrachte, keinen Sinn ergaben? Er sah zu, wie sein Vater sich abwandte, bevor die Geschichte zu Ende war, zum Fenster ging und mit dem Rücken zur Klasse hinaussah. Die Jungs in der Klasse fingen an, miteinander zu reden, als sei kein Lehrer da.

Er wartete vor dem Krankenhaus, bis sie herauskam. Er versuchte nicht, ihr beim Einsteigen ins Auto zu helfen. Sie mußte das Gefühl bekommen, daß sie immer mehr konnte. Als sie aus dem Krankenhaus entlassen worden war, war sie anfangs mit Niamh in die Stadt gefahren und hatte sich neue Kleider und Schminke gekauft. Sie achtete sehr auf ihr Äußeres. Ein paarmal mußte er in Wexford eine weitere Stunde warten, während sie beim Friseur war, aber er verstand dieses Bedürfnis. Es war das, was ihr geholfen hatte, zu überleben.

«Ich kann schon besser laufen, nicht?» fragte sie. «Da war eine Patientin, der es viel schlechter ging als mir, und sie hat gesagt, es ist das wichtigste, sich nicht unterkriegen zu lassen.»

Sie sprach undeutlich, aber nach und nach hatte er immer weniger Mühe, sie zu verstehen. Er glaubte, daß sie manchmal Dinge sagte, die keine Antwort erforderten, oft konnte er also einfach so tun, als hätte er verstanden. Aber er spürte, wie sie sich erholte. An einigen Nachmittagen in der Woche kam ihre Schwester nach Cush, und dann ließ er sie beide allein. Sie unterhielten sich oder machten eine Spazierfahrt im Wagen ihrer Schwester. Ihr ganzes Leben lang hatte Carmel Besuch geliebt, und jedesmal wenn ihre Schwester dagewesen war, hatte er das Gefühl, daß es ihr besserging. Er fragte sich, ob es gut war, in Cush zu bleiben, jetzt, wo das Wetter kühler wurde und der Ort windgepeitschter und entlegener wirkte.

Carmel hatte Spaß am Fernsehen und genoß das offene Feuer am Abend. Eamon holte die Kohlen und die Scheite aus dem kleinen, feuchten Schuppen an der Seite des Hauses. Sie legte die Kohlen vorsichtig mit einer Zange auf das Feuer, was ihre ganze Energie und Konzentration erforderte. Er schälte die Kartoffeln, aber sie bereitete das andere Gemüse und die Salate vor, wobei sie an einem Tisch im Wohnzimmer saß, eine Schüssel Wasser vor sich. Sie backte Vollkornbrot, obwohl es ihr schwerfiel, den Teig zu kneten. Es brauchte Zeit, aber sie blieb hartnäckig, geduldig und entschlossen.

«Hab ich viel phantasiert, als ich im St. Vincent's war, oder hab ich geschlafen?»

«Du hast versucht, mit mir zu reden, aber die Schwester hat gesagt, es sei nicht gut für dich.»

«Was habe ich gesagt?»

«Ich konnte es nicht verstehen.»

«Was es wohl war?»

Tagsüber betete sie. Oft saß sie mit geschlossenen Augen in einem Sessel und bewegte stumm die Lippen. Sie erzählte ihm von Gottes Willen, obwohl er nicht gläubig war.

«Weiß Gott», sagte sie, «daß du auf deine Weise dein Bestes tust. Jeder einzelne kann nur wenig tun.»

Auf der Heimfahrt von Wexford hielten sie im Dorf, und sie stieg aus, drehte sich mühsam um, so daß sie mit ihrem gesunden Bein auftreten konnte, und ging zum Metzger. Er blieb im Auto sitzen und merkte, daß er jedesmal, wenn sie in einen Laden ging, erwartete, daß ein Gesicht erschien, um ihm mitzuteilen, daß sie wieder einen Anfall gehabt hatte.

Sie aßen ihr Mittagessen am Tisch neben dem Fenster. Er legte eine Platte auf, ruhige Melodien, und sie aßen schweigend. Der Tag klarte auf, und die Sonne schien warm durch die Scheibe. Er erzählte ihr von den Taschenbüchern, die er gekauft hatte und die noch im Auto lagen.

«Wir sollten mehr lesen», sagte sie, «anstatt fernzusehen.»

Draußen war ein Wind aufgekommen, der den Himmel von Wolken reinigte. Er sagte, er würde mit seinem Badezeug und Handtuch zum Strand hinuntergehen, um zu sehen, ob das Wasser warm genug zum Schwimmen war, obwohl er es bezweifelte.

«Sei vorsichtig da unten. An so einem Tag kann man leicht rausgetrieben werden.» Sie gab sich große Mühe beim Sprechen, arbeitete an jedem Vokal.

«Ich werde wahrscheinlich nicht ins Wasser gehen», sagte er. «Ich werde wohl nur einen Spaziergang machen.»

Er räumte das Geschirr ab und stellte es in die Spüle. Ihre Schwester wollte am Nachmittag kommen, um zu putzen und etwas Wäsche zu waschen. Carmel blieb am Tisch und sah hinaus. Sie bat ihn, die Platte umzudrehen, bevor er ging. Den Plattenspieler konnte sie noch nicht allein bedienen.

Das Sträßchen war schlammig vom Regen der letzten Woche. Er mußte am Rand gehen, und selbst da hatte er noch Angst auszurutschen. Es war kalt und windig, und er wußte jetzt, daß es ein Fehler gewesen war, Badezeug und Handtuch mitzunehmen. Er stopfte sich die Badehose in die Jackentasche und legte sich das Handtuch um den Hals. Als er zu der Biegung in dem Sträßchen kam, blickte er über das Kliff: Das Meer war rauh, von den brechenden Wellen spritzten riesige Schaumwände hoch. Es war der Anfang der Wintersee. Er ging hinunter zum Strand.

Er fragte sich, ob gerade Gezeitenwechsel war. Er hob einen flachen Stein auf und versuchte, ihn übers Wasser hüpfen zu lassen, aber es war zu rauh. Er suchte einen zweiten flachen Stein, aber er konnte keinen finden. Während er den Strand entlangging, lauschte er auf das Geräusch der Steine, die auf dem Ufer gegeneinander schlugen, wenn eine Welle sie überspülte. Es war jetzt ein härteres Geräusch, grober und hohler als an den ruhigeren Tagen im Sommer.

Als er Richtung Ballyconnigar ging, beobachtete er, wie sich die Wellen zwanzig Meter weit draußen gegenseitig überschlugen, als würde das Wasser kochen. Er hob Steine auf und warf sie in das heranstürzende Wasser, er lauschte den schrillen Schreien der Möwen, die aufs Meer hinausflogen. Er genoß den Tag, bedauerte, daß er nicht früher heruntergekommen war, aber er wußte, daß er Carmel nicht allzulange allein lassen konnte.

Er fragte sich, was passieren würde, wenn er hinausschwämme, wie stark die Strömungen waren und wie schwer es wohl wäre, gegen die Ebbe anzukämpfen. Die Kliffs waren an dieser Stelle stark in Mitleidenschaft gezogen, bemerkte er. Riesige Brocken aus hartem Lehm und Stein lagen auf dem Strand. Kleine Lehmklumpen und eine feste Sandschicht wurden von der Felswand heruntergeblasen, selbst jetzt, während er daran vorbeiging.

Als er zu den Keatings kam, sah er, daß die Schuppen das Kliff heruntergestürzt waren. Es mußte in der letzten Woche passiert sein, dachte er. Beim letzten Mal waren sie noch dagewesen, aber jetzt hing das rote Blechdach über dem Abgrund, und Mauerbrocken lagen am Ufer, wo sie bald weggeschwemmt würden. Zwei Wände des alten Schuppens waren stehengeblieben und warteten darauf, in einer Nacht mit starkem Wind umzustürzen. Nach Mikes Haus war dies das zweite Gebäude, das der Erosion anheimfiel.

Er machte kehrt. Der Wind war noch stark, und es begann zu nieseln. Er legte sich das Handtuch über den Kopf. Das Meer war schieferfarben unter dem grauen Himmel. Er ging so schnell er konnte gegen den Wind. Unterwegs wurde aus dem Nieseln ein richtiger Regen, der dann wieder nachließ, und er wußte, es würde ein feuchter Abend werden, und war froh, daß zu Hause das Feuer und der Fernseher auf ihn warteten. Wenn sie jetzt in Dublin wären, dachte er, würde er sich bereitmachen, sich in den Verkehr zu stürzen und vom Gericht nach Hause zu fahren.

Er stieg die Lücke hoch, hielt sich an Gräsern und Büschen fest, um sein Gleichgewicht zu halten. Es regnete stark und er beschloß, zu Hause heiß zu duschen. Als er in das Sträßchen bog, hielt er einen Moment inne, als er Carmel, einen Mantel über dem Kopf, auf ihn zukommen sah; sie bewegte sich viel zu schnell. Ihr Hinken war stark und deutlich.

«Ganz ruhig», rief er. «Ich komme.»

Als er näher kam, sah er, daß sie weinte, mit verzerrtem Gesicht versuchte sie, ihm etwas zuzurufen. Sie blieb stehen und legte sich den Regenmantel um die Schultern, ihre Haare waren klitschnaß. Er sah, daß sie immer noch weinte.

«Was ist denn?» fragte er, als er sie erreichte, aber sie antwortete nicht. Sie machten kehrt und gingen zusammen zum Haus, er hatte den Arm um sie gelegt. Sie erstickte fast vor Tränen, klammerte sich verzweifelt an ihn.

«Ist alles in Ordnung, Liebes», sagte er. «Es wird alles wieder gut, wenn du erst mal drin bist.» Sie versuchte zu sprechen, mußte aber nur noch heftiger schluchzen. Als sie das Tor erreichten, goß es in Strömen. Er suchte in seiner Tasche nach dem Schlüssel. Als sie schließlich drinnen waren, empfand er das Haus als seltsam kalt und ungemütlich.

Sowie sie zusammen im Wohnzimmer standen, wußte er, daß sie sich beschmutzt hatte. Nachdem ihre Schwester gegangen war, erzählte sie ihm langsam zwischen erstickten Tränen, sei sie losgegangen, um ihn zu suchen, trotz des Regens, und kurz bevor er um die Ecke gekommen sei, als sie schon daran gedacht hätte, wieder umzukehren, habe sie die Kontrolle über ihren Darm verloren. Sie fing wieder an zu weinen, und er mußte sie festhalten.

Sie gingen ins Badezimmer, wo er ihr ein heißes Bad einließ. Er leerte in der Küche einen Eimer und spülte ihn aus. Als er zurück ins Badezimmer kam, stand Carmel von ihm abgewandt da, die Arme gegen die Wand gestützt. Er tat Parazone in den Eimer und füllte ihn mit heißem Wasser. Er hielt sie, während sie weiterschniefte.

«Es wird wieder gut», sagte er.

Er zog ihr den Mantel aus und hängte ihn an einen Haken an der Innenseite der Tür. Er kniete sich nieder und zog ihr die Schuhe aus. Er versuchte, nicht einzuatmen, versuchte sich darauf zu konzentrieren, ihr die Strumpfhose auszuziehen. Er ging mit der Strumpfhose in die Küche und tat sie in den schwarzen Plastikmüllsack neben der Tür.

Das Badezimmer füllte sich jetzt mit Dampf. Er tat Radox ins Bad, um den Geruch zu bekämpfen. Er prüfte, ob das Wasser nicht zu heiß für sie war. Sie stand immer noch da, an die Wand gelehnt. Er öffnete die Knöpfe hinten an ihrem Kleid, und sie schlüpfte heraus.

«Du kannst mich jetzt allein lassen», sagte sie. «Ich komm schon zurecht.»

«Nein, ich bleibe», sagte er.

Er half ihr aus der Unterhose und öffnete den Büstenhalter, so daß sie jetzt völlig nackt war. Ihre Brüste hingen weiß und schwer herab. Er half ihr in die Badewanne, die jetzt voller Schaum war. Er streifte seine Armbanduhr ab, dann zog er Jacke und Hemd aus, und er machte die Heizung an.

«Leg dich zurück und entspanne dich», sagte er. «Ich gehe ins Schlafzimmer und mach dir die Heizdecke an.»

Als er wieder ins Badezimmer kam, war der Geruch immer noch da. Er gab sich große Mühe, dem plötzlichen Brechreiz zu widerstehen. Er schloß die Augen und versuchte, durch den Mund zu atmen. Er nahm ein Stück Seife vom Waschbecken und hielt es unter Wasser, ließ es weich werden, während er ihren Körper damit einrieb. Er half ihr, sich auf die Seite zu drehen, und fuhr mit der Seife ihren Rücken hinunter und zwischen ihre Pobacken. Er rieb sie mit einem Lappen und mit seiner Hand ab, bis sie sauber war. Sie war jetzt still, hielt die Augen geschlossen. Er seifte ihre Beine ein und fuhr mit dem Lappen über ihren Bauch und unter ihre Brüste. Das Wasser war schmutzig, und er zog den Stöpsel heraus, um es ablaufen zu lassen. Er legte den Hebel auf Dusche um und prüfte erneut die Wassertemperatur. Carmel lag immer noch mit geschlossenen Augen da. Er duschte ihren Körper ab, bat sie, sich umzudrehen; als das Wasser von ihr ablief, fuhr er mit der Seife ihren Rücken herunter und wieder zwischen ihre Pobacken und wusch die Seife dann ab.

Er ging zur Wäschekammer und holte mehrere große Handtücher. Er stellte ihr einen Stuhl neben die Badewanne. Auf dem Boden und auf ihren Schuhen waren noch Kotspritzer, aber der Geruch war weg. Er tat ihr Kleid und die Unterhose in den Eimer und fing an, sie abzutrocknen. Sie hielt sich fröstelnd die Arme vor die Brust. Er ging ins Schlafzimmer und holte ihr Nachthemd und ihren Morgenmantel.

«Wir holen den Fernseher ins Schlafzimmer und gucken uns die Nachrichten an», sagte er.

Er stellte im Schlafzimmer die Heizung an. Als er wiederkam, saß sie auf dem Stuhl, die Ellbogen auf den Knien, den Kopf in den Händen.

«Soll ich dich allein lassen?» fragte er. «Vielleicht sollte ich Tee machen.»

Sie sagte nichts und bewegte sich nicht. Er fragte sich, ob er ihre Schwester oder das Krankenhaus anrufen sollte.

«Ist dir schlecht?» fragte er.

Wieder schwieg sie. Er ging ins Schlafzimmer und brachte ihre Hausschuhe. Sie stand auf und ließ sich von ihm helfen, das Nachthemd anzuziehen. Er hatte auch seinen Morgenrock angezogen, und er stand da und hielt sie, aber sie wollte nicht reden, und an ihrem Zittern merkte er bald, daß sie wieder weinte.

Sie gab keinen Laut von sich. Sie gingen zusammen ins Schlafzimmer und legten sich aufs Bett. Nach einer Weile drehte sie sich von ihm weg, als wollte sie schlafen. Er knipste die Nachttischlampe an und machte das Deckenlicht aus. Es wurde allmählich warm im Zimmer. Er ging hinaus, um den Stapel Bücher zu holen, die er gekauft hatte. Er wußte nicht, welches er lesen würde. Sie war jetzt ruhig, aber sie schlief nicht, ihre Augen waren weit aufgerissen. Er dachte, sie sei kurz davor, einen zweiten Schlaganfall zu haben, und er fragte sich, ob er sie lieber gleich in den Wagen schaffen und nach Wexford bringen sollte, oder wenigstens einen Arzt holen. Er legte die Hand auf ihre Hüfte und fragte sie, was er tun solle.

«Es geht wieder. Ich schlafe jetzt», sagte sie.

Er deckte sie zu und legte sich neben sie und blätterte in einem der Romane, wobei er sich zu erinnern versuchte, ob er ihn schon mal gelesen hatte. Sie drehte sich zu ihm um.

«Ich habe das Gefühl, daß ich dich überhaupt nicht kenne», sagte sie. Sie sprach undeutlich, noch undeutlicher als gewöhnlich, aber er hatte keine Schwierigkeiten, sie zu verstehen.

«Du bist immer so fern, so weit weg von allen. Es ist so schwer, dich zu kennen, du zeigst mir so wenig von dir. Manchmal, wenn ich dich ansehe, frage ich mich, ob du überhaupt einem von uns erlaubst, dich zu kennen.»

«Ich versuche den ganzen Tag, dir zu helfen», sagte er.

«Du liebst mich nicht», sagte sie und legte die Arme um ihn. «Du liebst keinen von uns.»

«Carmel, doch, ich liebe dich.»

«Vor etlichen Jahren habe ich mal versucht, dir von meinem Vater und meiner Mutter zu erzählen, wie sehr sie immer gestritten haben, als ich klein war, und wie er getrunken hat, und wie wir ihn viel lieber mochten als sie, egal was er gemacht hat, und wie gutaussehend ich ihn fand. Eamon, hörst du mir zu? Du denkst schon wieder an etwas anderes.»

«Das ist nicht fair», sagte er.

«Eamon, bitte, hör mir jetzt zu. Wir haben vor Jahren darüber geredet, ich weiß nicht, ob du dich erinnerst. Ich habe immer noch das Gefühl, daß wir uns nicht nahe sind. Es tut mir leid, daß ich dich langweile.»

«Du langweilst mich nicht», sagte er.

«Du klingst gelangweilt. Das gehört zu den Dingen, die du im Laufe der Jahre gelernt hast.»

«Ich mache mir immer noch Sorgen um dich. Sollen wir nicht lieber doch einen Arzt rufen?»

«Vielleicht bin ich diejenige, die kalt ist. Vielleicht habe ich dich dazu gemacht. Verstehst du mich? Vielleicht haben wir nacheinander Ausschau gehalten, und jeder von uns hat seinen ebenbürtigen Partner gefunden.»

«Wieso redest du so?» fragte er sie.

«Ich habe in den letzten paar Monaten dieses Gespräch schon so oft in Gedanken geführt. Aber wenn ich es mir vorgestellt habe, habe ich dich auch reden sehen, aber du willst nicht.»

«Das kommt alles zu plötzlich, und ich bin mir nicht sicher, ob es dir wirklich gut geht.»

«Wir haben die ganze Nacht Zeit zum Reden», sagte sie.

«Du hörst dich so seltsam an», sagte er.

«Ich habe das immer geliebt, wie reserviert du warst, aber ich weiß jetzt, daß das falsch von mir war, dich so zu wollen. Und ich habe schon lange aufgehört, mich mit dir zu streiten. Alles, was ich denke, behalte ich für mich. Ich will, daß sich das ändert. Ich will, daß du mir zuhörst.»

Die Hälfte der Zeit war ihre Stimme völlig normal, und dann wurde sie wieder undeutlich, aber sie sprach langsam, darauf achtend, daß er jedes Wort verstand. Sie legte sich zurück und vergrub das Gesicht in den Händen.

«Ich bin vorhin rausgegangen, um dir das alles zu sagen. Es tut mir leid, daß du hinter mir herputzen mußtest.»

«Möchtest du irgendwas haben?» fragte er.

Sie lächelte und schüttelte den Kopf. «Wir müssen miteinander reden», sagte sie.

«Ich werde darüber nachdenken, was du gesagt hast.»

Er ging mit seinem Buch ins Wohnzimmer und knipste die Lampe an. Langsam machte er sich daran, das Kaminfeuer anzuzünden. Es war dunkel und böig draußen, aber der Regen hatte aufgehört. Er ging zum Schuppen, um Kohlen zu holen. Die Nacht war stockdunkel, ohne Mond oder Sterne. Wieder drinnen, setzte er sich ans Fenster und blickte nach Tuskar hinaus und zu dem durchdringenden Lichtkegel, der in regelmäßigen Abständen aufblitzte. Er wartete darauf, er war viel langsamer als ein Herzschlag oder als das Ticken einer Uhr. Er ließ sich seine eigene Zeit, entfaltete sein Licht voll und klar gegen die Dunkelheit, die überall draußen herrschte.

ZWÖLFTES KAPITEL

Der Tisch im hinteren Zimmer war mit Plakaten, Flugblättern und Umschlägen bedeckt. «Mit M bin ich fertig», sagte Eamon zu seinem Vater. «Mir tut schon der Arm weh.»

«Sind es noch viele?» fragte sein Vater.

«Noch ein Tag Arbeit», sagte er.

Der Wahlkampf machte seinen Vater müde, und manchmal wurde er reizbar. Wenn die Jungs in seiner Klasse ihn nicht verstehen konnten, wurde er oft wütend, aber dann versuchte er, sich zu beruhigen und langsamer zu reden. Er hatte aufgehört, Irisch zu unterrichten. Es fiel ihm zu schwer, die Wörter auszusprechen. Er unterrichtete Wirtschaft und Geographie. Aber selbst nach zwei Jahren kam es immer noch vor, daß er etwas sagte, das niemand, nicht einmal Eamon, verstehen konnte.

In der Mittagspause oder am Ende des Schultages fand Eamon immer etwas zu erledigen oder jemanden, mit dem er reden konnte. Er wollte nicht mit seinem Vater nach Hause gehen. Es war mühsam, sich mit ihm zu unterhalten. Es war ihm peinlich, wenn er den Vorsprung seines Vaters falsch eingeschätzt hatte und er ihn dann doch einholte und neben ihm gehen mußte.

Eines Tages kam er an der geöffneten Tür des vorderen Zimmers vorbei und sah seinen Vater auf dem alten Sofa sitzen, das Gesicht in den Händen vergraben. Zuerst dachte er, sein Vater würde beten, aber je länger er ihn betrachtete, desto überzeugter war er, daß es etwas anderes war. Er blieb da stehen, bis sein Vater ihn bemerkte und erschrocken aufsah. Sein Gesicht wirkte verhärmt und voller Schmerz. Und dann lächelte sein Vater ihn an, und er lächelte zurück, bevor er nach oben ging.

Inzwischen war die Koalitionsregierung gestürzt, und sein Vater engagierte sich, wie immer, für die Wahl und für den Kampf, die Fianna Fáil wieder an die Macht zu bekommen. Seit jeher hatte sein Vater bei der Abschlußkundgebung auf dem Market Square eine Rede gehalten, aber diesmal würde das nicht möglich sein, weil er zu undeutlich sprach. Einige der Männer, die in dem leerstehenden Laden, in dem die örtliche Parteizentrale jetzt untergebracht war, ihren Tag verbrachten, meinten, Eamon solle die Rede halten, aber sein Onkel Tom sagte, er sei zu jung und sie bräuchten jemanden mit mehr Erfahrung.

«Wie soll man denn Erfahrung sammeln, Tom Redmond, wenn man nicht damit anfängt?» sagte ein Mann in der Parteizentrale. «Er ist ein waschechter Redmond, dieser Bursche», sagte er, auf Eamon zeigend. Eamon sah zu seinem Vater hinüber, der in eine Wählerliste vertieft war und nicht auf die Unterhaltung achtete.

Es standen noch zwei Wochen Wahlkampf bevor. Alle versammelten sich in der Zentrale zur ersten Versammlung, um über die Wahl zu diskutieren. Sein Vater führte den Vorsitz und sagte einleitend, daß sich jeder an der Diskussion beteiligen könne. Die meisten Redner waren alte Parteimitglieder, Männer in Überziehern, aufgeregt über die Aussicht, wieder an die Macht zu kommen. Jeder wollte jetzt seine Meinung sagen. Es waren auch ein paar Frauen da, die den größten Teil der Organisation übernahmen und wußten, welche Häuser bereits beworben waren und welche Familien Probleme hatten. Es waren auch ein paar Mädchen bei der Versammlung, Töchter von Parteimitgliedern.

Ein Mann beharrte darauf, die beste Art und Weise, Stimmen zu bekommen, sei es, die Straßen zu bemalen.

«Ihr könnt von Haus zu Haus gehen, ihr könnt in die Briefkästen werfen, was ihr wollt, ihr könnt auf dem Haferfeld eine Massenkundgebung abhalten. Aber wenn ihr die Straßen mit weißer Farbe anstreicht, das wird die Leute aufrütteln.»

Alle hörten dem Mann, der im Unabhängigkeitskrieg eine wichtige Rolle gespielt hatte, aufmerksam zu, aber ein Mädchen, das Eamon nicht kannte, flüsterte seiner Nachbarin etwas zu, und sie fingen beide an zu kichern. Mehrere Leute drehten sich um, und inzwischen lachten sie lauthals.

Eamon hörte dem Redner nicht mehr zu. Er wartete auf weitere Ausbrüche von Gekicher und Gelächter. Er sah sich mißbilligend um, aber als eines der Mädchen seinen Blick erhaschte, lachte sie noch mehr. Er hatte das Gefühl, daß sie über ihn genauso lachten wie über den Mann, der gerade redete. Er fand, sein Vater sollte die Versammlung unterbrechen und die beiden zur Ordnung rufen. Er fragte sich, wer sie waren.

«Dies war immer schon eine Partei der jungen Leute», sagte der nächste Redner. «Sie wurde von Menschen gegründet, die Energie und starke Überzeugungen besaßen – und eine Liebe für Irland hegten, und wir wollen sichergehen, daß die jungen Leute dieses Landes jetzt bei uns bleiben. Und ich möchte, daß die jungen Leute, die heute abend hier anwesend sind, sich jetzt in die Liste eintragen, daß sie von Haus zu Haus gehen, um herauszufinden, welche Probleme es in den Haushalten gibt. Ich schlage außerdem vor, daß der junge Redmond bei der Abschlußkundgebung eine Rede hält. Einer der Christlichen Brüder hat mir erzählt, daß er ein großartiger Redner ist. Wir brauchen junges Blut in der Partei.»

Die beiden Mädchen lachten noch lauter, als sie durch

den Raum rannten und zur Tür hinaus auf die Straße. Draußen lachten und redeten sie weiter. Niemand sagte etwas dazu.

Eamon wartete auf seinen Vater. Es war spät. Es hatte viele Vorschläge gegeben, wie die Dinge angegangen werden sollten. Jetzt unterhielt man sich ruhig. Er stellte fest, daß die beiden Mädchen zurückgekommen waren, und eines war gerade eifrig dabei, mit einer der älteren Frauen das Wählerverzeichnis durchzugehen.

«In dem Haus ist niemand», hörte er sie sagen. «Vermerken Sie das, und die Brogans in Nummer neunzehn sind allesamt Fine Gael, durch und durch. Wer da hingeht, soll bloß eine Broschüre einwerfen.»

Sie schien sich in der Stadt besser auszukennen als die meisten anderen. Er war überrascht, wie ernst ihre Vorschläge genommen wurden.

«Und schickt keine von Aidans Anhängern nach Shannon, so wie letztes Mal. Sie wurden fast verjagt», lachte sie. Er fragte sich, wer sie war und warum sie sich so deutlich an die letzte Wahl erinnern konnte. Auch er hatte beim letzten Wahlkampf mitgearbeitet, aber er konnte sich nicht erinnern, sie gesehen zu haben.

«Das ist Carmel O'Brien, Vinny O'Briens Tochter», sagte ihm einer der Männer. «Sie arbeitet drüben bei Buttle's im Büro. Sie ist gerade mit der Schule fertig.»

Er trat zurück und beobachtete, wie sein Vater jemandem etwas zu erklären versuchte, aber er konnte sehen, daß der Mann Mühe hatte, seinen Vater zu verstehen. Carmel O'Brien kam zu ihm herüber.

«Wir sollen morgen abend oben in Vinegar Hill Villas werben gehen. Kommst du mit?» Sie hatte das Wählerverzeichnis in der Hand.

«Ich muß noch eine Menge Umschläge fertigmachen», sagte er. «Ich muß mal meinen Vater fragen.»

«Könntest du das gleich machen?» fragte sie. Sie hatte eine direkte Art. «Ich muß heute abend noch Bescheid wissen.»

Als sie sich wieder umdrehte, fiel ihm auf, wie groß und schlank sie war, und wie gut gebaut. Er fragte sich, ob es richtig war, zusammen werben zu gehen. Vielleicht war es besser, wenn sie jeweils mit jemand Älterem gingen, der mehr Wahlkampferfahrung hatte.

Sein Vater war auch skeptisch, aber der Mann, der über die jungen Leute gesprochen hatte, stand in der Nähe und meinte, daß Eamon und Carmel unbedingt die neuen Häuser in Vinegar Hill Villas übernehmen sollten. Sie würden sowieso noch einmal beworben, sagte er, in den Tagen unmittelbar vor der Wahl.

«Möchtest du auf der Abschlußkundgebung reden?» fragte ihn sein Vater auf dem Heimweg.

«Nicht wenn de Valera da ist. Dann hätte ich Angst», sagte er.

«Erzähl das niemandem», sagte sein Vater. «Das ist ein Geheimnis.»

Am nächsten Abend zog er mit Carmel los. Sie gingen zusammen ins Shannon hoch und bogen dann in die neue Siedlung ein.

«Hier gibt's keine Arbeitsplätze», erzählte ihnen eine Frau. «Hier gibt's nichts für uns, nur das Viehschiff nach England. Wir sehen sie nur zu Weihnachten und vielleicht im Sommer.»

«Wenn Sie jetzt Mr. de Valera wählen», sagte Carmel ihr, «werden wir eine Fabrik in diese Stadt holen.»

Eamon fragte sie, ob es richtig sei, den Leuten Versprechungen zu machen.

«Also, wenn sie Fine Gael wählen, dann gibt's auf keinen Fall eine Fabrik, soviel steht fest.»

Wieder in der Zentrale, ging sie mit einer der älteren Frauen das Wählerverzeichnis durch.

«Also, irgend jemand sollte da noch mal hin und mit ihnen sprechen, denn die schwanken noch», sagte sie. «Gott sei Dank gab's Noel Browne, der wird Fianna Fáil bei dieser Wahl zum Sieg verhelfen.»

«Also, eine Menge Leute, die ich kenne, sagen, sie würden sich mit Haut und Haar der Fianna Fáil verschreiben, wenn Noel Browne noch in der Partei wäre. Er hat das Land von TB befreit.»

«Und Fianna Fáil wird die gute Arbeit fortsetzen – das sage ich ihnen immer», sagte Carmel. «Und wir respektieren die Kirche.» Sie hörte sich so an, als würde sie daran glauben, was sie sagte, als würde sie Parolen an ihnen ausprobieren, und Eamon entfernte sich, als sie von dem Mann sprach, der vorgeschlagen hatte, die Straßen anzumalen.

«Das ist doch das Letzte!» sagte sie. «Straßen anzustreichen! Die Farbe wird jahrelang zu sehen sein.»

Eamon wurde nervös, als der Tag der Kundgebung immer näher rückte.

«Wenn Valera kommt», raunte der örtliche Kandidat seinem Vater und ihm zu, «wird er über Wexfords Ruhm und 1798 reden, und alles wird jubeln. Aber wir wollen Wählerstimmen, und da sollte lieber jemand auf der Tribüne sein, der von Pfund, Shilling und Pence redet.»

Ihr Kandidat, sagte Eamons Vater, habe nur ein einziges Mal im Dáil das Wort ergriffen, und zwar um zu bitten, daß das Fenster geöffnet werde. Es sei, lachte sein Vater, die Jungfernrede des Mannes gewesen und es sei ausführlich darüber berichtet worden. Aber er sei ein anständiger Mensch, fügte sein Vater hinzu, der sich sehr für die Stadt einsetze. Er sei immer bereit, jedem zu helfen. Auch er fand, daß Eamon eine Rede halten sollte. Eamons Onkel Tom war weiterhin der Meinung, daß er zu jung sei.

«Er sieht älter aus, als er ist», sagte der Kandidat. «Wenn Sie dagegen sind, daß er die Rede hält, warum halten Sie sie dann nicht?» Onkel Tom sagte, er habe nicht genug Erfahrung im öffentlichen Reden.

«Lemass wird zuerst reden», sagte der Kandidat, «und er wird mich vorstellen, und dann wird Dev vom Hotel herüberkommen, und an dem Punkt wird die Kapelle spielen. Aber wir brauchen jemanden vor Lemass, jemanden aus der Gegend, der die Menge in Fahrt bringt. Wollen Sie das tun, mein junger Redmond, wollen Sie?»

«Wenn mein Vater nichts dagegen hat.»

«Ich bin ganz dafür», sagte sein Vater.

Somit war es abgemacht. Er nahm zwei Tage von der Schule frei, um an seiner Rede zu arbeiten. Er übte sie zuerst allein, und dann trug er sie von Anfang bis Ende seiner Tante Margaret vor.

«Oh, das ist großartig, Eamon, das bringt Wählerstimmen. Nimm Noel Browne hart ran. Warte nur, bis dein Vater und dein Onkel Tom sie hören. Es ist wunderbar, daß de Valera die Stadt wieder besucht. Nach dem Bürgerkrieg war es sehr schlimm hier. Da waren auch noch andere, Männer, neben denen dein Großvater und Onkel Tom gekämpft und denen sie vertraut haben, und die wollten nur einen schnellen Frieden. Einen schnellen Frieden und eine gute Arbeit. Als sie dann an der Macht waren, wollten sie sie nicht wieder abgeben, sie waren schlimmer als die Engländer. Die haben auf ihre eigenen Landsleute geschossen, und nach dem Krieg gingen viele von uns nach Amerika. Sie haben die Hoffnung aufgegeben, und wenn de Valera und ein paar andere nicht gewesen wären, wären sie nie wiedergekommen. Es gab hier in der Stadt Leute, die nicht mit einem redeten und einen nicht einmal ansahen. Aber das hat sich alles verändert, als Fianna Fáil die erste Wahl gewonnen hat. Ich kann mich noch erinnern, Eamon, an das erste Mal, als de Valera nach seinem Wahlsieg hierherkam. Er wurde von fünfzig Männern auf weißen Pferden auf den Marktplatz geführt, und sie haben überall auf dem Platz Teerfässer angezündet. Das war ein großer Tag hier. Das war ein denkwürdiger Tag.»

Später, als sein Vater und sein Onkel Tom von der Parteizentrale wiederkamen, trug er ihnen seine Rede vor, aber als er mittendrin war, fiel ihm auf, daß sie beide still vor sich hin lachten. Sie versuchten aufzuhören, als er hinsah, aber sein Onkel Tom mußte das Zimmer verlassen.

«Reizende Art, ihn zu behandeln», sagte seine Tante Margaret zu seinem Vater, aber der bebte vor Lachen und mußte ebenfalls den Raum verlassen.

«Achte nicht auf sie, Eamon, achte nicht auf sie.»

Er erzählte ihr von den beiden Mädchen, die bei der Versammlung gelacht hatten.

«Die Wahl macht sie alle ganz nervös», sagte sie. «Aber achte einfach nicht auf sie.»

Als sein Onkel wiederkam, entschuldigte er sich. «Ich hab gerade an einige der Störer auf dem Platz gedacht. Die könnten dich völlig aus dem Konzept bringen. Nimm dich vor ihnen in acht, Eamon», sagte er und begann wieder zu lachen.

Am Morgen der Kundgebung ging er zum Friseur Courtney in der Weafer Street und ließ sich die Haare schneiden.

«Hab gehört, du predigst heute abend, Grünschnabel», sagte Paddy Courtney zu ihm. «Wir werden alle kommen und dir zuhören. Und wenn die Leute de Valera sehen, werden sie fragen: Wer ist denn der lange Kerl da neben dem jungen Redmond?»

«Keine Schule heute?» fragte ein Mann, der auf seine Rasur wartete.

«Wißt ihr denn noch nicht das Neueste?» Paddy Courtney hielt inne und sprach die Gruppe von Männern an, die auf der Bank darauf warteten, daß sie drankamen. «Der Grünschnabel hier wird den heutigen Abend eröffnen. Der ‹Croppy Boy› hier wird seine Heimatstadt in der ersten Nationalsprache anreden.»

«Würde sagen, daß ihn da so einige Burschen auf dem Platz erwarten werden. Die ganze Stadt wird heute abend auf den Beinen sein, Fianna Fáil, Fine Gael und Labour», sagte ein Mann auf der Bank.

«Und der andere Kandidat», sagte der Friseur.

«Die Mutter und sein Kind», kicherte einer der Männer.

Eamon hatte seinen guten Anzug an, ein weißes Hemd und eine grüne Krawatte. Er ging zuerst zur Parteizentrale.

«Kannst du's auswendig?» fragte ihn jemand. Er antwortete nicht. Er ging hinüber zu Bennett's Hotel. De Valera war angekommen und war jetzt oben. Später würde er zu einer Kundgebung in Wexford gehen. Ein ehemaliger Minister, den Eamon als Sean Lemass erkannte, und seine Vertrauten aßen Sandwiches in der Halle. Eamon wurde Lemass vorgestellt und schüttelte ihm die Hand.

«Ich habe Ihren Großvater gekannt», sagte Lemass. Er wandte sich an seine Gruppe. «Er ist einer der Redmonds», sagte er. «Sie sind Michaels Sohn, nicht?»

«Er hält heute abend eine Rede», sagte jemand.

«Recht so», sagte Lemass. «Wir werden jede Stimme brauchen, die wir kriegen können.»

Als es Zeit wurde, gingen sie durch die Stadt, und als sie die Tribüne vor dem Gemeinderatshaus erreichten, füllte sich der Platz mit Gruppen von Männern, die in ernstem Ton miteinander sprachen. Hinten auf der Tribüne standen Stühle. Vorne war ein Mikrofon aufgestellt worden. Einige Männer waren gerade dabei, es zu testen.

«Das wichtigste ist», sagte Lemass, «den Leuten ins Gesicht zu sehen. Nicht auf den Boden blicken. Falls Sie nervös sind, suchen Sie sich einen Mann in der Menge aus und sprechen Sie ihn an. Alle schauen auf Sie, und Sie sollten die Blicke erwidern.»

Eamon nickte. Er war nervös.

Die Männergruppen wurden allmählich größer. Eine große Gruppe stand vor Stamps Pub, und eine andere hatte sich um das Denkmal zum Andenken an Pater Murphy und das Jahr 1798 versammelt. Noch waren keine Frauen auf dem Platz.

«Wart's nur ab», sagte einer der Männer. «Sowie es anfängt, wird's hier voll. Da kommen Leute extra aus Bree und Ballindaggin, und aus ganz Milehouse, um sich das anzuhören.»

Es war jetzt halb acht, und de Valera mußte um neun Uhr bei einer Großkundgebung in Wexford sein, oder spätestens um Viertel nach neun.

«Egal, wie viele Leute da sind», sagte Lemass, «wir müssen anfangen.»

Eamons Vater, der örtliche Vorsitzende und mehrere von Lemass' Leuten gingen auf die Tribüne und nahmen Platz. In der Mitte ließen sie Platz für Lemass und den Kandidaten. Eamon fragte sich, ob sie ihn vergessen hatten, und er verspürte eine plötzliche Hoffnung, daß sie beschließen könnten, ihn doch nicht reden zu lassen. Es war wie die Schlange für die Beichte, dieses schreckliche Warten.

Schließlich trat der Vorsitzende des Ortsvereins auf die Tribüne. Es war dunkel und es wurde kalt. Eamon stellte fest, daß der Platz sich langsam füllte. Aus der Cathedral Street und der Weafer Street strömten die Menschen herbei.

«Dies ist ein großer Tag für die Stadt Enniscorthy», sagte der Vorsitzende. Das Mikrofon brummte, und als er zu sprechen begann, ertönte ein durchdringendes Pfeifen. Er trat einen Schritt zurück, während ein Elektriker auf die

Tribüne kam und anfing, damit herumzuhantieren, und dann testete er es wieder.

«Können Sie mich jetzt hören?» fragte er. Seine Stimme plärrte über den Platz, aber niemand antwortete. Wieder gab das Mikrofon einen pfeifenden, durchdringenden Ton von sich.

«Nicht so nah rangehen», rief ihm ein Elektriker zu.

«Können Sie mich jetzt hören?» fragte der Vorsitzende wieder, vom Mikrofon Abstand nehmend. Er wandte sich an den Elektriker und sagte ihm, er solle jeden Redner warnen, Abstand zum Mikrofon zu halten.

«Dies ist ein großer Tag für Enniscorthy», hob der Vorsitzende erneut an. «Demnächst wird hier einer der größten Staatsmänner der Welt zu begrüßen sein, eine Persönlichkeit, die hier ebenso wie im Ausland verehrt wird, ist sozusagen schon fast bei uns. Unser ehemaliger und zukünftiger Taoiseach.» Die Menge lauschte gebannt. Zwischen den Sätzen war Stimmengemurmel zu hören. Eamon blickte aufmerksam auf den Text seiner Rede, obwohl er sie Wort für Wort auswendig kannte. Männer standen auf den Stufen des Denkmals, und Leute sahen von den Fenstern der Häuser zu, von Byrne's und Godfrey's und von der Munster and Leinster Bank.

«Wählt Fianna Fáil!» rief der Vorsitzende. «Wählt de Valera!»

Es ertönten schwache Jubelrufe.

«Und jetzt», sagte er, «habe ich als Vorsitzender dieser Enniscorthy-*cumann* von Fianna Fáil die Ehre, Ihnen einen jungen Mann vorzustellen, der einer der republikanischen Familien dieser Stadt entstammt, dessen Großvater an der vordersten Front des Kampfes für staatliche Unabhängigkeit und Souveränität gekämpft hat und dessen Vater an der Seite vieler großer Persönlichkeiten der jüngeren irischen Geschichte im Unabhängigkeitskrieg gekämpft hat. Er wird jetzt zu Ihnen sprechen, ich darf also um Ruhe bitten und um Ihre Aufmerksamkeit, und hier vorne ist noch Platz für die, die nichts sehen können. Applaus für den jungen Eamon Redmond.»

Er ging die Stufen zur Tribüne hoch und ließ den Blick über die Gesichter auf dem dunklen Platz schweifen. Die meisten unterhielten sich noch. Er stellte sich vor das Mikrofon und ließ sich Zeit. Er hielt seinen Text in der Hand.

«Wir von Fianna Fáil», begann er, «brauchen Ihre Erststimme. Im Gegensatz zu anderen Parteien liebäugeln wir nicht mit Ihren Wechselstimmen: Reststimmen für Restparteien. Dies ist keine Partei für Wechselwähler. Wir überlassen es anderen Leuten, zu wechseln.»

«Ach, verpiß dich, Redmond, du kleiner Fatzke», brüllte eine Stimme in der Nähe des Pater-Murphy-Denkmals.

Die Menge lachte.

«Diese Partei hat der Altersrente auch nicht einen Shilling abgezogen. Das überlassen wir anderen, den anderen, die wir jetzt von der Macht verdrängen werden, denn Fianna Fáil ist die Partei dieses Landes, für reich und arm, jung und alt.»

Es wurde gejubelt, aber am Denkmal herum wurde immer noch gemurmelt und gelacht.

«Wir wissen um die religiöse Verfolgung in unserem Land, unsere Geschichte erzählt uns davon. Wir wissen von der Zeit, als die Priester von Haus zu Haus fliehen mußten. Wir achten unsere Priester dafür, und wir brüskieren sie jetzt nicht, wie einige andere es machen. Wir sagen den Bischöfen nicht, was sie zu tun haben, denn wir kennen unsere Geschichte. Wir wissen, wie sehr dieses Land unter der Fremdherrschaft gelitten hat, und es gibt andere, nennen wir sie beim Namen, es gibt andere wie Noel Browne und Seán MacBride, die uns wieder unter fremde Herrschaft bringen wollen. Sie wollen in diesem Land den Kommunismus einführen und die Priester von Haus zu Haus jagen, wie es die Engländer vor ihnen getan haben.»

Lauter Beifall ertönte von den Rändern des Platzes und von den Parteitreuen vor der Tribüne.

«Irland unter Fianna Fáil», fuhr er fort, «wird den Klerus in diesem Land respektieren. Aber wir werden mehr tun als das.» Er hielt inne und ließ den Blick um den Platz wandern. «Wir haben als erste in diesem Land Krankenhäuser gebaut und wurden dafür angegriffen. Aber wir werden weitere Krankenhäuser bauen, und wir werden dem Fluch der Emigration ein Ende setzen, der dieses Land unter der Koalitionsregierung in den Ruin geführt hat –»

«Verpiß dich endlich, Redmond, du bist doch nur ein Fatzke», brüllte eine Stimme vom Denkmal.

«Es sind Leute wie Sie da unten», sagte Eamon und deutete in Richtung des Denkmals, «mit Ihrem unflätigen Wort, das die Engländer uns beschert haben, die nicht würdigen können, daß wir dieses Land aus dem Krieg herausgehalten haben. Und jemand wie Sie würde auch nicht begreifen, daß dieses Land von außen bedroht ist, aber die meisten Menschen auf diesem Platz und in dieser Stadt und in diesem Land wissen es, die anständigen Menschen Irlands können selbst entscheiden, ob sie wollen, daß Leute wie Sie da unten in unserem Land das Sagen haben, oder ob Irland von einer international anerkannten Persönlichkeit wie Eamon de Valera geführt werden soll.»

Er trat zurück und blickte in die Menge. Die meisten Leute starrten zur Tribüne hoch, einige klatschten Beifall und einige wenige jubelten. Lemass erhob sich und schüttelte ihm die Hand.

«Sie sind ein großartiger Redner», sagte er.

Er nahm auf der Tribüne Platz, während der Kandidat

und Lemass redeten, aber er war zu aufgeregt, um ihnen zuzuhören. Er merkte, wie die Spannung stieg, mit jeder Parole, die gerufen wurde. Er hörte die Beifallsrufe, die Pfiffe und den Applaus. Ein Störenfried brüllte Lemass immer wieder Fragen zu. «Was wollt ihr gegen die Tuberkulose machen? Was habt ihr je gemacht, um das Land von Tuberkulose zu befreien?» Niemand beachtete ihn. Die Leute warteten darauf, daß de Valera endlich erschien. Es war jetzt Viertel nach acht, und Lemass' Stimme wurde lauter und leidenschaftlicher. Er war informiert worden, daß de Valera sich im Hotel Murphy Flood befand.

«Er kommt jetzt», rief ein Parteiarbeiter vorne.

Lemass begann über den Parteiführer und sein internationales Ansehen zu reden. Eamon beobachtete, wie an der Seite der Tribüne der Weg frei gemacht wurde und de Valera die Stufen erklomm. Lemass brachte seine Rede zu einem abrupten Ende, und die Kapelle stimmte «A Nation Once Again» an.

«Bürger von Enniscorthy», rief Lemass ins Mikrofon, «ich präsentiere Ihnen Eamon de Valera.» Lemass schüttelte de Valera die Hand und führte ihn sanft ans Mikrofon. Eamon fragte sich, wie blind er war. Einer der Männer im Hotel hatte gesagt, daß er sich bald einer weiteren Augenoperation würde unterziehen müssen.

De Valera stand auf der Tribüne. Es kamen immer noch Beifallsrufe aus der Menge, und er bat mit erhobener Hand um Stille. Ein Mann schrie «Hoch, Dev!», und die Menge brach wieder in Beifallsrufe aus. Er wartete, bis auf dem Platz völlige Stille herrschte. Er beherrschte die Stille, immer noch schweigend, und dann begann er.

«Ich befinde mich in einer der heiligen Städte dieser Insel. Ich bin stolz darauf, an einem jener Orte zu sein, die die Flamme der Nation am Leben gehalten haben, auch in den dunkelsten Zeiten. In unserer Geschichte haben wir immer das Recht unseres Volkes auf Freiheit verteidigt, und zwar nirgendwo energischer als auf Vinegar Hill, über dieser Stadt, im Jahr 1798. Auf diesem großartigen Platz, so reich an Geschichte und Legende, steht das Denkmal von Oliver Sheppard zum Gedenken an die Tapferkeit des ‹Croppy Boy› und die Führerschaft von Pater Murphy in jenen weit zurückliegenden Jahren. Aber wir haben sie nicht vergessen und sind noch immer beseelt vom Geist jener großen Taten und jener großen Helden. Auch wir haben schwierige Zeiten erlebt, und in jüngster Zeit hat sich das Land in unnötigen Kontroversen verzettelt, während unsere besten jungen Menschen emigrieren, das Schiff nach England oder Amerika nehmen. Wir sind die nationale Partei, und wir werden die Probleme angehen, vor denen unser Land steht. Wir werden keinen Streit verursachen, wo es nicht nötig ist. Unsere Partei ist stabil, und wir werden nicht in Fraktionen auseinanderbrechen und gegen den Willen des Volkes oder gegen den Willen Gottes handeln ... Wählen Sie nächste Woche also Fianna Fáil, für eine stabile Regierung und das Wohl Irlands.»

Als er geendet hatte, fing die Kapelle wieder an zu spielen, diesmal «The Boys of Wexford». Eamon trat zurück, als de Valera von der Tribüne heruntergeführt wurde. Die Menge hatte schon begonnen, sich aufzulösen. Einer der Männer um Lemass fragte Eamon, ob er de Valera vorgestellt werden wolle. Er nickte und wurde an die Stelle geführt, wo de Valera stand, umgeben von Gratulanten und Anhängern. Als er ihm vorgestellt wurde, sprach de Valera auf irisch zu ihm über die Bedeutung der Sprache im Leben des Landes. Bald darauf wurde de Valera zum Murphy Flood's zurückgebracht, wo ein Wagen wartete, der ihn nach Wexford bringen würde. Eamon sah, daß Lemass' Freund, der Mann, der ihn de Valera vorgestellt hatte, mit seinem Vater sprach. Bevor er mit dem Wagen mit Lemass nach Wexford fuhr, kam er zu Eamon herüber und schüttelte ihm noch mal die Hand.

«Ich habe mit Ihrem Vater geredet. Er hat erzählt, Sie werden auf das University College Dublin gehen, wenn Ihre Noten gut genug sind. Er sagt, Sie seien sehr belesen. Ich habe zu ihm gesagt, daß Sie Jura studieren sollten. Es besteht großer Bedarf für Anwälte in der Fianna Fáil. Leute Ihres Kalibers könnten wir gut gebrauchen. Ich habe versprochen, auf dem Rückweg bei Ihrem Vater vorbeizuschauen, damit ich Ihre Adresse habe.» Er schüttelte Eamon erneut die Hand und ging dann zügig zu dem wartenden Wagen.

Eamon ging mit seinem Vater zum Haus seiner Großmutter. Sie setzten sich zusammen mit seinem Onkel Tom ins vordere Zimmer. Beide Männer hatten Stout-Flaschen vor sich, um de Valeras Besuch zu feiern, Eamon trank ein Glas Limonade. Seine Tante Margaret stellte eine Schale mit Feingebäck auf den Tisch.

«Habt ihr gehört, wie er mich vorgestellt hat?» fragte Eamon sie. «Er hat gesagt, ihr hättet im Unabhängigkeitskrieg gekämpft.» Er sah seinen Vater an.

«Ich hab nicht viel gemacht», sagte sein Vater.

«Dein Onkel Patrick und dein Großvater waren aktiver», sagte sein Onkel Tom.

«Was hast du gemacht?» fragte Eamon seinen Vater.

«Ich habe ein paarmal den Zug nach Dublin genommen», sagte sein Vater und zuckte mit den Achseln, als wollte er nicht mehr dazu sagen.

«Verstehst du, man konnte nicht einfach ein Haus anzünden», sagte Onkel Tom. «Man brauchte die Erlaubnis von Cathal Brugha in Dublin. Man mußte ihm alle Fakten präsentieren. Alle Häuser, die die Black and Tans bewirteten, bei denen Offiziere zum Abendessen und zu Partys eingeladen waren, die waren auf der Liste. Dein Vater fuhr hin, er war jung genug, und er gab vor, den Tag in der Nationalbibliothek zu verbringen, aber zwischendurch schlüpfte er hinaus, um Brugha zu treffen, oder einen von Brughas Leuten, und dann kam die Erlaubnis, und dann haben wir die Sache ausgeführt.»

«Das Haus angezündet?» fragte Eamon.

«Wir haben eine ganze Menge niedergebrannt», sagte sein Onkel und nippte an seiner Flasche. «Wilton, den alten Captain Skrine, die Proctors in der Bunclody Road, Castleboro. Ich hab oben ein Buch, das ich von Castleboro an dem Abend damals mitgenommen habe. Sie hatten eine großartige Bibliothek. Schade, daß ich nicht mehr Zeit hatte. Ich hab's immer noch oben. Drinnen ist ein Zettel, auf dem steht ‹Ex Libris Lord Carew›. Wie heißt es doch gleich? *Cranford* von Mrs. Gaskell. Ich muß es mal suchen. Es muß irgendwo da oben sein.»

«Waren das alles Protestanten?» fragte Eamon.

«Ja», sagte sein Onkel. «Und sie steckten alle bis zum Hals in der Britischen Armee, die hier gewütet hat, und in der British Legion und so weiter. Die sind jetzt alle weg. Wenigstens haben wir uns die vom Hals geschafft, egal, was wir sonst noch gemacht haben.»

Am folgenden Sonntagnachmittag kam Lemass' Freund in einem Morris Oxford bei ihnen vorgefahren. Ein zweiter Mann blieb im Wagen und wartete. Eamon machte auf, führte ihn hinein und ging dann ins hintere Zimmer, um seinem Vater zuzuflüstern, wer gekommen war. Der Mann sagte, er wolle weder Tee noch sonst etwas zu trinken. Er müsse vor seiner Rückkehr nach Dublin noch einige Besuche machen, Parteiarbeit für den Wahlkampf.

Er sagte, Eamon könne doch in Dublin einen geisteswissenschaftlichen Abschluß machen, wie sein Vater, und in seinem zweiten Jahr dann Jura studieren.

«Es würde Ihnen eine Unterstützung zur Verfügung stehen, wenn Sie das brauchen», sagte er.

«Wir kommen schon allein zurecht», sagte sein Vater.

«Es gäbe eine Menge Arbeit für ihn, wenn er erst mal fertig wäre. Aber geben Sie mir trotzdem Bescheid. Mr. de Valera hat übrigens die Rede gehört. Er fand sie sehr gut.»

Als der Mann gegangen war, versuchte Eamon sich vorzustellen, wie de Valera sich seine Rede anhörte, aber es gelang ihm nicht. Er fragte sich, ob es stimmte. De Valera hatte so abwesend gewirkt.

«Wie alt ist de Valera?» fragte er seinen Vater am Abend.

Sein Vater überlegte eine Weile. «Er wird nächstes Jahr siebzig», sagte er.

Am Montag mußte Eamon wieder in die Schule, aber er ging immer noch jeden Abend in die Parteizentrale. Er versuchte, soviel wie möglich mit Carmel O'Brien zu reden.

«Das war eine tolle Rede», sagte sie. «Schade, daß du nicht so geredet hast, als wir werben gegangen sind.»

«Du hast die ganzen Leute gekannt», sagte er.

«Aber ich kann nicht so gut in der Öffentlichkeit reden wie du.»

Am Abend vor der Wahl gingen sie wieder werben. Diesmal sprach er vor den Haustüren genauso gut wie bei seiner Rede. Es war leichter, und er war glücklich mit ihr. Ihm gefiel das Mitgefühl, das sie den Menschen entgegenbrachte, und daß sie ganz natürlich mit ihnen sprach. Am Ende des Abends gingen sie zusammen zur Parteizentrale zurück.

«Weißt du was?» sagte sie zu ihm. «Du bist der zurückhaltendste Mensch, dem ich je begegnet bin. Seit drei Wochen habe ich dich jetzt jeden Tag gesehen, aber ich weiß nichts über dich. Du redest immer nur über die Wahl. Denkst du nie an was anderes?»

Er sah sie an, sehr überrascht.

«Wir sind doch sehr gut miteinander ausgekommen», sagte er.

«Ich weiß nicht, was du denkst. Du bist meilenweit entfernt», erwiderte sie.

Er versuchte zu lachen, aber es war ihm unangenehm, so angesprochen zu werden. Noch nie hatte jemand in diesem Ton mit ihm geredet. Bei der Auszählung, wo sie ihrem Vater bei dem Listenabgleich half, mied er sie zuerst, aber es war schwierig, sie nicht zu beachten.

«In Ballyhoe haben wir Stimmen gewonnen. Ist das nicht eine gute Nachricht?» Sie kniff ihn in die Hüfte und lachte. «Deine Rede hat Wirkung gezeigt. Aber in Monageer haben wir Verluste.»

Auf der Heimfahrt saß er im Auto neben ihr auf dem Rücksitz. Er war nervös und aufgeregt. Schließlich nahm er ihre Hand und hielt sie. Ihre Haut war weich. Er dachte an ihren Körper, ihre Brüste, ihre Beine und ihren langen Hals. Er zog sie an sich und küßte sie auf die Wange, und dann drehte sie sich zu ihm und ließ sich von ihm auf den Mund küssen.

DRITTER TEIL

DREIZEHNTES KAPITEL

Eamon Redmond stand am Fenster und blickte hinunter auf den Fluß, der nach tagelangem Regen dunkelbraun war. Er beobachtete die Farbe, die Mischung aus Schlamm und Wasser, die kleinen Strudel und die Inseln von Bewegung im Strom. Es war der letzte Tag der Sitzungsperiode. Später sollte er in der Sonderstrafkammer beisitzen. Er holte seinen Stuhl ans Fenster, damit er seine Morgenzeitung im klaren Tageslicht lesen konnte. Er lauschte den Schreien der Möwen über dem Verkehrslärm.

Er hatte vor, am Abend allein nach Cush zu fahren, falls das Gericht nicht aus irgendeinem Grund noch am nächsten Tag zusammenkommen mußte. Vielleicht war es ein Fehler, so bald allein hinunterzufahren. Es würde hart werden. Er würde versuchen, für sich selbst zu kochen, die Wohnung ordentlich zu halten. Er schloß die Augen.

Er war müde, weil er am Abend zuvor im Stephen's Green Club etwas Wein und ein paar Brandys getrunken hatte, als Gast eines Historikers, den er seit einigen Jahren kannte und der jetzt über den Umgang der irischen Regierung mit der Gewalt in Nordirland forschte. Der Historiker suchte Anhaltspunkte, und er wollte bestimmte Dinge bestätigt bekommen: daß Treffen stattgefunden hatten, daß bestimmte Personen verwickelt waren, daß es zu Meinungsverschiedenheiten gekommen war.

Eamon hatte dem Historiker sehr wenig erzählt. Er hatte der Regierung Anfang 1972 einen Bericht vorgelegt, eine Strategie, mit der man auf eine konzertierte Kampagne der IRA reagieren konnte. Außerdem hatte er in den letzten zwei Jahren auch eine Reihe von Zwischenberichten verfaßt, einen, in dem für IRA-Fälle Prozesse ohne Geschworene empfohlen wurden.

In vielen seiner Vorlagen, so erklärte er dem Historiker, sei es um technische Fragen gegangen, die man ihn gebeten hatte zu untersuchen, wie etwa die Aufgabenverteilung zwischen Armee und Polizei in den Grenzregionen, die Sicherheit der elektrischen Einrichtungen und der Wasserversorgung, die Sicherheit der Radio- und Fernsehsender. Er hatte in Zusammenarbeit mit einem kleinen Team von Beamten über diese Fragen berichtet, und er war bereit, mit dem Historiker darüber zu sprechen, wobei er gleichzeitig klarstellte, daß er ihm die Dokumente nicht zeigen könne. Sie waren, so nahm er an, inzwischen veraltet, aber einige der Informationen waren weiterhin aktuell und vertraulich.

Es gab zwei Kapitel in seinem Bericht, von denen der Historiker gar nicht richtig wußte. Niemand außer den Befugten hatte diese beiden Kapitel je gelesen. Ihm war gesagt worden, sie seien sehr einflußreich gewesen und hätten geholfen, die Sicherheitspolitik der Regierung in den siebziger Jahren zu gestalten.

Es handelte sich um eine Untersuchung zum irischen Nationalismus. Er warnte davor, die Öffentlichkeit durch Ereignisse innerhalb der Grenzen der Republik aufzustacheln. Der Norden, argumentierte er, müsse als eine andere Gesellschaft dargestellt werden, als ein völlig anderer Ort. Die Gefahr, so schrieb er, läge in politischen Verwicklungen und in Märtyrern, die im Süden latente nationalistische Gefühle aufstacheln könnten. Es dürfe keine Unruhen in den Gefängnissen der Republik geben, keine Aufstände, Hungerstreiks oder schlechte Presse. Des weiteren, schrieb er, müßten die Gerichte und die Polizei über jeden Vorwurf erhaben scheinen, selbst in einer Notstandssituation. Er schlug ein spezielles, aus drei Richtern bestehendes Berufungsgericht vor, das Fälle untersuchen sollte, bei denen noch Zweifel bestanden. Der Justizminister sollte das Recht haben, Fälle an dieses Gericht zu verweisen, regte er an. Er war immer noch überzeugt, daß dies für Irland notwendig war, aber sein Vorschlag war nie in die Tat umgesetzt worden.

Er wußte, daß dieses Kapitel so viele Jahre nach Beendigung der Krise kalt und kalkulierend wirken würde. Während sie am Tisch zusammensaßen, deutete er an, daß dies alles im Grunde überholt sei, und doch könne der Bericht aus Sicherheitsgründen nicht freigegeben werden. Sein Gesprächspartner wußte nicht, daß es in dem Bericht noch ein weiteres Kapitel gab, in dem nüchtern umrissen wurde, wie andere Regierungen mit Terrorismus umgegangen waren und wie bestimmte Maßnahmen erfolgreich gewesen waren und andere nicht. Während Eamon den Bericht geschrieben hatte, war er überzeugt gewesen, daß Internierung in der Republik scheitern würde, daß dadurch sowohl nationalistische als auch liberale Gemüter entzündet würden, was die Sicherheit nur noch stärker gefährden könnte. Er hatte versucht zu zeigen, daß Repression anderswo auch nicht funktioniert hatte. Er war ausführlich von britischen und französischen Sicherheitsexperten informiert worden, die in Israel und Algerien gearbeitet hatten. Er wollte nicht, daß das ans Licht kam, hatte das Gefühl, daß man es mißverstehen könnte, und wußte, daß der Historiker sich darauf stürzen würde, wenn er davon erführe.

Er hatte auch eine Passage hinzugefügt, in der er erklärte, wie die Gerichte, vor allem das Oberste Gericht, der Regierung in ihrem Kampf gegen den Terrorismus Schwierigkeiten machen könnten. Aber diesen Abschnitt hatten nur der Taoiseach und der Justizminister gelesen. Mitte der siebziger Jahre hatte ihm das Amt des Taoiseach versichert, daß seine Ausführungen zu dieser Frage vernichtet worden seien.

Der Historiker war ein kluger Mann, aufmerksam und geschickt. Er würde abwarten, sich bei Diners und anderen gesellschaftlichen Ereignissen seine Informationen zusammensuchen. Er hatte sehr wenig veröffentlicht, und Eamon fragte sich, ob sein Werk über politische Strategien im Kampf gegen den Terrorismus jemals erscheinen werde.

Nach dem Abendessen saßen sie an einem Seitentisch. Über den Bericht gab es nichts mehr zu sagen, sie hatten alles besprochen. Der Kellner brachte Brandys, und sie begannen, sich über ihre Herkunft zu unterhalten. Eamon erzählte von Enniscorthy und den Verwicklungen seiner Familie in die Ereignisse des Jahres 1916 und des Unabhängigkeitskrieges; der Historiker erzählte von den Erinnerungen seines Vaters an den Brand von Cork.

«War Ihr Vater im Bürgerkrieg?» fragte ihn der Historiker.

«Muß er wohl. Man hat mir gesagt, daß einer meiner Onkel in den Hungerstreik getreten ist, aber ehrlich gesagt, ich bin mir nicht sicher. Es wurde nie richtig darüber geredet. Von 1916 war ständig die Rede, und auch von dem Tan-Krieg, aber nicht vom Bürgerkrieg. Mein Vater wußte, wer für einige der Morde in Enniscorthy verantwortlich war, ein Mann hatte es ihm einmal in einem Pub erzählt, aber er hatte geschworen, es nie jemandem zu erzählen. Und vor Jahren hat er mir erzählt, wie sie während des Bürgerkriegs die protestantische Kirche in Enniscorthy besetzt hatten, und sie hielten während der Nacht Pseudopredigten, aber als die Schießerei begann, rief einer: ‹Achtung, Jungs, Querschläger!› Er erzählte mir die Geschichte so, als sei er dabeigewesen, aber ich habe ihn nie gefragt. Wenn man ihn fragte, verfiel er in Schweigen. Es war eine bittere Zeit damals.»

«Es war eine seltsame Generation», sagte der Historiker.

Die zwei Männer tranken noch ein paar Gläser, während sie sich über die Vergangenheit unterhielten. Eamon erinnerte sich an die Geschichte von Cathal Brugha und wie sein Vater nach Dublin gefahren war, um die Erlaubnis einzuholen, die Brände zu legen. Aber er behielt es für sich. Er hörte einer Geschichte über Michael Collins zu, nickte und ermunterte den Historiker, weiterzuerzählen, wobei er an den Abend im Haus seiner Großmutter zurückdachte, als er die Geschichte zum erstenmal gehört hatte. Es wurde ihm immer klarer, daß er die Geschichte von seinem Vater und Cathal Brugha nicht erwähnen sollte, daß er sie gänzlich der Vergangenheit überantworten sollte, dem Schweigen, so wie es sein Vater mit den Namen der Männer getan hatte, die für die Morde in Enniscorthy verantwortlich gewesen waren. Er lächelte, als der Historiker zum Ende seiner Geschichte kam, und stand auf, sagte, es sei jetzt für ihn Zeit zu gehen.

Am folgenden Morgen saß er am Fenster seines Amtszimmers. Sein Bericht war jetzt Geschichte, die Lektionen waren alle gelernt worden, der Staat war geschützt worden und würde überleben. Er sah wieder auf den Fluß mit seinem sonnenbeschienenen braunen Wasser.

Sein Gerichtsdiener kam und sagte ihm, daß die Gardai am Seiteneingang des Gerichts auf ihn warteten. Er ließ sich nicht gern mit Waffenschutz zur Sonderkammer fahren, doch obwohl es schon seit einigen Jahren keinen Ausbruchsversuch aus der Green Street gegeben hatte, war man der Meinung, daß Vorsicht angebracht sei. Er ging hinunter zu dem Zivilfahrzeug und setzte sich auf den Beifahrersitz. Er hatte gelernt, nicht mit den Wachmännern zu reden. Einige hatten im Verlauf der Jahre in seinem Gericht ausgesagt und würden es zweifellos wieder tun, und er hatte das Gefühl, es sei besser, sie nicht zu kennen. Die beiden Wachen auf dem Rücksitz trugen Maschinenpistolen. Der Fahrer startete den Wagen und fuhr hinaus, am Grundbuchamt vorbei Richtung Bridewell und dann die North King Street entlang, wo sich an der Kreuzung zur Green Street Armeeposten aufgestellt hatten.

Er hatte den Vorsitz in einer mit drei Richtern besetzten Kammer. Er kannte einen der beiden anderen Richter und mochte ihn. Der dritte Mann, ein kürzlich ernannter Bezirksrichter, war als Anwalt der Krone auf Versicherungsfälle spezialisiert gewesen. Alle drei legten jetzt ihre Roben und Perücken an und warteten darauf, daß die Verhandlung begann.

Schon bei den ersten Sätzen der Beweisaufnahme war klar, daß der Fall nicht einfach lag. Eamon legte den Kopf in die Hände und las die Aussagen, die er vor sich liegen hatte, ein zweites Mal. Drei Männern, zwei aus Monaghan und einem aus Armagh, wurde vorgeworfen, Mitglieder der IRA zu sein und einen Garda angeschossen zu haben, ferner wurden sie des unerlaubten Waffenbesitzes, des versuchten Mordes und des Widerstandes gegen die Staatsgewalt beschuldigt. Als er die Aussagen der Garda überprüfte, schien es ihm, daß es nur bei einem der Beschuldigten eindeutige Beweise dafür gab, daß er eine Schußwaffe benutzt hatte. Er fragte sich, warum die Anklage gegen die beiden anderen nicht fallengelassen worden war. Er überprüfte es nochmals, während er der mündlichen Aussage weiter zuhörte. Zufrieden bemerkte er, daß sein jüngerer Kollege ebenfalls nachsah.

Der Verteidiger der Angeklagten befragte bereits den Guard, der die drei Männer verfolgt und verhaftet hatte. Er beschloß, das Kreuzverhör zu unterbrechen.

«Mr. Roche», sagte er zu dem Verteidiger, «ich gehe davon aus, daß Ihre drei Mandanten unerlaubten Waffenbesitz leugnen, ist das korrekt?»

«Ja, Euer Ehren.»

«Mr. Miller», er wandte sich an den Staatsanwalt, «ich nehme an, daß Sie gegen alle drei Beweismittel erbringen werden?»

«Ja, Euer Ehren.»

«Gegen alle drei?»

«Ja, Euer Ehren.»

«Dann können Sie fortfahren», sagte er. Ihm schien, daß sie die Anklage gegen zwei der Beschuldigten sehr schnell würden fallenlassen müssen, wenn sie nicht den größten Teil des Tages verschwenden wollten. Er nahm an, daß seine beiden Kollegen den Grund für seine Unterbrechung verstanden hatten, und er freute sich, als einer der jungen Staatsanwälte den Gerichtssaal verließ, wahrscheinlich um sich Instruktionen zu holen, ob die Anklage gegen zwei der Beschuldigten tatsächlich aufgehoben werden sollte.

Er sah nochmals seine Notizen durch, aber es war klar, daß nicht alle drei bewaffnet gewesen waren, und es war klar, daß die Gardai nicht gegen alle drei Beweise hatten: Weder hatten sie sie Waffen benutzen sehen, noch hatten sie diese auf Fingerabdrücke überprüfen lassen. Ohne genaue Beweise würde er keine Anklage wegen versuchten Mordes akzeptieren. Der Staatsanwalt kam bei seinem Kreuzverhör keinen Schritt weiter. Während er dem Anwalt zuhörte, fragte er sich, ob hier der Versuch unternommen wurde, die Art und Weise zu verändern, wie die Sonderstrafkammer mit versuchtem Mord umging, und mit den Beweismitteln, die erforderlich waren, es zu beweisen. Falls ja, würde er das sofort unterbinden. Der Staatsanwalt befragte jetzt den Hauptzeugen der Polizei. Er unterbrach wieder.

«Haben Sie bei allen drei Männern Waffen gesehen? So wie ich das verstehe, wurde nur eine Waffe abgefeuert. Haben Sie gesehen, daß alle drei Männer mit dieser einen Waffe geschossen haben?»

«Nur einer war bewaffnet, Euer Ehren.»

«Nein, hören Sie noch mal zu. Wer hat die Waffe abgefeuert?»

«Ich habe gesehen, wie Fingleton auf meinen Kollegen geschossen hat.»

«Und die anderen beiden, haben die geschossen?»

«Nein, Euer Ehren.»

«Mr. Miller», sagte er, sich wieder zum Staatsanwalt wendend, der seine Notizen durchblätterte, «werden Sie Beweise vorlegen, daß der zweite und dritte Angeklagte des versuchten Mordes schuldig sind?»

«Ich versuche das nachzuweisen, Euer Ehren.»

«Ich weiß, was Sie versuchen nachzuweisen. Ich bin gespannt, welche Beweise Sie anführen werden.»

«Ich werde es durch mein Kreuzverhör mit den Zeugen nachweisen, Euer Ehren.»

«Wir werden Ihnen unsere allergrößte Aufmerksamkeit schenken.» Er sah den Staatsanwalt scharf an.

Er wußte, daß der Anwalt bluffte, daß er auf die Anweisung wartete, die Anklage fallenzulassen. Er wußte, daß der Hauptzeuge nicht gesehen hatte, wie die zwei anderen Angeklagten geschossen hatten, und daß nur ein Schuß gefallen war, so daß sie nicht wegen versuchten Mordes verurteilt werden konnten. Die Staatsanwaltschaft sollte die Anklage sehr bald fallenlassen, fand er, denn je länger sie es hinauszögerten, desto mehr Schaden würde angerichtet werden.

Sowie das Gericht nach der Mittagspause wieder zusammentrat, erhob sich der Staatsanwalt und sagte, daß man die Klage gegen den zweiten und dritten Angeklagten fallenlassen würde.

«Mr. Miller», unterbrach ihn Eamon, bevor er geendet hatte, «habe ich davon auszugehen, daß Sie die Zeit dieses Gerichts vergeudet haben?»

«Nein, Euer Ehren.»

«Ich habe Sie heute vormittag gefragt, welche Beweise Sie haben. Es war heute vormittag schon klar, daß es keine Beweise gibt, jedenfalls mir und meinen Kollegen. War das Ihnen und Ihren Kollegen nicht klar?»

«Nein, Euer Ehren.»

«Aha. Nun fahren Sie bitte fort, und vergessen Sie dabei bitte nicht, daß dieses Gericht nur noch sehr wenig Geduld mit Ihnen hat.»

Er beobachtete den ersten Angeklagten, als er ins Kreuzverhör genommen wurde. Er war klein, vielleicht Mitte Dreißig. Er sah nicht aus wie ein Mann mit starken politischen Überzeugungen. Und auch seine Aussage war unsicher und verworren, als sei er von der Straße geholt worden, als hätte er nie in seinem Leben irgend etwas mit der IRA zu tun gehabt.

Der Verteidiger behauptete jetzt, die Verhaftung der drei Männer sei rechtswidrig, da sie nördlich der Grenze erfolgt sei. Eine Weile lang wurde dazu argumentiert, aber nicht überzeugend. Es bestand kein Zweifel, daß Schüsse gefallen waren und daß der Mann, der von der Polizei identifiziert wurde, sie abgefeuert hatte. Seine Fingerabdrücke waren auf der Waffe. Aber war das versuchter Mord? Das war die Entscheidung, die die drei Richter treffen mußten.

Die Verteidigung kam nicht recht voran, und hätte der Verteidiger bei den geringfügigeren Anklagepunkten eingelenkt, wäre es vielleicht leichter gewesen. Um halb vier schien es bereits, als könnte der Fall sehr schnell entschieden werden. Der erste und der zweite Angeklagte konnten der Mitgliedschaft in der IRA für schuldig befunden werden und der erste der vorsätzlichen Gefährdung von Leben. Er würde dem ersten sechs Jahre geben und den beiden anderen zwei. Seine Kollegen, dachte er, würden härtere Urteile fällen wollen. Er glaubte nicht, daß sie lange brauchen würden, um sich zu entscheiden.

Als die Verhandlung beendet war, zogen sie sich in den Raum hinter dem Saal zurück. Auf dem Tisch standen eine Kanne frischer Tee und ein paar Tassen.

Sie setzten sich und begannen, über den Fall zu debattieren.

«Wir müssen den ersten Angeklagten, Fingleton, und die beiden anderen getrennt betrachten, da sie unter unterschiedlichen Anklagen stehen. Und wir müssen uns einigen, ob Fingleton eher des unerlaubten Waffenbesitzes mit dem Vorsatz, Leben zu gefährden, schuldig ist oder aber versuchten Mordes.»

«Genau», sagte der Ältere.

«Ist er der weniger schwerwiegenden Anklagepunkte schuldig?» fragte Eamon.

Sie stimmten beide zu.

«Sind die anderen beiden der IRA-Mitgliedschaft schuldig?»

Wieder bejahten beide.

Er wandte sich an beide. «Welches Strafmaß schlagen Sie vor?»

«Sechs und vier Jahre», sagte der Bezirksrichter.

«Sieben und vier», sagte der Jüngere, «bei gleichzeitiger Verbüßung weiterer Freiheitsstrafen.»

«Gut», sagte er zu beiden. «Ich bin für sechs und vier Jahre. Können wir uns darauf einigen?»

Nach der Urteilsverkündung warteten sie im Hinterzimmer, während die Häftlinge in den Polizeiwagen gebracht wurden, der sie zum Portlaoise-Gefängnis bringen würde. Gewöhnlich gab es vor dem Gericht Demonstranten oder Gratulanten oder Kameras, und es war wichtig, daß die

Richter erst erschienen, wenn der Tumult in der Straße abgeklungen war. Die Richter schwiegen, bis der Jüngere die beiden anderen fragte, ob sie in den Urlaub fahren würden, nun, da die Sitzungsperiode beendet war. Keiner von beiden schien erpicht darauf zu sein, zu antworten, und als sie sprachen, gingen sie nicht ins Detail.

Der Polizeiwagen fuhr ihn zum Gericht zurück. Es warteten mehrere Telefonnotizen auf ihn, aber keine war wichtig. Er ging ans Fenster und sah hinunter auf den Verkehr auf den Quays, der jetzt stärker als am Vormittag war und erst um fünf oder sechs wieder nachlassen würde. Er hatte nichts gepackt, aber das wäre leicht: ein paar Kleidungsstücke und Bücher, Lebensmittel aus dem Kühlschrank. Er stand am Fenster, ließ die Zeit verstreichen, fragte sich, was er machen solle.

Carmel war im Winter gestorben. Die zwei, drei Stunden vor dem Schlafengehen waren immer noch schrecklich, und er fragte sich, ob es in Cush leichter wäre oder viel schwerer. Er würde hinfahren müssen, um es herauszubekommen, aber er war seit ihrem Tod nicht mehr dort gewesen. Den Morgen konnte er sich vorstellen, im frühen Morgenlicht aufzuwachen, Radio zu hören, sich Tee zu machen und ihn auf dem Tisch im Wohnzimmer ziehen zu lassen, Rührei und Toast zuzubereiten. Der Morgen schien einfach zu sein. Aber die Sommerabende, die paar Stunden Dunkelheit vor dem Schlaf. Er war sich nicht sicher, ob er dem schon gewachsen war.

In den Wochen nach Carmels Tod war es leichter gewesen, es waren Leute dagewesen, und als sie ihn wieder allein ließen, hatte er die Stille und Einsamkeit gebraucht. Er konnte noch einmal alles Revue passieren lassen: wie müde und fern und geistesabwesend sie in den letzten Wochen im Krankenhaus gewesen war. Er hatte es auf die Medikamente zurückgeführt, die sie ihr gaben. Er redete sich ein, daß es wieder besserging, bis er im Flur dem Arzt über den Weg lief.

«Wie schätzen Sie ihren Zustand ein?» fragte er.

«Ich fürchte, sie baut ab», sagte er. «Es gibt nur noch sehr wenig, was wir für sie tun können.»

Er saß an ihrem Bett, ging nur auf den Flur hinaus, wenn die Krankenschwester ihn darum bat, wartete mit ihr zusammen, redete mit ihr, wenn er das Gefühl hatte, daß sie verstand, und ließ die Kinder mit ihr allein, als er dachte, daß sie sich von ihr verabschieden mußten. Ihre Schwestern kamen und beteten an ihrem Bett, und seine Tante Margaret rief an, um ihm zu sagen, daß sie die ganze Zeit bete. Er betete nicht, die Kinder auch nicht, aber er mochte die Rhythmen der Gebete, und er hoffte, daß der Klang sie tröstete. Er hielt ihre Hand, als ihm klar war, daß sie die Nacht nicht überleben würde, und er hoffte, daß seine Hand sie auch tröstete. Er flüsterte ihr zu, sagte ihren Namen und ging hinaus und starrte durch die dicke Scheibe auf die trüben gelben Lichter der Straße und begriff, was das bedeutete, er wurde von der schrecklichen Gewißheit getroffen, daß sie im Begriff war, ihn zu verlassen.

Sie fuhren in einer schwarzen Limousine dem Leichenwagen hinterher nach Enniscorthy, wo sie beerdigt wurde. Ihre Schwestern begannen schon im Wagen mit dem Rosenkranz, aber er unterbrach sie und schlug vor, daß jeder still für sich beten solle. Er wußte, daß sie ihm das übelnahmen, aber er wollte nicht, daß Donal und Niamh gestört wurden. Niamh hielt am Grab seine Hand, und Donal stand dicht neben ihm. Über ihre erste Nacht in der Erde nachzudenken war für ihn unerträglich. Sie war noch ganz, vollkommen, ihr Körper intakt. Sie hätte leicht noch ein paar Tage länger durchhalten können und jetzt noch leben.

Nach der Beerdigung kehrten sie nach Dublin zurück. Alle drei fühlten sich von den anderen entfernt – Stadtmenschen. Sie schwiegen während der Fahrt, aber es herrschte keine Spannung zwischen ihnen. Eamon hatte das Gefühl, daß sie versuchten, ihn zu stützen und ihm zu helfen. Man setzte sie in Ranelagh ab. Sie kamen beide mit ihm ins Haus. Donal machte ein Feuer an, und Niamh stellte einen Eintopf, den eine Nachbarin bereitet hatte, in den Mikrowellenherd. Sie deckte den Tisch.

Zum erstenmal in seinem Leben empfand er ein Band zwischen sich und seinen Kindern, und sie sagten beide, sie würden während der Ferien nach Cush kommen und bei ihm bleiben. Niamhs Sohn, Michael, war jetzt über ein Jahr alt. Er fremdele sehr stark, sagte Niamh, es sei daher schwierig, einen Babysitter zu finden.

«Er kennt mich noch vom letzten Jahr», sagte Eamon.

«Ich glaube, er hat nicht gerade viel von dir gesehen», erwiderte sie.

Er versuchte anhand der Bankauszüge zu überprüfen, wieviel Geld Carmel Niamh während des letzten Jahres gegeben hatte, aber er war sich nicht sicher, ob seine Berechnungen stimmten. Es schien sehr viel weniger zu sein, als er sich vorgestellt hatte. Sie sagte ihm, daß sie das Geld nicht mehr brauche, war aber dankbar, als er ihr anbot, sie beim Kauf eines Hauses zu unterstützen.

Er stand am Fenster in seinem Amtszimmer, träumend, sich an Dinge erinnernd, darauf wartend, daß die Zeit verging, die Strömungen im Fluß beobachtend. Er wandte sich ab, steckte ein paar Bücher in eine Aktentasche und sah sich um, ob auch alles Wichtige weggeschlossen war. Dann nahm er seine Schlüssel und ging, die Tür hinter sich abschließend. Das Gebäude war fast leer. Er grüßte im Vorübergehen eine der Putzfrauen, die ihn erkannte und lächelte. Sonst begegnete er niemandem, als er durch das Gerichtsgebäude zum Parkplatz ging.

VIERZEHNTES KAPITEL

Er erinnerte sich, wie er eines Nachmittags aus der juristischen Bibliothek gerufen wurde und sein Vater und sein Onkel Tom in der Round Hall standen. Er hatte sie nie als grobschlächtiges Landvolk betrachtet, aber jetzt, in diesem Gebäude, das sie nicht kannten, wirkten sie schüchtern und scheu, fremd. Er hatte Mühe, ihnen klarzumachen, daß er zwar einen Fall betreuen, aber nicht reden werde, da nur die Anwälte der Krone vor Gericht sprechen würden. Er würde im Grunde sogar nur hinein- und hinausrennen, um ihnen Bücher zu holen. Beinahe hätte er gesagt, daß er bei dem Fall nur den Botenjungen spiele, aber er hatte Angst, sie könnten das mißverstehen. Sie sahen sich um, als hätten sie Anspruch auf das Four Courts und auf ihn als wichtigen Vertreter des Systems.

Eine große Anzahl der anderen Anwälte kam aus Fine-Gael-Familien. Er arbeitete zwar mit ihnen zusammen und kannte viele von der Universität, war aber mit ihnen nicht vertraut genug, um ihnen seinen Vater und seinen Onkel vorzustellen. Es wäre nicht angemessen, einem Anwalt der Krone zu dieser Tageszeit in der Round Hall Familienbesuch vorzustellen.

Sein Vater und sein Onkel wirkten übereifrig und waren fehl am Platz. Sie hatten schon mit mehreren Pförtnern gesprochen, um ihn ausfindig zu machen, und hatten festgestellt, daß einer der älteren Pförtner aus North Wexford stammte, und so fühlten sie sich schon heimischer, obwohl sie weder den Mann noch seine Familie kannten.

Der Pförtner kannte Eamon als einen der beschäftigtsten jungen Anwälte im Four Courts. Nach dem Wahlsieg der Fianna Fáil im Jahr 1957 war er zu einem gefragten Staatsanwalt geworden. Sogar Anwälte der Krone setzten ihn ein, wenn er zur Verfügung stand, aber den größten Teil seiner Arbeit bekam er vom Staat. Er verdiente jetzt so viel Geld, daß er sich ein Auto und eine Wohnung in der Hume Street leisten konnte, in der Nähe vom St. Stephen's Green. Er engagierte sich weiterhin für Fianna Fáil, arbeitete 1959 bei den Präsidentschaftswahlen und 1961 bei der Parlamentswahl als Redenschreiber und Wahlkampfhelfer.

Als er dann hinter seinen älteren Kollegen in der Verhandlung saß, spürte er, wie die beiden Männer hinten im Gerichtssaal ihn beobachteten. Er würde wenig zu tun haben, und seine Beweisführung würde ohnehin reine Routine sein. Einer seiner Kollegen war auch in der Fianna Fáil, aber er war sich unsicher, ob er ihm nach Ende der Verhandlung seinen Vater und seinen Onkel vorstellen könnte. Er hoffte, daß sie nicht gekränkt oder enttäuscht sein würden, wenn er sie nicht mit seinen Kollegen bekannt machte. Er hatte Mühe, sich auf die Verhandlung zu konzentrieren.

Danach spazierte er mit ihnen die Quays entlang, aber auf der Höhe des Ormond-Hotels war sein Vater zu erschöpft, um noch weiterzugehen. Er wirkte alt und zermürbt durch sein krankes Bein und seine beeinträchtigte Stimme. Eamon hatte seinen Wagen zu Hause gelassen, denn er genoß den morgendlichen Spaziergang zur Arbeit. In der Hotelhalle, als sie Tee bestellten, fragte er sich, wie sein Vater zu seinem Zug in die Westland Row kommen würde. Er hatte das Gefühl, sie würden keinesfalls mit dem Taxi fahren wollen.

«Das war heute nur ein kleiner Fall», sagte er.

«Du bräuchtest einen ordentlichen Mordfall», sagte sein Onkel. «Das gäbe einen vollen Saal. Früher gab's ein paar großartige Mordfälle.»

«Wenn man einen Mordfall hat, geben sie einem einen guten Rat», sagte Eamon und bemerkte, daß ihm die beiden Männer zuhörten, als sei er ein Experte. «Nie den Angeklagten ansehen, nicht einmal während du ihn befragst. Nicht mal einen Blick auf ihn werfen. Das sagen einem alle.»

«Und wieso?» fragte sein Onkel. Sie hörten sehr aufmerksam zu.

«Weil man kein Bild von ihm im Gedächtnis haben möchte. Wenn sie ihn hängen, will man sich nicht an sein Gesicht erinnern. Das behaupten sie jedenfalls.»

Später, als sie gegangen waren, blieb die Geschichte, die er ihnen übers Hängen erzählt hatte, in seinen Gedanken haften. Er hatte bisher nur bei zwei Mordfällen die Anklage vertreten, in einem Fall führte sie zur Hinrichtung des Verurteilten. Damals war er jedes Wochenende nach Enniscorthy gefahren und hatte den Samstagnachmittag und -abend mit Carmel verbracht. Er machte mit ihr einen Spaziergang auf der Promenade, wenn das Wetter gut genug war, manchmal überquerten sie die Eisenbahngleise nach Ringwood. Er redete nicht viel über seine Arbeit, auch nicht über Dublin, aber an dem Wochenende bevor der Mann gehängt werden sollte, war es anders. Er kannte den Namen des Mannes, aber er versuchte, ihn nicht in seine Gedanken hereinzulassen. Einige Leute erwarteten, daß der Papst die Regierung um eine Begnadigung ersuchen würde. Er erinnerte sich, daß es ein schöner Abend war und sie auf dem betonierten Weg gingen, vorbei an den kleinen Gäßchen, und der Fluß war ruhig wie weiches Gras. Sie sprach von dem Fall, hoffte, daß der Mann begnadigt würde.

«Ich hatte mit dem Fall zu tun», sagte er.

«Und du konntest ihn nicht retten?»

«Nein, ich war auf der anderen Seite.»

«Auf welcher Seite?»

«Auf der Seite der Anklage.»

«Willst du damit sagen, daß du auf der Seite warst, die den Mann an den Galgen bringen wollte?»

«Ich habe nur meine Arbeit getan», sagte er.

Sie blieb stehen und sah den Fluß entlang zu dem roten Backsteinbau des psychiatrischen Krankenhauses.

«Ich erinnere mich, wie vor etlichen Jahren ein Mann gehängt werden sollte. Es sollte um neun Uhr morgens passieren. Meine Mutter ließ uns alle um Punkt neun ein Gebet sprechen, in dem Augenblick, als sie ihn hängen wollten. Das werde ich nie vergessen. Und wie wird es dir gehen, wenn sie ihn hängen?»

«Mir wird es so gehen wie allen andern auch.»

«Aber doch sicher viel schlechter», sagte sie.

«Wie würde es dir gehen, wenn jemand, der dir nahesteht, von ihm ermordet, noch dazu vergewaltigt worden wäre?»

«Ich würde nicht wollen, daß sie ihn hängen.»

Sie gingen bis zum Ende der Promenade und kehrten um, ohne über die Gleise zu gehen.

«Ich mache jetzt viel Anklagevertretung», sagte er. «Ich fange gerade erst an.»

«Bekommst du die Arbeit von Fianna Fáil?»

«Ich bekomme die Arbeit über die Gerichte, wie alle andern», sagte er.

Er begleitete sie bis zum Haus. Oben auf Friary Hill fragte sie ihn, ob er glaube, daß der Mann gehängt würde, und er bejahte.

«Ist das nicht schrecklich?» sagte sie. «Ist das nicht einfach schrecklich?»

«Was machst du später?» fragte er, als sie die Haustür erreichten.

«Ich glaube, ich bleibe heute zu Hause», sagte sie.

Am nächsten Tag fuhr er nach Dublin zurück, ohne sie noch einmal zu sehen. Er überlegte sich, ob er ihr eine Nachricht hinterlassen sollte, aber er wußte nicht, was er ihr sagen sollte. Am Tag vor der Hinrichtung stand er mit ein paar Kollegen zusammen in der juristischen Bibliothek und unterhielt sich mit dem Anwalt des Angeklagten. Er hatte den Verurteilten am Morgen gesehen.

«Er will es immer noch nicht wahrhaben. Er hat mich gefragt, wie lange er einsitzen müsse, wenn er begnadigt würde. Ich wußte nicht, was ich ihm sagen sollte. Er denkt, der Papst wird in letzter Minute ein Gnadengesuch machen. Ich hätte den Anwalt allein hingehen lassen sollen.»

Eamon hörte sich im Radio die Abendnachrichten an. Vor dem Mountjoy-Gefängnis wurde eine Mahnwache gehalten, die Menschen wollten die ganze Nacht den Rosenkranz beten. Auf Anraten der Regierung gab es Appelle an den Präsidenten, die Strafe umzuwandeln, aber in der Bibliothek ging die Nachricht, daß es keine Änderung geben würde, das Kabinett hatte seine Entscheidung getroffen. Es gebe gute Gründe, wurde ihm gesagt, die Sache zu Ende zu bringen.

Am Morgen hörte er die Achtuhrnachrichten. Vor dem Gefängnis war immer noch eine Menschenmenge versammelt. Er wußte, daß Carmel jetzt auch Radio hören würde, und nach den Nachrichten würde sie wissen, daß es keine Aussicht gab, daß die Strafe umgewandelt wurde. Er trat hinaus und ging im St. Stephen's Green spazieren. Er wollte die Neunuhrnachrichten nicht hören.

An einigen Wochenenden fuhr er nicht nach Enniscorthy. Er hatte einen wichtigen Fall, für den er sorgfältige Recherchen anstellen mußte. Er schrieb Carmel ein Briefchen, daß er bald nach Hause käme, bekam aber keine Antwort. Als er nach Enniscorthy fuhr, wußte er, daß es nicht leicht sein würde, wieder mit ihr zu reden, ohne die Hinrichtung anzusprechen. Sie vergaß nicht so schnell. Er saß mit seinem Vater im vorderen Zimmer und blickte nervös aus dem Fenster, redete ununterbrochen über die Nachbarn.

«Gehst du heute abend aus?» fragte sein Vater.

«Wahrscheinlich schon», sagte er.

Er nahm ein Bad und zog sich ein sauberes Hemd und eine Krawatte an. Als er ging, saß sein Vater im hinteren Zimmer und hörte Radio. Es war ein schöner Abend. Im Vorbeigehen sah er sich jedes Haus in der John Street und der Court Street an, jede Tür war in einer anderen Farbe gestrichen, einige Fenster waren sauber und mit Spitzengardinen verhängt, andere waren schmutzig und brauchten einen neuen Anstrich. Manche Häuser in der Court Street waren größer als die übrigen, mit größeren Fenstern und Topfpflanzen in Messingschalen drinnen auf den Fensterbrettern. Ein Haus hatte keine Spitzengardinen, man konnte direkt hineinsehen: die neue dreiteilige Sitzgarnitur, der dicke graurote Teppich, die Lampen und die Nippes auf dem Kaminsims. Jeder sah im Vorbeigehen hinein. Der Raum war immer perfekt aufgeräumt, wie ein Schaufenster. Die Familie war in England zu Geld gekommen.

Als er an die Tür von Carmels Haus klopfte, hörte er drinnen Stimmen, aber sie verstummten, als Carmels Schwester an die Tür ging.

«Ist Carmel da?» fragte er.

«Nein», sagte sie. «Ich weiß nicht, wo sie ist. Sie ist vorhin weggegangen. Ich weiß nicht, wann sie zurück sein wird.» Es klang wie eine Rede, die sie auswendig gelernt hatte, und als er sie ansah, wich sie seinem Blick aus.

«Sie wissen nicht, wo ich sie finden kann?» fragte er.

«Nein», sagte sie und klang jetzt noch weniger überzeugend. «Ich weiß nicht, wohin sie gegangen ist.»

Er wußte, daß sie zu Hause war, und er stand ratlos da.

«Sagen Sie ihr, ich bin morgen bei der Elfuhrmesse», sagte er.

«Ich werde es ihr ausrichten», sagte ihre Schwester.

Am nächsten Morgen saß er hinten in der Kirche, aber er sah sie nicht, und er wartete auf seinem Platz, hielt nach ihr Ausschau, als die Menge sich langsam zum Ausgang bewegte. Er wartete dort, bis der größte Teil der Gemeinde gegangen war. Er fragte sich, als er das Knie beugte, ob sie vielleicht schon draußen war, aber er wußte, daß sie nicht gekommen war. Er ging die Back Road entlang nach Hause und bog dann in die Tanyard Lane und in die Court Street ein. Er war versucht, an ihrer Tür zu klopfen und nach ihr zu fragen. Auch als er schon vorbeigegangen war, überlegte er sich, ob er zurückgehen solle, aber dann ging er doch weiter die John Street entlang nach Hause, um mit seinem Vater zu essen.

Er sah sie erst später in jenem Sommer wieder, als er für einige Tage mit seinem Vater bei den Cullens in Cush war. Es war ein warmer, milder Sonntag. Er war mit seinem Vater in der Spätmesse gewesen, und dann waren sie in Mrs. Davis' Pub gegangen, um etwas zu trinken. Das Pub wurde jetzt von ihrem Neffen geführt. Als er im Dorf den Wagen startete, bemerkte er eine Gruppe Mädchen, die auf Fahrrädern vorbeifuhren, und entdeckte Carmel unter ihnen. Sie bogen bei der Brücke in Blackwater links ein. Er überholte sie und warf einen Blick in den Rückspiegel, als sie vor dem steilen Hügel, der nach Ballyconnigar führte, von den Rädern stiegen.

Am Nachmittag ging er schwimmen. Als er sich abgetrocknet hatte, zog er Hose und Hemd an, ließ Schuhe und

Pullover bei seinem Handtuch und seiner Badehose an einem Mergelfelsen und ging am Strand entlang Richtung Ballyconnigar.

Sowie er um die Ecke bog, sah er auf der Grasböschung auf der anderen Seite des Flusses eine Gruppe Mädchen sitzen. Er ging barfuß durch die Untiefen und mußte seine Hosenbeine hochkrempeln, um den Fluß zu überqueren. Auf den Wiesen vor dem Haus der Keatings oder weiter hinten am Strand lagerten auf Decken weitere Grüppchen, aber er war sich sicher, daß Carmels Gruppe auf der Böschung war. Als er auf ihre Höhe kam, blieb er stehen und blickte zu ihr hinauf, die Hand gegen die Sonne an die Stirn gelegt. Er wußte, daß sie ihn alle sahen, er begann, den Strand hochzugehen, ging langsam auf sie zu, blieb aber auf halbem Wege stehen, um sich die Hosenbeine herunterzukrempeln. Als er sich wieder aufrichtete, sah er, daß Carmel ihm langsam entgegenkam. Sie trug ein Sommerkleid. Er sah zu, wie sie näher kam.

«Ich habe dich in Blackwater gesehen», sagte er. «Ich dachte, du könntest hier sein.»

«Bist du in Cush?» fragte sie.

«Ja. Ich wohne mit meinem Vater bei den Cullens.»

Beide schwiegen, bis die Stille unbehaglich wurde.

«Ich sollte wieder hochgehen», sagte sie. «Wir fahren wahrscheinlich bald wieder zurück. Man vergißt leicht, wie viele Hügel es gibt, bis man sie mit dem Rad abfährt.» Sie lächelte.

«Ich könnte dich später reinfahren», sagte er. «Wir könnten das Rad im Kofferraum festbinden.»

«Nein», sagte sie. «Ich fahre lieber mit den anderen zurück. Wir sind den ganzen Weg hierher zusammen gefahren.»

«Ich bin sicher, sie würden nichts dagegen haben», sagte er.

«Nein, lieber nicht», sagte sie.

«Sehr schade», sagte er. Er sah, daß sie dringend zu ihren Freundinnen zurück wollte. «Ganz sicher?»

«Ja», sagte sie. «Ich fahre wirklich lieber mit den anderen zurück.»

«Dann vielleicht ein anderes Mal», sagte er und wandte sich um. Er fragte sich, was sie den anderen erzählen würde, war aber sicher, daß sie nicht viel sagen würde. Als er eine gewisse Strecke gegangen war, setzte er sich in den Schatten des Kliffs und blickte aufs Meer hinaus. Er glaubte, er würde sie lange nicht mehr sehen. Er war sich nicht sicher, ob sie ihn wegen der Hinrichtung nicht sehen wollte oder ob es irgendeinen anderen Grund gab, warum sie ihn mied.

Er war überrascht, als einige Monate nach dem Besuch seines Vaters und seines Onkels im Gericht eine Nachricht für ihn bereitlag, daß er Carmel O'Brien anrufen solle, mit der Nummer ihres Büros in Enniscorthy. Während er darauf wartete, daß die Vermittlung ihn durchstellte, fragte er sich, was für einen Grund sie hätte, ihn anzurufen. Er war neugierig und aufgeregt angesichts der Aussicht, mit ihr zu reden.

«Hier ist Eamon Redmond», sagte er, als er mit ihr verbunden war. «Ich sollte dich anrufen.»

«Ja, deine Tante Margaret hat mich gebeten, dich anzurufen, um dir was auszurichten. Sie konnten dich nicht erreichen und sie wußten, daß ich im Büro sein würde.»

«Was gibt's?» fragte er.

«Dein Vater ist in Brownswood. Er hatte gestern einen Anfall, aber deine Tante Margaret hat gesagt, daß es ihm heute schon wieder bessergeht.»

«Ich komme so schnell wie möglich runter. Könntest du ihnen das bitte ausrichten? Ich bin mitten in einem Fall, aber ich werde sehen, was sich machen läßt, daß ich weg kann», sagte er.

«Ich werd's ausrichten. Deine Tante Margaret hat gesagt, sie will mich vor fünf anrufen», sagte sie.

«Ist es ernst?» fragte er.

«Nein. Ich soll dir sagen, daß es nicht so schlimm war, aber sie wollten, daß du Bescheid weißt.»

Er konnte den Fall nicht unterbrechen und mußte bis zum Wochenende warten, bevor er nach Hause fahren konnte. Er sprach mehrmals mit seiner Tante Margaret, und sie versicherte ihm, daß sein Vater nur zu Untersuchungen und zur Beobachtung im Krankenhaus bleiben mußte. Als er schließlich in Enniscorthy ankam und die Tür des leeren Hauses aufschloß, war ihm mulmig, er ging von einem Zimmer ins andere, als wäre er nach einer langen Abwesenheit heimgekehrt. Er wußte, daß er, nachdem er seinen Vater besucht hatte, allein hierher zurückkommen und die Nacht hier verbringen mußte.

Er fuhr zum Krankenhaus und sah auf der Suche nach seinem Vater in verschiedene Zimmer hinein. Es war Besuchszeit, und die Besucher, die um die Betten herum saßen, blickten erwartungsvoll auf und sahen dann wieder weg. Schließlich fand er seinen Vater im Eckbett eines kleinen Krankenzimmers. Man hatte seine Kehle mit hellroter Farbe markiert. Er wirkte schwach, als er zu Eamon hochlächelte.

«Es ist schön und hell hier», sagte Eamon.

Sein Vater nickte. Seine Augen waren wach.

«Brauchst du irgendwas? Ich wußte nicht, was ich mitbringen sollte.» Sein Vater deutete auf den Nachttisch, um zu zeigen, daß er alles hatte, was er brauchte.

Eamon setzte sich auf den Stuhl neben dem Bett, und sie unterhielten sich, bis die Besuchszeit um war. Er sagte seinem Vater, er würde am nächsten Tag wiederkommen. Der

Kopf seines Vaters blieb die ganze Zeit auf dem Kopfkissen. Er lächelte, und Eamon fiel ein, woran ihn das Lächeln erinnerte: sein Vater auf seinem Hochzeitsfoto, der kräftige, freundliche, zufriedene Gesichtsausdruck, den er damals hatte.

Er fuhr die Wexford Road entlang Richtung Stadt. Er würde noch seine Tante und seinen Onkel besuchen und dann heimfahren. Ihm graute vor dem leeren Haus. Er fragte sich, ob er Carmel besuchen sollte. Sie hatte freundlich gewirkt am Telefon. Er war immer noch verwundert, daß seine Tante sie gebeten hatte, ihn anzurufen, und er fragte sich, ob es vielleicht ein Trick war, um ihn zu ermuntern, wieder mit ihr Kontakt aufzunehmen. Er beschloß, es zu versuchen. Als er das Haus seiner Tante und seines Onkels verlassen hatte, fuhr er in die Court Street und parkte den Wagen vor ihrem Haus. Als er an die Tür klopfte und auf eine Antwort wartete, kamen Leute vorbei und grüßten ihn, und er wußte, daß sein Besuch in der Straße Anlaß zu Klatsch sein würde. Ihre Mutter und ihre Schwester kamen gemeinsam an die Tür.

«Sie ist nicht da», sagte ihre Mutter. «Sie ist weggegangen, um eine Besorgung zu machen. Wie geht's Ihrem Vater?»

«Ganz gut. Er ist in guter Verfassung», sagte er. «Kommt sie wieder?»

«Sie ist nur kurz weg», sagte ihre Schwester. «Ich denke, wenn Sie in einer halben Stunde noch einmal vorbeikommen, wird sie dasein.»

Als er das zweite Mal vorbeikam, war sie da. Sie fragte ihn, ob er hereinkommen wolle, aber er wollte mit ihr allein reden.

«Kann ich dich morgen abend sehen?» fragte er.

«In Ordnung.»

«Um wieviel Uhr würde es dir passen?»

«Sagen wir halb neun? Ich werde dann bereit sein. Warst du in Brownswood?» fragte Carmel.

«Ja. Er wirkte ziemlich schwach. Morgen werde ich mehr wissen.»

Zu Hause vor dem Kamin fragte er sich, ob er ihr sagen sollte, daß der Staat plante, die Todesstrafe abzuschaffen. Er hatte den Justizminister Charlie Haughey in Zusammenhang mit der geplanten Gesetzesänderung beraten. Er hatte sogar den Gesetzesentwurf für ihn ausgearbeitet und war mit ihm zu einem Geheimtreffen mit Vertretern der Gardai gegangen, die vor der Verabschiedung neuer Gesetze befragt werden mußten. Eamon hatte vorgeschlagen, daß der Mord an einem Garda grundsätzlich ein Kapitalverbrechen bleiben sollte. Sonst, das wußte er, würde es von seiten der Garda starken Widerstand gegen die Gesetzgebung geben. Er mochte Haughey, bewunderte seinen Pragmatismus und seinen klaren Verstand. Beide Männer stimmten darin überein, daß weitere Hinrichtungen trotz der Klausel, daß ein Mord an einem Polizisten ein Kapitalverbrechen bleiben würde, unwahrscheinlich waren. Als er die Lichter ausmachte und sich fürs Bett fertigmachte, beschloß Eamon, Carmel nichts von dem Treffen und der beabsichtigten Reform zu erzählen. Er hatte damit zu tun gehabt,weil Haughey ihn gebeten hatte, nicht weil er sie beschwichtigen wollte.

Carmel war beim Friseur gewesen und hatte sich herausgeputzt. Eamon war nervös, sie neben sich im Auto zu haben. Er fragte sie, wo sie gern hingehen würde. Sie sagte, sie wolle aus der Stadt raus.

«Deine Tante Margaret sagt, daß du Anwalt der Krone wirst», sagte sie.

«In ein paar Monaten», sagte er.

Sie nahmen die Straße nach Wexford. Sie erzählte von

ihrer Arbeit und ihrer Familie. Es sei gut, sagte sie, am Samstag abend wegzugehen, da ihr Vater viel trank.

«Samstagabend ist immer sein großer Auftritt», sagte sie. «Etwa ab vier Uhr spürt man schon die Spannung, wenn meine Mutter ihn beobachtet, ob er vorhat wegzugehen. Das Trinken stellt ihn ruhig. Er kann kaum mehr laufen, wenn er nach Hause kommt, nachdem die Pubs geschlossen haben. Er sagt nie was. Er setzt sich hin und blickt auf den Boden, und dann fängt meine Mutter an, an ihm rumzumekkern. Er sagt nie viel, aber sie greift alles auf, was er sagt, und hackt dauernd auf ihm herum. Einige der Dinge, die sie zu ihm gesagt hat, könnte ich dir nicht wiederholen.»

Sie gingen ins Talbot Hotel in Wexford und setzten sich in die Halle, um vor dem Essen noch etwas zu trinken.

«Könntest du dir vorstellen, daß wir uns ein bißchen öfter sehen?» fragte er.

«Wenn du da bist, würde ich dich sehr gern sehen», sagte sie.

Er stellte ihr keine weiteren Fragen, verabredete sich aber am nächsten Wochenende wieder mit ihr. An Samstagabenden ging sie dazu über, bis spät im Haus seines Vaters zu bleiben, um dem Ärger zu Hause aus dem Weg zu gehen. Sie begleitete ihn ein paarmal zum Krankenhaus, um seinen Vater zu besuchen, aber es gab noch keine Anzeichen von Besserung.

An einem Samstagabend standen sie bei ihm im Flur, er wollte sie gerade nach Hause begleiten. Er drehte sich um und küßte sie und bekam eine Ahnung von ihrem Körper, von dem Leben in ihr, und er wollte sie bitten, bei ihm zu bleiben. Während er sie hielt, ohne sich zu bewegen, spürte er, wie sich sein steifes Glied gegen sie drückte. Sie öffnete den Mund, und er konnte ihre kleine feuchte Zunge an seiner spüren.

«Versprichst du mir, daß du dich zukünftig aus Todesstrafen heraushältst?» fragte sie, als sie die John Street entlanggingen.

«Ist es dir also Ernst mit uns?» fragte er.

«Und dir?» fragte sie.

«Ja.»

Eines Freitagabends fand er seinen Vater schlafend im Bett. Er setzte sich und betrachtete ihn, versuchte, ihn nicht zu stören. Aber nach einer Weile ging er zum Fenster hinüber und dann hinaus auf die Toilette. Als er wiederkam, prüfte er die Tabelle am Fußende des Bettes und las die Bemerkungen zu jedem Tag: schlecht, schwach, sehr schlecht. Er setzte sich so schnell wie möglich wieder ans Bett.

Nach einiger Zeit kamen seine Tante Margaret und sein Onkel Tom. Er merkte an ihrem Verhalten, daß es seinem Vater nicht besserging. Er sah seinen Onkel mit einem der Ärzte im Flur sprechen. Sein Onkel sah besorgt aus. Er drehte sich um und setzte sich wieder ans Bett seines Vaters, seine Tante kniete am Bett und sprach den Rosenkranz. Wieder im Flur, sah er die Ärzte auf ihn zukommen, aber er drehte sich wieder zum Krankenzimmer hin, als hätte er noch etwas vergessen. Später rief er den Anwalt an, mit dem er gerade an einem Fall arbeitete, und erklärte, daß er beurlaubt werden müsse.

Er merkte, wie sich alles veränderte. Sie schienen seinen Vater nur noch gegen die Schmerzen zu behandeln, sie stellten einen Schirm um sein Bett auf und beschränkten Besuche auf seine engsten Familienangehörigen. Er erzählte Carmel nichts, begriff aber, daß sie Bescheid wußte, daß alle Bescheid wußten, nicht nur im Krankenhaus, auch in der Stadt. Aber trotzdem fragte er niemanden, trotzdem sagte es ihm keiner.

Seine Tante Kitty kam aus Tullow angereist. Er beobachtete, wie sie aufstand und in den Flur ging, um zu weinen. Sie kam wieder und kniete mit einer Nonne, die mit seiner Mutter zusammen auf die Schule gegangen war, und sie beteten zusammen den Rosenkranz. Sie legten zwei besondere Perlen, die vom Papst gesegnet worden waren, in die Hände seines Vaters. Eamon kniete sich neben sie, betete aber nicht. Er wartete zusammen mit seiner Tante Kitty und der Nonne, bis es zu spät war. Er sah sie flüstern, als sie mit dem Rosenkranz fertig waren, und dann gingen sie hinaus in den Flur, während sich der Arzt und zwei Schwestern um seinen Vater kümmerten. Er sprach nicht mit ihnen, sondern ging auf die Toilette, um sich das Gesicht zu waschen.

Als er zurückkam, sprach seine Tante im Flur weinend mit dem Arzt. Sie sahen ihn an, als er näher kam. Die Nonne kam ihm entgegen und ergriff seine Hand.

«Eamon, *a stór*, wir werden ihn verlieren. Deine arme Mutter wird ihn mit ihren ganzen Gebeten erwarten. Er hat eine Lungenentzündung und wird die Nacht nicht überleben. Wir werden deine Onkel und Tanten benachrichtigen. Wir brauchen jetzt alle unsere Gebete für seine Reise, Eamon.»

Seine Augen füllten sich mit Tränen, und er trat ans Fenster.

«Er hat es bis jetzt nicht gewußt», sagte seine Tante so laut zu dem Arzt, daß er es hören konnte. «Keiner von uns hat es übers Herz gebracht, es ihm zu sagen.»

«Wird er sterben?» fragte er den Arzt.

«Er hat keine Schmerzen», sagte der Arzt, «aber ich glaube, er wird die Nacht nicht überleben.»

Er wandte sich weinend ab und ging weiter den Flur entlang, weg von den anderen.

«Eamon, du wirst tapfer sein müssen», sagte die Nonne, die herbeigeeilt war und ihn festhielt.

Nach der Beerdigung ging er zum Haus seiner Tante und seines Onkels. Nachbarn kamen vorbei und schüttelten ihm die Hand und sagten ein paar Worte zu ihm, einige blieben für eine Tasse Tee oder einen Drink. Carmels Mutter bot ihm an, die Nacht bei ihnen zu verbringen, sie habe ihm ein Bett gerichtet. Als er Carmel sah, bat er sie, bei ihm zu bleiben. Sie gingen in die Küche, aber es kamen noch mehr Nachbarn vorbei, und er mußte sie begrüßen und ihre Beileidsbekundungen entgegennehmen. Später fuhr er mit ihr durch die Stadt und hielt vor ihrem Haus.

«Möchtest du nicht reinkommen?» fragte sie. «Es steht ein Bett für dich bereit. Du hast gehört, was meine Mutter gesagt hat.»

«Nein, ich werde nach Hause gehen, oder ich gehe vielleicht zu dem anderen Haus.»

Sie blieben schweigend im Wagen sitzen. Die Straße war leer.

«Was ist mit morgen?» fragte er. «Kann ich dich morgen nach der Arbeit sehen?»

«Gern», sagte sie.

«Ich stell den Wagen im Railway Square ab, damit mich niemand bemerkt. Könntest du da hinkommen?»

«Gern», sagte sie wieder. «Wir sehen uns morgen.»

FÜNFZEHNTES KAPITEL

Er konnte nicht mehr in dem Haus schlafen. Die Stimmung dort brachte zu viele Erinnerungen an sie zurück, und er ertrug es nicht. Er richtete sich ein Lager im Auto ein und verbrachte den Tag fern vom Haus, ging spazieren, versuchte verzweifelt, sich zu ermüden, damit er nachts schlafen konnte. Als er jetzt am Strand entlangging, sah er ein schwarzes Wesen im Meer. Er stellte seinen Rucksack auf den Sand und sah wieder hin, aber eine Welle versperrte ihm die Aussicht. Als er es jetzt sah, sah es aus wie der Kopf eines Mannes, eines Tauchers vielleicht. Es wirkte so bewegungslos im Wasser, trieb, ohne sich zu bewegen, und verschwand jedesmal, wenn das Wasser anschwoll und sich eine Welle brach.

Es war eine Robbe. Und sie war näher am Ufer, als er es in all den Jahren je erlebt hatte. In seiner Kindheit wurden Robben von den Menschen am Strand von Cush mit Verwunderung begrüßt. Er konnte sich lebhaft an einen Tag erinnern, es war ein milder Sommertag, und jemand, eine Frau, stand da und zeigte hinaus und sagte allen, die auf dem Sand in der Sonne lagen, seht euch das an, da ist eine Robbe, seht nur, wie nah sie ist. Und alle standen auf und guckten.

Eamon war damals schon zu alt, um hochgehoben zu werden, aber irgend jemand kauerte sich hin und deutete aufs Meer hinaus, und er hatte die Wellen abgesucht, aber nichts gesehen, und der Erwachsene – wer war das bloß gewesen? Er war sicher, daß es nicht sein Vater war – war ungeduldig geworden, weil er nichts sah. Und dann erblickte er es da draußen, ein kleines schwarzes Wesen im Wasser: den Kopf der Robbe. Die Robbe war hereingeschwommen gekommen, um sie sich anzusehen. Sie ist harmlos, sagte jemand. Selbst damals war ihm dieses wabbelige Wassertier nicht geheuer gewesen, und die nächsten paar Tage hatte er beim Schwimmen ein unbehagliches Gefühl.

Er verließ am späten Vormittag das Haus und ging hinunter zum Kliff. Es war ein warmer, sonniger Tag, aber es wehte ein starker Wind, der ihm in den Ohren pfiff, als er in das Sträßchen zu der Lücke im Kliff hinter Mikes Haus bog. Er achtete nicht auf das Haus, als er daran vorbeiging. Erst als er sich umwandte, um das Kliff hinunterzusteigen, fiel sein Blick auf eine Gestalt. Mike saß in einem alten Holzsessel neben dem Kamin, wo früher das Wohnzimmer gewesen war. Er hatte eine Brille auf und las Zeitung. Hätte die Vorderwand seines Hauses nicht gefehlt, hätte es wie eine gewöhnliche häusliche Szene ausgesehen, aber so war es sonderbar, fast komisch. Eamon wußte nicht, ob Mike ihn bemerkt hatte. Vielleicht wollte er nicht begrüßt werden. Was hätten sie auch reden sollen. Eamon blieb noch einen Moment stehen, um seinem Cousin reichlich Gelegenheit zu geben, von seiner Zeitung aufzusehen, aber Mike rührte sich nicht. Eamon entfernte sich, das Kliff hinunter.

Er konnte kaum erwarten, Carmel zu erzählen, was er gesehen hatte. Während er ein paar Schritte nach unten machte, überlegte er sich, wann er sie wiedersehen würde, und dann ging ihm wieder auf, wobei ihn ein langsamer Schmerz durchdrang, daß sie tot war, daß er ihr nie von diesem Erlebnis berichten würde. Er erkannte, klarer denn je, daß er nicht damit fertig wurde, daß sie nicht mehr bei ihm war, daß er die Zeit seit ihrem Tod damit verbracht hatte, ihren Tod zu verdrängen. Er ging hinunter zum Strand und setzte sich in den Schatten. Der Wind war immer noch stark und blies ihm Sand ins Gesicht. Er dachte darüber nach: über jenen Moment, da er geglaubt hatte, daß sie noch lebe, daß sie im Haus sei, im Garten vielleicht oder auf der Veranda, die Zeitung lesend oder einen Roman, und daß er von seinem Spaziergang oder seinem Bad heimkommen und ihr das Neueste erzählen würde. Mike sitzt jetzt im Gerippe seines Hauses, die Wände in alle vier Windrichtungen offen, und liest Zeitung. Aber langsam, schmerzhaft, begriff er, daß niemand da wäre, wenn er nach Hause käme.

Zwei Tage später dachte er immer noch an diese kleine Episode, an seinen Fehler, zu glauben, sie sei noch am Leben, und während er vor sich hin spazierte, versuchte er, sie sich als tot vorzustellen, er sagte sich immer wieder, daß er sie nie wieder sehen würde, daß er jetzt allein war und daß auch sie allein war in ihrem Grab, daß ihr Fleisch allmählich verweste, bis sie nicht mehr zu erkennen war, Knochen und ein paar Haarreste. Carmel ist tot, flüsterte er im Gehen. Carmel ist tot.

Er setzte sich in den Sand. Es war früh, und die Sonne stand noch tief am weichen Horizont. Sein Kreuz tat weh vom vielen Laufen am Tag zuvor, aber seine Beine waren ausgeruht. In Zukunft wollte er den Rucksack zu Hause lassen, er war für seinen Rücken zu schwer. Er fragte sich, wie er die Badehose und das Handtuch tragen sollte, den Regenmantel und den Pullover, und seine Gedanken schweiften zu den Vorbereitungen für die Wanderung am nächsten Tag ab. Er schloß die Augen.

Als er aufstand, bemerkte er einen Traktor, der von Ballyvalden oder von weiter nördlich kam und langsam den Strand entlangtuckerte. Er ging Richtung Ballyconnigar und dachte, er müsse bald an die Seite gehen, um den Traktor vorbeizulassen. Er sah die Szene schon vor sich, stellte sich vor, wie er den Fahrer grüßte und der Fahrer zurückwinkte. Er fragte sich, ob der Fahrer eine Mütze tragen würde.

Er stand auf dem Strand unterhalb des Hauses der Keatings und begutachtete den Schaden, den Winter und Frühling – es war im Frühling oft furchtbar stürmisch gewesen – angerichtet hatten. Der Kreisrat hatte unmittelbar am Fuß des Kliffs als eine Art Damm weitere riesige Felsblöcke aufhäufen lassen. Er erinnerte sich an die Zeit, als es auf dieser Seite des Hauses noch eine Straße gegeben hatte und dahinter eine Wiese. Er erinnerte sich an die Zeit, als die Autos vorsichtig die Straße entlanggefahren waren, in den Jahren, als die Wiese verschwunden war und ein senkrechter Abgrund bis hinunter zum Meer entstanden war. Einer dieser Sonntage im Sommer: klarer blauer Himmel und eine grelle Sonne, die auf den Windschutzscheiben der Morris Minors und Morris Austins gleißte, als sie zaghaft und behutsam in den Parkplatz einbogen. Die Klänge aus dem großen Radio im Garten der Keatings, das Berichte über Hurling-Turniere und das Schicksal der Wexforder Mannschaft hinausplärrte.

Der Traktor fuhr an ihm vorbei. Er drehte sich um und winkte, roch den dicken Qualm aus dem Auspuffrohr, das aus dem Maschinengehäuse hochragte. Der Fahrer winkte zurück und fuhr langsamer, um den Fluß an der Stelle zu überqueren, wo er sich zu den Untiefen ausbreitete und schon fast ins Meer mündete. Einige Jahre zuvor hatten sie mit europäischen Geldern eine steinerne Rampe für die kleinen Fischerboote gebaut, aber man hatte nicht berücksichtigt, wie empfindlich das Land hier gegenüber Veränderungen war, wie der Pegel des Sandes sich jedes Jahr verschob. Jetzt konnte er die bloßgelegten Fundamente des

Docks sehen. Es reichte nicht mehr bis zum Meer. Es war eine Verschandelung der Landschaft, fand er, und bald wäre es vollkommen nutzlos.

Keatings Haus hing immer noch am Kliffrand. Die Tünche war weiß und grell, und das Gebäude selbst wirkte fest und stark. Es würde bald verschwinden, aber das hatten sie schon vor Jahren vorausgesagt. Er erinnerte sich, wie ihm einmal jemand erklärt hatte, daß es letztendlich nicht von der Seite, sondern von hinten bedroht sein würde, wo der Hügel gewesen war. Aber diese Prophezeiung hatte sich als falsch erwiesen.

Er setzte sich auf die Mauer und beobachtete, wie eine Kuhherde sich an einem Zaun auf einer Wiese auf der anderen Seite des Flusses sammelte. Die Luft war voller Fliegen, und er mußte sie mit der Hand von seinem Gesicht wegwedeln. Auf der Wiese, die zum Strand führte, standen ein paar Wohnwagen, und auch auf der Wiese nebenan, die das ganze Jahr über als Wohnwagenplatz benutzt wurde. Nah am Fluß war auch ein Zelt aufgeschlagen, daneben ein Kombi. Aber es war niemand zu sehen.

Er stand auf und ging wieder zurück zum Strand, lief langsam in südliche Richtung. Früher am Tag, als er losgegangen war, war die Luft still gewesen, es hatte fast kein Wind geweht, aber jetzt blies eine dünne Sandschicht nordwärts über den Strand. Er spürte den Wind im Gesicht, aber er empfand ihn als angenehm und warm beim Gehen. Er versuchte, mit gleichmäßigen Schritten zu gehen.

Möwen und ein paar andere einsame Seevögel lauerten über den Wellen. Das Meer war ruhig. Er hatte schon wieder Hunger, obwohl er ein gekochtes Ei und etwas Toast gegessen hatte, bevor er das Haus verlassen hatte, aber er beschloß, noch etwa eine Stunde weiterzuwandern, bevor er die Sandwiches auspackte. Er war verschwitzt und müde, beschloß aber, seine erste Runde erst später zu schwimmen, wenn er noch weiter den Strand hinuntergelaufen war. Seitdem er jeden Tag Wanderungen unternahm, hatte er gelernt, sich die Zeit einzuteilen.

Er war jetzt fast in Curracloe und blickte zurück auf den Strand. Es wurde diesig, und der Sand, der an der Küste herumgeblasen wurde, verminderte die Sicht. Es gab keinen geschützten Platz, wo er sich hinsetzen und seine Sandwiches essen konnte. Er ging den Strand hinauf zu den Dünen, die mehr Schutz boten. Sein Rücken schmerzte, und er war froh, den Rucksack ablegen zu können. Er setzte sich und zog seine Leinenschuhe aus. Seine Füße waren heiß, und an der Ferse hatte er eine kleine Blase. Die Haut drum herum war wund und rot. Er holte das Handtuch heraus und legte es sich unter den Kopf, als er sich ausstreckte.

Er blickte zum blassen Himmel hoch, fühlte sich schläfrig, aber er wußte, daß er nicht schlafen durfte. Er würde weiterlaufen müssen. Er setzte sich auf und öffnete die Thermosflasche, goß den heißen Tee in den Becher, packte die Sandwiches aus und aß, ohne zu denken, starrte auf das Meer hinaus, das jetzt von jeglicher Farbe freigewaschen war, nur noch vage Andeutungen von Blau und Grün gegen Weiß und Grau.

Er goß die letzten Tropfen Tee weg und packte die übrigen Sandwiches wieder ein, steckte dann alles, einschließlich der Leinenschuhe, in den Rucksack und stand wieder auf. Er krempelte die Hosenbeine hoch und ging barfuß, aber die Blase war zu schmerzhaft, und so mußte er sich auf den Sand setzen, den Rucksack wieder öffnen und doch Socken und die Leinenschuhe anziehen.

Er wanderte wieder los. Er trug keine Uhr, hatte also keine Ahnung, wie lange er schon am Strand war, schätzte aber, daß es ein oder zwei Uhr war und daß er schon zwei oder drei Stunden gelaufen war. Er kam an ein paar Spaziergängern vorbei, aber es lag niemand auf dem Sand oder ging ins Meer schwimmen. Der Wind war zu stark. Näher am Wasser war der Sand weicher. Er ging dort, wo es feucht war. Er wußte, bei Ebbe konnte man hier Herzmuscheln sammeln, aber es war Flut, und der Strand wurde immer schmaler, während er wanderte. Nach ein paar hundert Metern würde er ganz verschwinden. Dann würde er die Straße nehmen.

Nach etwa einem Kilometer wurde die Sonne kräftiger, obwohl über dem Meer immer noch Dunst hing. Der Wind hatte sich gelegt. Er setzte sich wieder und wühlte in seinem Rucksack nach der Badehose. Er holte auch sein Handtuch heraus, zog sich langsam aus und streifte die Badehose über. Die Blase an seinem Fuß war größer geworden. Er versuchte, sie aufzudrücken, aber sie war zu hart. Er stand auf und prüfte das Wasser. Es war nicht zu kalt. Er machte sich warm, krümmte sich, um die Verkrampfung im Genick zu lockern und sich von dem Schmerz zu befreien, der durch seinen Rücken schoß, wenn er den Kopf drehte. Aber der Schmerz war immer noch da. Er wandte sich zum Meer um und ging langsam darauf zu, ignorierte die Wellen und watete ohne zu zögern weiter, auch als die Wellen ihm bis zur Hüfte gingen. Ohne anzuhalten, tauchte er ein und schwamm hinaus, hob den Kopf nur, um Luft zu holen, versuchte, seine Arme zu bewegen, um seine Nakkenmuskeln zu entspannen.

Er setzte sich Ziele: Zwanzig Züge hinausschwimmen und wieder zurück, dann parallel zum Ufer und wieder zurück, dann zur anderen Seite und wieder zurück. Er wurde langsam müde und legte den Kopf zurück und ließ sich treiben. Er schloß die Augen, unsicher, ob er jetzt in Richtung Ufer trieb oder zum Horizont, aber als er sie wieder öffnete, stellte er fest, daß er sich ein gutes Stück gen Norden hatte treiben lassen, und schwamm zurück, bis er bei der Stelle war, wo er seinen Rucksack gelassen hatte.

Als er sich abgetrocknet hatte, entfernte er sich vom Ufer, ging weiter oben am Strand entlang. Er zog sich an und legte sich hin, zu müde, um sich noch weiter gegen den Schlaf zu wehren. Er legte sich das Handtuch unter den Kopf und schloß die Augen.

Als er aufwachte, merkte er, daß er tief geschlafen hatte. Er fror und holte seinen Pullover aus dem Rucksack. Seine Beine waren steif. Er wünschte sich ein Bett, mit sauberen weißen Laken, in das er kriechen könnte, aber es lag noch ein langer Tag vor ihm. Wenn er jetzt zurückginge, würde er schlafen und dann nachts aufwachen, und diese Aussicht war unerträglich. Die ersten paar Tage in Cush hatte er es überhaupt nicht im Haus ausgehalten, hatte statt dessen im Garten gesessen oder war ins Dorf gegangen. Er war dazu übergegangen, im Auto zu übernachten, aber wenn er nach ein, zwei Stunden aufwachte – was gewöhnlich geschah –, verspürte er eine schreckliche Finsternis.

Er wußte nicht, wohin er gehen sollte. Das Gericht hatte Ferien und das Haus in Dublin war zu groß und leer. Bald würde er dorthin zurückkehren müssen, er konnte nicht Tag für Tag so weitermachen, dieses endlose Wandern von morgens früh bis spätabends, dieses Vor-sich-hin-Trotten, das er sich auferlegte. Es gab hier nichts anderes zu tun, er konnte weder lesen noch Musik hören, noch im Garten sitzen. Er haßte es, ins Haus zu gehen. Wenigstens konnte er jetzt am Ende des Tages, wenn er spätabends nach Hause kam, die Nacht durchschlafen. Wenn er wanderte, war er beschäftigt, das hielt ihn aufrecht. Im Nachmittagsdunst auf dem leeren Strand hinter Curracloe liegend, wußte er, daß er nicht zurückkehren konnte, daß er noch ein, zwei Stunden weitergehen müßte, bevor er kehrtmachte, um nach Hause zu gehen.

Als er umkehrte, war der Himmel klar geworden. Er ging ein langes Sträßchen entlang, an ein paar weißgetünchten Farmhäusern vorbei und auf einem ausgetretenen Pfad über eine Wiese, bevor er auf eine kleine Straße stieß, die zu der Hauptstraße führte, die Wexford mit Curracloe verband. Er zog die Leinenschuhe aus und die festeren Lederschuhe an, die er im Rucksack hatte. Die Blase an seiner Ferse schmerzte noch mehr, außerdem verspürte er bei jedem Schritt Schmerzen hinten in den Beinen. Auf der Straße war das Laufen anstrengender. Jeder Schritt wurde zur Qual, aber er wußte, daß er noch kilometerweit laufen mußte.

Das Wetter hatte sich stabilisiert, und die späte Nachmittagssonne war kräftig. Er versuchte, sich auf weiße Flecken im Himmel zu konzentrieren, kleine flüchtige Dunstwölkchen. So müsse man sich die Seele nach dem Tod vorstellen, hatte man ihm erzählt. Er glaubte an nichts, keine Seele, kein wolkiger Geist spendete ihm Trost. Für ihn war der Tod absolut, der Körper starb und wurde zu Staub.

Er war versucht, im Pub ein Glas zu trinken, aber er wußte, daß Alkohol ihn grüblerisch und verdrießlich machte, schon wenn er ein Glas nur hielt, begann sein Selbstmitleid. Er hatte auch Angst, auf einen Orangensaft oder ein Glas Wasser hineinzugehen, weil er jetzt nicht anhalten wollte, er wußte, wie schwer es sein würde, wieder anzufangen zu laufen. Er verließ das Dorf und ging wieder hinunter zum Strand. Es war wichtig, das wußte er, nicht darüber nachzudenken, wie nah oder wie weit er von seinem Ziel entfernt war. Alles war weit. Er lief: Er tat einen Schritt nach dem anderen und gestattete sich nur, über den Boden nachzudenken, über den er bereits gelaufen war.

Als er das Strandhotel oben auf dem Hügel erreichte, konnte er das Meer sehen und die blasse Linie des Horizonts. Er verspürte eine plötzliche Welle von Wärme, als er durch das Marschland zu den Sanddünen lief. Sein Rücken tat weh, seine Ferse schmerzte bei jedem Schritt, und der Schmerz in den Muskeln auf der Rückseite seines Beins hielt an, aber er fühlte sich extrem lebendig, als er an dem Laden vorbeiging und über den alten Holzwall ging, der über die Dünen zum Strand führte.

Er erkannte das Hochgefühl: Es kam jeden Tag, außer wenn es regnete. Es kam, dachte er, wenn er eine lange Strecke gewandert war und sich dann dem Licht zuwandte oder einer plötzlichen Helligkeit im Himmel gewahr wurde. Er ging jetzt schneller, atmete die würzige Seeluft ein. Er setzte sich hin, holte wieder seine Sandwiches und seine Thermosflasche hervor, versuchte dabei, den Blick vom Meer abzuwenden. Die See war jetzt so ruhig, graublau und glasig. Die Sonne in seinem Rücken war warm. Er war zufrieden, er aß die restlichen Sandwiches und trank den Tee aus. Er tat die Flasche und das Papier wieder in den Rucksack und zog wieder seine Leinenschuhe an.

Nach dem Licht schätzte er, daß es sieben oder acht Uhr war. Die Sonne würde gleich untergehen, und jede Farbe und Form hatte einen Rand, eine Verdunkelung, eine verstärkte Kontur und Schärfe. Er stellte sich vor, wie Carmel und er den Tag in Wexford verbrächten, im Lebensmittelladen stünden, sich die Zuckererbsen ansähen und sich fragten, wie frisch sie wohl waren. Und wie er neben ihr die Main Street entlangginge, bis sie zu dem Metzger kämen, wo sie so gern hinging. Und Lamm, sie schaute ihn an, sollten sie Lamm machen? Oder wollte er lieber Schweinefleisch? Schweinebraten war hier immer gut, die Füllung auch. Schließlich entschied sie sich, und sie sahen beide zu, als die Lammkeule gewogen und eingewickelt wurde. Dann bezahlten sie. «Kartoffeln haben wir noch», sagte sie zu ihm. «Ich muß noch Minzsoße kaufen, und dann brauchen wir noch Wein. Wir sollten ein paar Flaschen auf Vorrat kaufen.»

Sie standen im Geschäft und sahen sich die Weine an. Sie lächelte dem Verkäufer zu und ging dann hinüber und studierte mit leicht zusammengekniffenen Augen die Etiketten.

«Was meinst du?» fragte sie.

«Ich trinke lieber Rotwein», sagte er.

«Ja, wir kaufen ein paar Flaschen Roten und vielleicht zweimal Weißwein. Aber ich hätte gern eine gute Flasche für heute abend zum Lamm. Irgendwas Besonderes.»

Sie sahen sich das Rotweinangebot an. Er versuchte ihr zu helfen, obwohl er wußte, daß sie sich ohne seine Hilfe entscheiden würde. Trotzdem hatte sie es gern, wenn er dabei war und seine Meinung beitrug.

Während er im nachlassenden Licht Richtung Ballyconnigar zurückging, stellte er sich vor, wie er und Carmel die Weinflaschen auswählten und zur Kasse trugen. Er sah, wie sie den guten Wein gegen einen noch teureren umtauschte; sie sagte, daß sie nicht oft Geld für Wein ausgaben, aber an diesem Abend, an diesem Abend würde es ein ganz besonderes Essen geben.

«Kein Anlaß, kein besonderer», sagte sie.

Sie war tot. Carmel ist tot, flüsterte er, aber trotzdem stellte er sich vor, wie sie in Wexford herumstreiften. Er sah sich die Fahrertür aufmachen und den Knopf in der Beifahrertür hochziehen, damit Carmel einsteigen konnte. Aber es war niemand da. Es hatte keinen Sinn, den Knopf hochzuziehen. Und als er daran dachte, während er langsam in nördliche Richtung ging, füllten sich seine Augen mit Tränen.

Das geschah immer am Ende des Tages, wenn er sich dem Haus näherte, die Erschöpfung und die Frage, was er tun sollte, wenn er das Kliff bei Mikes Haus hochkletterte, wenn er in das Sträßchen einbog und die Wiese mit dem weißen Klee an der Ecke sah und geradeaus das Sträßchen voller Mückenwolken entlangging. Was sollte er tun?

Er lief langsam weiter, und das Licht des Leuchtturms ging an, der Kegel noch schwach. Feuchtigkeit legte sich über alles, und es wurde kalt. Er wußte, er würde es im Haus nicht aushalten können. Er hatte Hunger, wollte baden und sich rasieren, aber er wußte, daß er es nicht ertragen könnte, das Haus zu betreten, in dem sie zusammengelebt hatten.

Als er das Kliff hinaufkletterte, stellte er fest, daß es ihm viel leichter fiel als sonst. Er fühlte sich besser. Er warf einen Blick zu Mikes Haus hinüber, um zu sehen, ob sein Cousin wiedergekommen war oder seinen Sessel zurückgelassen hatte, aber es war nichts von ihm zu sehen. Im Westen zog sich ein roter Streifen über den Himmel. Bald würde auch der verschwinden, und dann würde die Nacht hereinbrechen. Er war müde. Er wußte, wie einfach es wäre, die Augen zu schließen und in einen tiefen Schlaf zu versinken, trotz des Hungers, den er verspürte. Aber er wußte auch, daß er in der Nacht aufwachen würde, wenn er seinen Hunger nicht stillte, und er wollte unter allen Umständen vermeiden, eine Stunde im Dunkeln wach zu liegen und darauf zu warten, daß das graue Licht der Morgendämmerung über dem Meer erschien.

Er stellte den Rucksack an die Haustür und ging zum Auto. Er hatte die Lücke zwischen Rücksitz und Vordersitz mit Kissen gefüllt, beachtete diese jetzt aber nicht, sondern steckte den Schlüssel ins Zündschloß und wendete den Wagen. Er öffnete das Tor zum Sträßchen, stieg wieder ins Auto und fuhr Richtung Blackwater. Er versuchte, langsam zu fahren. Er war müde.

Er fuhr ins Dorf zum Etchingham und parkte dort den Wagen. Hinten im Pub waren ein paar Männer, die aufblickten, als er hereinkam. In einer Ecke saß eine größere Gruppe, Familien, die Urlaub machten. Er schloß die Tür hinter sich und ging durch den Laden in den Barraum. Es war niemand hinter der Theke. Er setzte sich auf einen Hocker und wartete. Als der Wirt kam, bat er um einen kleinen Whiskey von der Bar und einen Laib Brot, Butter und eine Dose Thunfisch aus dem Laden. Der Wirt stellte ihm zuerst den Whiskey mit einem Krug Wasser hin. Nach einer Weile brachte er in einer weißen Plastiktüte die Lebensmittel.

Als er ausgetrunken hatte, ging er zum Auto zurück. Er wußte, er müßte das Haus betreten, um ein Messer und einen Dosenöffner zu holen, und er wollte duschen. Er dachte, wenn er das Licht nicht anmachen würde, wenn er im Dunkeln in der Küche suchen und das Bad ohne Licht benutzen würde, wäre es leichter.

Er schaltete das Autoradio ein und hörte sich ein Lied an, das er vage wiedererkannte. Er versuchte, sich ganz auf das Fahren zu konzentrieren. Wenn ein anderes Auto kam, mußte er anhalten und an den Straßengraben fahren. Er grüßte den Fahrer, ohne zu wissen, wer es war.

Er fuhr den Wagen durch das Tor zur Vorderseite des Hauses, schaltete die Scheinwerfer aus und blieb eine Weile da sitzen und starrte auf den Leuchtturm. Der Lichtkegel war schwächer als sonst, weil der Mond hell war, der Himmel wolkenlos. Er stieg aus und sah zu den Sternen hoch, fingerte in seiner Tasche nach den Schlüsseln. Der Himmel war tintenblau. Er drehte sich um, ging zur Haustür und trat hinein. Da war ein schaler Geruch, und auch der üble Geruch von Feuchtigkeit. Er ließ die Haustür offenstehen und ging ins Badezimmer.

Er wußte, daß es kein heißes Wasser gab, trotzdem verspürte er das Bedürfnis nach einer Dusche. Er drehte den Kaltwasserhahn auf und hielt prüfend die Hand unter den

Wasserstrahl. Es war lauwarm von der Hitze des Tages. Er zog sich aus, suchte in der Dunkelheit nach Seife und Shampoo.

Als er fertig war, trocknete er sich ab und ging ins Schlafzimmer, um sich frische Sachen anzuziehen. Hier herrschte ein anderer Geruch, eine Mischung aus Mottenkugeln, Lavendel und Parfüm. Er wollte so schnell wie möglich wieder aus dem Zimmer hinaus, die Tür hinter sich zuziehen und den Raum in seinen Gerüchen eingeschlossen lassen. Er kramte in einer Kommode und fand Socken, Unterhose und Hemd, alles hatte er aus Dublin mitgebracht. Er zog sich an und ging wieder ins Bad, um seine Schuhe zu holen. Die Blase an seiner Ferse puckerte, und er wollte dringend schlafen. Er suchte in der Küche nach einem Dosenöffner, aber er konnte im Dunkeln keinen finden. Bald gab er auf, ging hinaus zum Auto und richtete den Rücksitz, so daß er es bequem hätte. Er machte die Tür zu und rollte sich zusammen, aber ihm war zu heiß. Er öffnete die Fenster und das Schiebedach und zog Hemd und Hose aus. Er schlief ein.

Als er aufwachte, war der Morgen schon angebrochen. Er hatte Durst und war immer noch müde. Er lag da, ohne sich zu bewegen. Die Aussicht, noch einen Tag lang zu wandern, konnte er nicht ertragen. Und doch erschien ihm die Vorstellung, den ganzen Tag in der Nähe des Hauses und des Gartens zu bleiben, undenkbar. Er hatte sich schon mehrere Tage nicht rasiert. Es konnte nicht so weitergehen. Er schloß die Augen und rollte sich wieder zusammen, merkte aber, daß er nicht wieder einschlafen würde.

Er hatte die Haustür offengelassen. Der Tag war grau, der Himmel tief, es sah nach Regen aus. Er ging ins Wohnzimmer und setzte sich ans Fenster, bevor er in die Küche ging, um sich ein Glas Wasser zu holen. Die Spüle war voll schmutzigem Geschirr, und auf einigen Tellern war grüner Schimmel. Er trank ein Glas Wasser nach dem anderen.

Er ging ins Badezimmer und fand sein Rasierzeug. Sein Gesicht war mager und braun geworden, und durch die grauen Stoppeln sah er alt aus, wie jemand im Krankenhaus. Das Rasieren dauerte, die Stoppeln waren kräftig und hart.

Später ging er ins Schlafzimmer, das unordentlich geworden war, wie der Rest des Hauses, zog die Vorhänge zu und legte sich aufs Bett. Er dachte, er könnte jetzt vielleicht wieder schlafen. Er ging hinaus zum Wagen und holte sich die Kissen vom Rücksitz. Nachdem er die Haustür zugemacht hatte, zog er sich im Schlafzimmer aus und legte sich zwischen die sauberen Laken des Bettes. Er war sich bewußt, daß er sich ein weiteres Mal einredete, daß sie noch lebe, daß sie jeden Moment mit einem Frühstückstablett hereinkäme oder mit der Zeitung, oder um etwas zu holen. Er stellte sich vor, wie sie sich unterhalten würden, ließ seine Gedanken zu den Details schweifen, ihrem Kleid, dem Geruch, den sie im Bett hinterlassen hatte, ihrer Stimme. Er lächelte in sich hinein bei dem Gedanken an sie, deckte sich zu und versank in einen tiefen Schlaf.

SECHZEHNTES KAPITEL

Die Tage blieben grau und bedeckt, mit gelegentlichen leichten Regenschauern. Er ging so oft wie möglich schwimmen und versuchte, das Haus ordentlich zu halten. Er saß auf der Veranda, und wenn die Sonne herauskam, setzte er sich in den Garten. Manchmal ging er wandern, nach Norden bis Morriscastle und auf der Straße zurück.

Er hatte eine Reihe neuer juristischer Fachbücher mitgebracht. Sie lagen zusammen mit einem Notizblock auf dem Tisch im Wohnzimmer, und er las viel darin, arbeitete alte Fälle und die Implikationen neuerer Gesetzesänderungen durch. In zwei der Bücher ging es um EG-Recht, worüber er sehr wenig wußte. Das hatte er bisher seinen jüngeren Kollegen überlassen. Aber jetzt wollte er sich in dieses Gebiet vertiefen, um während des bevorstehenden langen Winters seine Gedanken zu beschäftigen.

Die meiste Zeit jedoch dachte er immer noch an Carmel, an Tage, die sie früher zusammen verbracht hatten. Einzelne Augenblicke wurden in seinen Gedanken lebendig, Kleidung, die sie trug, Ausdrücke auf ihrem Gesicht, Gesprächsfetzen.

Eines Tages, sie waren noch kein Jahr verheiratet und lebten noch immer in seiner alten Wohnung in der Hume Street, hatte sie ihn bei der Arbeit angerufen. Sie war damals schwanger, erinnerte er sich, im fünften oder sechsten Monat. Er erinnerte sich, wie er von einer Verhandlung zurückkam, die Mitteilung sah und besorgt war. Normalerweise rief sie ihn nie im Gericht an. Er rief sie sofort zurück.

«Ich bin in der Dawson Street deinem Onkel Tom und deiner Tante Margaret über den Weg gelaufen. Sie sind für ein paar Tage in Dublin und wohnen in einer Pension in der George's Street. Sie wollten sich nicht bei mir melden, weil sie dachten, wir wären zu beschäftigt. Deswegen hab ich sie für heute oder morgen abend zum Essen eingeladen.»

«Geht's dir gut?» fragte er.

«Bestens», sagte sie.

«Wie wär's dann mit heute abend? Wir könnten sie zum Abendessen ins Russell Hotel einladen.»

«Ich werde sie in der Pension anrufen. Kommst du zuerst nach Hause?»

«Ja, bis dann.»

Es war Anfang Juni, das Wetter war mild und warm, als er vom Gericht zum Stephen's Green hochlief. Der Fall, an dem er arbeitete, war langwierig und mühselig, aber er hatte das meiste bereits im Frühling vorbereitet, hatte in dem Extrazimmer an dem Tisch, den Carmel ihm hingestellt hatte, alle Dokumente durchgelesen, hatte Präzedenzfälle studiert und überprüft und potentielle Angriffsstrategien durchgespielt. Er war jetzt Anwalt der Krone, und den größten Teil seiner Arbeit machte er für den Staat. Im Verlauf der vergangenen Jahre hatte er allmählich Aufträge ablehnen können, die ihn nicht interessierten oder für die er keine Zeit hatte. Bei den verfassungsrechtlichen Fällen, die vor den High Court und den Supreme Court kamen, vertrat er nun den Staat. Ihm war inoffiziell ein Sitz im High Court angeboten worden, als im Herbst eine Vakanz entstand. Er hatte Carmel noch nicht gefragt, was sie davon hielt. Er würde weniger verdienen, und unter seinen Kollegen würde man die Ansicht vertreten, daß er zu jung sei, um Richter zu werden. Er wäre zehn Jahre jünger als die meisten seiner Kollegen.

Er ging die Wicklow Street entlang und bog dann in die Grafton Street. Er würde sich das Angebot, Richter am High Court zu werden, gut überlegen müssen. Wenn er wartete, könnte es in der Zwischenzeit einen Regierungswechsel geben, und man würde ihm erst wieder eine solche Position anbieten, wenn Fianna Fáil wieder an der Macht war. Aber vielleicht war es zu leicht, den Schritt zu tun. Er ging in die Eblana-Buchhandlung und sah sich eine Weile um, blätterte in den Neuerscheinungen, kaufte aber nichts und ging wieder hinaus auf die Straße.

Er wollte nicht zur Wohnung zurück. Zuerst wußte er nicht warum, aber während er über das Green ging, wurde ihm klar, daß ihn die Vorstellung nicht begeisterte, mit seiner Tante und seinem Onkel einen Abend in Dublin zu verbringen. Er freute sich zwar, sie zu sehen, aber er wußte, er würde ihnen nicht begegnen können, ohne an seinen Vater zu denken und an die Zeit, die er als Kind bei ihnen verbracht hatte. Sie würden ihn behandeln, wie sie ihn damals als Kind behandelt hatten, sie würden ihm zulächeln und ihn loben wie damals, wenn er sie mit seinem Vater besucht hatte. Er fühlte sich wohler bei seinen juristischen Fachbüchern und am Gericht, fern von dem, was passiert war, oder in der Wohnung mit Carmel, wenn er mit ihr Pläne schmiedete, ein Haus zu kaufen, wissend, daß ihr erstes Kind bald dasein würde, wissend, daß sie später ins Bett gehen und sich lieben könnten.

Er setzte sich auf eine Bank. Er hatte seine Aktentasche dabei. Er holte die *Irish Times* hervor und begann die Meldungen auf der ersten Seite zu lesen. Auf dem Green war es still, nur das leise Rumoren des Verkehrs in der Ferne und das Rauschen des Laubes im leichten Wind waren zu hören. Wenn jemand käme und sich zu ihm auf die Bank setzte, würde er aufstehen und gehen, das wußte er, aber die Leute gingen vorbei, ohne ihn zu beachten. Schließlich faltete er die Zeitung zusammen und steckte sie wieder in die Aktentasche.

Carmel war in der Küche, als er die Treppe hochkam.

«Ich hab sie angerufen», sagte sie. «Ich glaube, sie sind ganz begeistert, daß wir sie ausführen.»

«Sie kommen zweimal im Jahr nach Dublin. Ich hab sie vor ein paar Jahren getroffen, als sie hier waren», sagte er.

«Ich habe im Russell einen Tisch für acht Uhr bestellt», sagte sie.

Er nahm ein Bad und zog sich um. Er stellte sich ans Fenster und sah auf die leere Straße, während Carmel noch einen Knopf an eine Bluse annähte. Je näher die Verabredung im Hotel rückte, desto unbehaglicher wurde ihm.

«Wie geht es dir?» fragte er Carmel.

«Es geht mir gut», sagte sie. «Ich freue mich darauf, heute abend auszugehen.»

«Möchtest du einen Drink?»

«Jetzt?»

«Ja, einen Gin und Tonic oder so was», sagte er.

«Nein danke», sagte sie. «Aber mach du dir ruhig einen.»

Er ging in die Küche, goß ein Maß Gin in ein Glas und fügte Tonic und Eiswürfel hinzu.

«Hast du morgen früh Verhandlung?» fragte sie.

«Ja.»

«Dann dürfen wir nicht zu lange machen.»

Sie gingen auf den Wegen des Stephen's Green zu dem künstlichen Teich. Sie waren früh dran und konnten es sich erlauben, langsam zu gehen.

«Hast du ihnen erzählt, daß du schwanger bist?» fragte er.

«Nein, und ich glaube, es ist ihnen auch gar nicht aufgefallen.»

Sie warteten in der Hotelbar. Als Tante Margaret und Onkel Tom hereinkamen, wirkten sie scheu, im Gespräch blickten sie sich unentwegt in der Bar um und waren unsicher, ob sie etwas trinken sollten oder nicht. Sie betonten mehrmals, daß sie Eamon und Carmel nicht stören oder ihnen irgendwelche Umstände machen wollten. Eamon kam oft mit Kollegen und Klienten hierher. Er kannte den Oberkellner und war froh, als sie endlich zu ihrem Tisch geführt wurden.

«Wir sind schon seit Jahren nicht mehr hiergewesen», sagte Tante Margaret, als sie am Tisch Platz genommen hatten. Das Restaurant war halb leer, aber während sie die Speisekarte studierten, wurden auch die Tische um sie herum belegt. Sie erzählten von zu Hause und davon, was für einen Preis Eamon für das Haus seines Vaters erwarten konnte, das er im Begriff war zu verkaufen.

«Du wirst gutes Geld dafür kriegen», sagte sein Onkel. «Es kommen jetzt viele Leute aus England zurück.»

Seine Tante erzählte ihnen von zwei Schwestern, die nach fünfzig Jahren aus Amerika zurückgekommen waren. Sie waren in der ganzen Zeit kein einziges Mal zu Hause gewesen und gingen die Island Road entlang, auf der Suche nach bekannten Gesichtern. Es gab kaum jemanden, der sich an sie erinnerte, erzählte sie, ihre Familienangehörigen waren auch alle emigriert, es lebten auch keine Verwandten mehr in der Stadt. Aber sie habe sich gut daran erinnern können, wie sie bald nach Ende des Großen Krieges gegangen waren, sobald man fortgehen konnte. Sie hatten nie geheiratet, sagte sie, sondern für eine reiche Familie gearbeitet, und wollten jetzt in Ruhe ihren Lebensabend genießen. Sie überlegten sich, sagte sie, sich in Enniscorthy niederzulassen, aber sie persönlich habe da Bedenken, weil sie dort niemanden kannten.

Das Hauptgericht wurde serviert, und beim Essen flüsterte Carmel Tante Margaret zu: «Guck dich jetzt nicht um, aber da drüben neben dem Fenster auf der linken Seite, da sitzt Charlie Haughey. Ich weiß nicht, mit wem er da zusammensitzt, aber vielleicht weiß es Eamon.»

Tante Margaret aß weiter, als hätte sie nichts gehört, und wandte den Blick dann verstohlen zum Fenster.

«Du kannst jetzt gucken, Tom», sagte sie. «Jetzt geht's.»

Eamon und sein Onkel Tom sahen zur gleichen Zeit hin.

«Er kommt oft zum Essen hierher. Viele der jungen Minister und Fianna-Fáil-Anhänger kommen hierher», sagte Eamon.

«Habe ich auch gehört. Aber es ist trotzdem großartig, ihn mal zu sehen», sagte sein Onkel.

«Da haben wir was zu erzählen, wenn wir nach Hause kommen», sagte seine Tante Margaret. «Wer ist das mit ihm zusammen?»

Eamon sah hinüber.

«Kenne ich nicht», sagte er.

«Dein Vater wäre begeistert gewesen», sagte seine Tante.

Als sie den Nachtisch bestellten, trafen sich Eamons und Haugheys Blicke. Er sah ihn seinem Gefährten zunicken und dann aufstehen und zu ihrem Tisch kommen. Eamon erhob sich. Der Kellner wartete auf die Bestellung.

«Ich nehme Trifle», sagte er, als Haughey ihm auf die Schulter klopfte und ihn bat, sich wieder zu setzen.

«Mr. Redmond», sagte er und begrüßte die anderen mit einem knappen Nicken, bevor Eamon sie vorstellte.

«Dies», sagte er, «ist der Finanzminister. Mein Onkel ist sein Leben lang bei der Fianna Fáil in Enniscorthy gewesen», sagte er zu Haughey.

«Sie sind zu einem Kurzbesuch heraufgekommen? Dann haben Sie ein gutes Hotel gewählt», sagte Haughey.

«Oh, wir wohnen nicht hier», sagte Tante Margaret.

Haughey sah sie scharf an, seine klaren blauen Augen hielten ihrem Blick stand.

«Werden wir die zwei Sitze in Wexford halten?» fragte er Onkel Tom.

«Es wird schwer sein ohne Dr. Ryan, aber wir werden es schaffen.»

«Es wäre gut, jemanden aus dem Wahlkreis zu nehmen, jemanden, der was mit Hurling zu tun hat», sagte Haughey.

«Es wird auf jeden Fall jemand aus der Gegend sein. Das kann ich Ihnen garantieren.»

«Sonst könnten wir diesen Mann hier aufstellen», sagte Haughey und legte die Hand auf Eamons Schulter. «Aber wir haben andere Dinge mit ihm vor.» Er lächelte und wurde dann wieder ernst.

«Wexford ist eine großartige Gegend», sagte er.

«Werden Sie während des Wahlkampfes persönlich herunterkommen?» fragte Onkel Tom.

«Die Minister sind alle sehr beschäftigt», sagte Tante Margaret. «Sie können nicht überall hinfahren.»

«Ich werde mein Bestes tun», sagte Haughey. «Es war schön, Sie kennenzulernen. Einen angenehmen Abend noch.» Er sagte dies zu Carmel, machte vor ihr eine kleine Verbeugung, bevor er wieder an seinen Tisch ging.

Eine Weile lang sagte niemand etwas, da der Kellner mit dem Nachtisch kam.

«Ich wußte nicht, daß du ihn kennst», sagte Tante Margaret.

«Ich habe ein paar Entwürfe für ihn gemacht, als er noch Justizminister war. Er ist äußerst kompetent und hat überzeugende Methoden», sagte Eamon.

«Er ist ein großartiger Mann», sagte sein Onkel.

«Wie findest du ihn, Carmel?» fragte Tante Margaret.

«Er sieht einen so durchdringend an», sagte sie.

«Das stimmt», sagte Tante Margaret. «Ich wäre fast gestorben, als ich ihm gesagt habe, daß wir hier nicht wohnen, und er mich so angesehen hat. Ich wollte nicht, daß er glaubt, wir würden hier wohnen, und dann erfahren, daß das nicht stimmt.»

Als er seine Tasse Kaffee ausgetrunken hatte, ging Eamon auf die Toilette. Haugheys Tisch war leer. Als er die Toilettentür öffnete, kam Haughey gerade heraus. Haughey boxte ihm freundschaftlich auf die Brust und grinste.

«Sie sind für die Richterbank vorgemerkt», sagte Haughey.

Eamon sagte nichts und hielt seinem Blick stand.

«Nehmen Sie es an, wenn es Ihnen angeboten wird?» fragte Haughey.

«Ja, ich nehme es an», sagte Eamon.

«Wir sehen uns bald», sagte Haughey. «Es war schön, Sie wiederzusehen.»

Sie tranken noch mehr Kaffee, und dann tranken Eamon und sein Onkel noch Brandy. Eamon bezahlte die Rechnung, trotz der Proteste seiner Tante und seines Onkels. Es war fast elf Uhr, als sie den Speisesaal verließen. Sie standen in der Lobby. Eamon und Carmel bestanden darauf, sie bis zur George's Street zu begleiten, während Onkel Tom und Tante Margaret darauf beharrten, daß sie allein gehen könnten.

Während sie redeten, warf Eamon einen Blick in die Bar, und seine Tante Margaret drehte sich um und sah auch hinein. Haughey war noch im Hotel, stand an der Bar, ein Glas in der Hand, und sprach mit einem Mann, der ihnen den Rücken zugekehrt hatte. Neben ihm, zu seiner Linken, stand ein weiterer Minister.

«Sind die jeden Abend hier?» fragte ihn Tante Margaret.

«Ich weiß nicht. Glaube ich kaum», sagte er. Er merkte,

wie seine Tante ihn prüfend ansah, als zweifle sie an dem, was er sagte.

Sie gingen langsam am Stephen's Green entlang, blieben zwischendurch stehen, um einer Abbruchtruppe zuzusehen, die an einem der roten viktorianischen Backsteingebäude an der Ecke Earlsfort Terrace arbeitete.

«Hoffentlich bauen die da nicht eine von diesen schrecklichen Glaskonstruktionen hin», sagte Carmel.

In der Wohnung setzten sie sich zusammen auf das alte Sofa und hielten sich bei der Hand.

«Das war ein schöner Abend», sagte Carmel. «Ich hoffe, es hat ihnen Spaß gemacht. Deine Tante Margaret ist sehr aufmerksam.»

Er ging ans Fenster, als in der Straße ein Wagen losfuhr, und machte dann Tee, während Carmel die Beine hochlegte. Von der Straße kam kein Geräusch, nicht einmal, als er das lange Fenster im Wohnzimmer aufmachte. Sie schlürften schweigend ihren Tee.

«Spürst du, wie sich das Kind bewegt?» fragte sie, ergriff seine Hand und hielt sie auf ihren Bauch. Er konnte undeutlich eine Bewegung spüren, irgendwas Lebendiges. Er nahm seine Hand weg.

«Berührst du es nicht gern?» fragte sie. «Ist es dir unangenehm?»

«Nein. Ich kann's nur nicht glauben», sagte er.

Sie gingen zusammen ins Schlafzimmer. Carmel hatte schon die Nachttischlampe angemacht und die Vorhänge zugezogen. Sie entkleideten sich langsam, ohne etwas zu sagen. Als er sich umdrehte, war sie nackt, ihre Brüste hingen schwer über der runden Schwellung ihres Bauches. Er ging zu ihr und hielt sie fest. Er konnte spüren, wie das Blut in ihrem Hals pulsierte. Er drückte sie an sich, behielt seine Hand auf der weichen, feinen Haut ihres Rückens.

Sie gingen zum Bett, zogen die Decken zurück und legten sich hin, ohne sich zuzudecken. Er spielte mit ihrer Zunge, schloß die Augen und küßte sie so zärtlich, wie er konnte. Aber er berührte immer noch nicht ihre Brüste oder ihren Bauch. Sie fuhr mit der Hand an seiner Brust hinunter, als sie einander zugewandt auf der Seite lagen, und dann legte sie ihre Hand auf seinen Unterleib und auf seine Schenkel. Er spürte, wie sich seine Atmung beschleunigte, und als er sein Ohr an ihren Hals hielt, spürte er ihr Blut pulsieren.

Ihre Brüste fühlten sich fest an, als er sie mit den Händen umschloß. Er kniete sich auf und küßte ihre Brustwarzen und bewegte sich dann hinunter und legte sein Gesicht auf ihren Bauch. Er liebkoste die straffe Haut und drückte seine Finger gegen die Härte. Er schloß die Augen und begann mit der Zunge um ihre Schwellung herumzufahren, wobei er jetzt den warmen süßen Duft ihrer Vagina wahrnahm. Sie hielt den Atem an, als er seinen Finger in sie hineinschob. Er setzte sich auf und hielt sie in den Armen. Sie küßte ihn. Sein Glied war hart, und als sie die Beine spreizte, kniete er vor ihr und führte langsam sein Glied in sie hinein, während sie ihn an den Schultern festhielt. Zuerst dachte er, er würde sofort ejakulieren, aber dann entspannte er seinen Körper und wartete. Er konnte ihre Enge um ihn herum spüren, und er fröstelte, als wäre er woanders, nicht in einem Zimmer mit ihr zusammen, sondern in einer anderen Welt. Er fand wieder ihre Lippen und ihre warme Zunge. Er hatte Angst, zu fest zu drücken, aber sie schien zu wollen, daß er so weit in sie hineinkam wie möglich.

Als er ejakuliert hatte, lag er neben ihr, seine Hand auf ihrem Rücken, und hielt sie an sich gedrückt. Er lächelte. Ihre Schläfen waren feucht von Schweiß. Sie zog ein Laken über ihn.

«Ich fühle mich dir manchmal sehr nahe», sagte sie.

«Es ist schön, zusammenzusein, nicht?» sagte er.

«Manchmal wirst du mir sehr fern», sagte sie. Ihre Stimme war leise. Sie hielt ihn jetzt fester.

«Manchmal bin ich mir nicht sicher, ob du mich hier überhaupt haben willst», fuhr sie fort.

Er hatte ihr nicht aufmerksam zugehört. Er hatte über etwas anderes nachgedacht. Aber jetzt bemerkte er einen Ton, den er noch nie gehört hatte.

«Ich verstehe nicht, was du meinst», sagte er.

«Du wirkst so weit weg», sagte sie.

«Immer?» fragte er.

«Nein, nur manchmal. Ich habe das Gefühl...» Sie hielt inne. «Ich weiß nicht, wie ich es ausdrücken soll.»

Sie hielten sich unter dem Laken umarmt. Carmel setzte sich auf und zog eine Decke über das Laken.

«Mir wird allmählich kalt», sagte sie.

Er schwieg.

«Du bist hier nicht glücklich?» fragte er.

«Ich finde dich manchmal sehr distanziert. Fast kalt.»

«Kalt?»

«Manchmal, wenn ich sehr warme Gefühle für dich habe. Vielleicht habe ich mich schon den ganzen Tag darauf gefreut, dich zu sehen, und ich will dich umarmen, wenn du kommst, und dann merke ich, daß du das nicht willst, ich habe das Gefühl, daß es dir zuwider ist, wenn ich dir nahekomme.»

«Das stimmt nicht», sagte er.

«Ich muß mit dir darüber sprechen. Du mußt mir helfen, mit dir zu reden. Du mußt doch wissen, wovon ich rede.»

«Kann ich darüber nachdenken? Können wir ein anderes Mal darüber reden?»

«Eamon, es fällt mir sehr schwer, das zur Sprache zu

bringen. Es wäre mir unangenehm, das noch einmal anzusprechen. Ich muß wissen, wie es dir geht, und ich muß mit dir darüber reden.»

«Können wir es noch mal versuchen?»

«Wenn du willst.»

«Ich dachte, du wärst glücklich.»

«Ich werde glücklicher sein, wenn ich mit dir darüber geredet habe.»

Als er am nächsten Tag vom Gericht wiederkam, hatte sie den Tisch mit einem besonderen Tischtuch gedeckt, das sie zur Hochzeit bekommen hatten. Auf dem Tisch stand eine Flasche Wein. Es fiel ihm ein, daß er an dem Fall noch zu arbeiten hatte und er mindestens noch zwei Stunden im Arbeitszimmer würde zubringen müssen, um seine Aufzeichnungen durchzugehen und über den Schriftsatz nachzudenken, den er vorlegen wollte. Carmel trug Lippenstift und Make-up, und im Zimmer war ein seltsamer, süßer Geruch, den er noch nie zuvor bemerkt hatte.

Er küßte sie und stellte seine Aktentasche ins Arbeitszimmer.

«Was ist das für ein Geruch?» fragte er.

«Parfüm.»

«Und was ist der Anlaß?» fragte er lächelnd.

Sie antwortete nicht, sondern ging statt dessen in die Küche.

«Abendessen ist gleich fertig. Willst du was trinken?»

«Ich hab noch Arbeit», sagte er. «Essen wir gleich?»

Sie kam aus der Küche und sah ihn an. Sie trug eine Schürze.

«Hast du viel Arbeit?»

«Ich werde schon eine Weile brauchen.»

«Das Essen wird etwa in einer halben Stunde fertig sein.»

«Rufst du mich dann, wenn's soweit ist?»

Er ging ins Zimmer und holte seine Papiere hervor. Der Fall wurde von Tag zu Tag schwieriger, die Richter schienen zunehmend auf der Seite des Klägers zu sein und zeigten immer mehr Interesse an den amerikanischen Präzedenzfällen als an denen des House of Lords. Er würde sehr vorsichtig sein müssen, sonst könnte der Staat den Fall verlieren, er spürte sogar schon in der Haltung der Richter, daß der Staat bereits verloren hatte. Es würde interessant werden, ihre Argumentationen zu lesen.

Er begann, die Unterlagen durchzusehen. Er holte eine amerikanische Entscheidungssammlung herunter und sah das Register durch. Er hatte noch seinen Anzug an. Er fragte sich, warum er sich nicht umgezogen hatte. Und dann begriff er, daß er nicht mit Carmel zusammen essen wollte, daß ihre Unterhaltung vom Abend zuvor ihn aus dem Gleis geworfen hatte. Er stand auf und sah sich in dem kleinen Zimmer um, ging zur Tür und öffnete sie. Carmel saß auf dem Sofa am Fenster. Zuerst bemerkte sie ihn nicht. Sie wirkte besorgt, abgespannt. Sie blickte herüber und sah ihn.

«Es tut mir leid», sagte er. «Ich kann die Arbeit genausogut morgen früh erledigen. Ich hatte Angst davor, mit dir über uns zu reden.»

«Ja, ich weiß», sagte sie. «Ich habe mich schon gefragt, was ich noch tun müßte.» Sie lächelte.

Er setzte sich und machte sich einen Drink. Er erzählte ihr von dem Fall, und sie hörte aufmerksam nickend zu.

«Es fällt mir wirklich schwer, darüber zu reden», sagte er.

«Warte, bis wir gegessen haben.»

Sie hatte ein besonderes Gericht mit neuen Kartoffeln gemacht, den ersten der diesjährigen Ernte. Sie öffnete eine Flasche Wein.

«Eigentlich sollen schwangere Frauen ja nicht trinken», sagte sie. «Aber ich werde nur ein Glas trinken.»

Ein paarmal, als er nur noch wenig Wein in seinem Glas hatte, füllte sie es wieder auf. Er fühlte sich ihr nahe, als wären sie in irgendeiner Sache miteinander verschworen.

«Ich hab manchmal das Gefühl, daß du sehr weit weg bist von mir», sagte sie. Sie sagte es, als handele es sich um eine ganz alltägliche Bemerkung.

«Ich weiß, was du meinst», sagte er. «Gerade eben, im Zimmer, habe ich genau das gemacht. Ich brauche anscheinend einige Zeit, um mich an dich zu gewöhnen.» Er nippte an seinem Wein.

«Weißt du, wenn von deiner Mutter oder deinem Vater die Rede ist, wirst du seltsam. Ich weiß nicht, ob dir das bewußt ist, aber dein ganzer Körper verändert sich. Ich spüre, da ist so eine Art Schmerz in dir, ich spüre es sogar jetzt, wo ich deine Eltern erwähnt habe.»

«Meine Mutter ist gestorben, als ich ein Kind war.»

«Wie geht es dir damit?»

Er schwieg, nippte an seinem Wein. Dann sah er aus dem Fenster und wieder zu Carmel, die ihn immer noch beobachtete.

«Sie ist einfach jemand, der nicht da war.»

«Und dein Vater?»

«Wir sind miteinander ausgekommen, nehme ich an. Es muß schwer für ihn gewesen sein.»

«Und für dich?»

«Es fällt mir schwer, darüber zu reden. Es hat mich sehr selbständig gemacht.»

Wieder verstummte er und stand auf, um das Geschirr abzuräumen. Als er wiederkam, setzte er sich auf das Sofa neben sie.

«Ich habe gelernt, nie etwas von jemandem zu brauchen. Das ist wohl so. Ist das schwierig für dich?»

«Nein, ich will wissen, wie es dir damit geht.»

«Ich habe nie jemanden um irgend etwas gebeten. Ich fürchte wohl, ich könnte abgewiesen werden.»

«Von mir?»

«Ich glaube nicht, daß mich je jemand haben wollte», sagte er und wandte sich ab. Er hatte Tränen in den Augen.

Sie ergriff seine Hand. Sie saßen reglos auf dem Sofa. Sie machte Kaffee, und als sie ihn getrunken hatten, schlug sie vor, einen Spaziergang zu machen. Es war ein leuchtender, sonniger Abend, als sie um das Green herumliefen und dann die Kildare Street entlang und hinein in die Molesworth Street. Sie gingen in die untere Bar des Royal Hibernian Hotel. Es saßen ein paar Leute an der Bar, aber die Tische waren leer. Sie setzten sich und tranken etwas. Zuerst flüsterten sie, aber dann merkten sie, daß Stimmen in der Bar nicht trugen, und sprachen mit normaler Lautstärke weiter.

Er erzählte ihr von dem Haus und seinem Vater, vom Tod seines Großvaters, dann von Onkel Stephens Tod. Er erzählte ihr von der Krankheit seines Vaters und von seiner Zeit bei seiner Tante auf der Farm bei Tullow. Das mit dem Mädchen ließ er aus, aber er erzählte ihr von der Stimme seines Vaters und wie er im Klassenzimmer darauf gewartet hatte, wie sein Vater hereingehumpelt kam, wissend, daß einige in den hinteren Reihen schon darauf warteten, «Sir, wir verstehen Sie nicht» zu rufen, sowie sein Vater anfing zu sprechen.

Sie wußte einiges davon. Sie erinnerte sich an die Krankheit seines Vaters, und sie hatte von ihrer Mutter vom Tod seines Großvaters und seines Onkels erfahren. Aber sie hörte ihm zu, als sei es ihr neu, und während er erzählte, beobachtete er sie nach Anzeichen, daß sie sich langweilte, daß er etwas erzählte, was sie nicht wissen wollte.

«Er kam dann immer ins Klassenzimmer. Ich konnte ihn

verstehen, und wenn man gut aufpaßte, konnte man ihm folgen. Er war ein brillanter Lehrer. Und er hat Techniken entwickelt, wie er sowenig wie möglich sagen mußte. Aber trotzdem war da diese Furcht, wenn er durch die Tür des Klassenzimmers kam, und da war der Satz, den er nie richtig hinbekam, und manchmal kreuzten sich unsere Blicke, und es war wirklich schwer, nicht wegzugucken.»

Als sie die Dawson Street entlanggingen, wurde es Nacht. Er fühlte sich ausgelaugt, er wollte schlafen. Er würde am nächsten Morgen sehr früh aufstehen müssen, um sich den Fall anzusehen. Als sie nach Hause kamen, gingen sie ins Schlafzimmer und legten sich angezogen aufs Bett, hielten sich fest, ohne etwas zu sagen.

SIEBZEHNTES KAPITEL

Eines Tages, als er von einem langen Spaziergang wiederkam und gerade in seine Straße einbog, sah er, daß ein Garda-Auto vor seinem Haus stand. Es saßen zwei Polizisten im Wagen, aber sie bemerkten ihn erst, als er dicht vor ihnen war. Beide stiegen aus. Einer war barhäuptig, der andere hatte sich seine Kappe in den Nacken geschoben. Er kannte keinen von beiden.

«Wir sind von der Polizei in Blackwater», sagte der eine. «Wir sollten Ihnen eine Nachricht überbringen. Wir konnten Sie den ganzen Tag nicht finden. Sie waren wohl unterwegs.»

«Was gibt es denn?»

«Sie möchten bitte Ihre Tochter anrufen.»

«Sind Sie schon lange hier?» fragte er sie.

«Wir waren angewiesen zu warten, bis Sie nach Hause kommen.»

«Ich werde sie anrufen. Hat sie gesagt, daß es was Dringendes ist?»

«Oh, ich glaube schon, daß es dringend ist», sagte einer der Männer.

«Dann werde ich sie gleich anrufen. Vielen Dank», sagte er.

Als er anrief, meldete sich niemand. Er wartete eine Weile, dann fragte er sich, ob er noch mal zum Strand hinuntergehen könnte, um eine Runde zu schwimmen, da die Sonne herausgekommen war, aber er hatte das Gefühl, es wäre besser, das Haus nicht zu verlassen, bis er sie erreicht hatte. Er konnte sich nicht vorstellen, warum er sie anrufen sollte. Er machte sich ein Sandwich und eine Tasse Tee und blätterte die Zeitung durch, die er am Morgen im Dorf gekauft hatte, sowie das Geschäft aufgemacht hatte.

Er wählte noch einmal, aber es meldete sich immer noch niemand. Er besorgte sich Donals Nummer von der Auskunft. Donal antwortete beim ersten Klingeln.

«Niamh hat zwei Polizisten zu mir geschickt mit der dringenden Nachricht, daß ich sie anrufen soll. Hast du irgendeine Ahnung, warum?»

«Ja», sagte Donal. «Sie versucht schon seit Tagen, dich zu erreichen, und du hast dich nie gemeldet. Sie hat sich ernsthaft Sorgen um dich gemacht.»

«Mir geht's gut. Rufst du sie an und sagst ihr, daß es mir gutgeht?»

«Wirst du heute abend dasein? Ich denke, sie wird selbst mit dir sprechen wollen.»

«Ja, ich werde dasein.»

Es wurde allmählich leichter, in dem großen Bett zu schlafen, das er mit Carmel geteilt hatte. Und er bemühte sich, das Haus sauberzuhalten. Aber er wollte immer noch den größten Teil des Tages außerhalb des Hauses sein, wandernd am Strand oder auf der Straße. Wenn es zu stark regnete, las er seine juristischen Bücher, führte sorgfältig Buch über Fälle, die er nachsehen mußte, wenn er wieder in Dublin wäre.

Er sah sich die Abendnachrichten im Fernsehen an, und danach ging er in die Küche und fing an das Geschirr zu stapeln, um abzuspülen. Als das Telefon klingelte, wußte er, daß es Niamh war.

«Tut mir leid wegen der Polizei. Ich wäre fast selbst heruntergekommen», sagte sie. «Oder Donal wäre runtergefahren.»

«Ich war viel weg», sagte er.

«Ich wollte für zwei Wochen nach Cush. Ich finde, du solltest da nicht so allein sein. Ich kann den Computer mitnehmen und ein bißchen arbeiten, wenn ich einen Babysitter finden kann.»

«Niamh, mir geht's gut. Ich brauche keinen Babysitter», sagte er und lachte.

«Nein, ich meine für Michael.»

«Ich hab dich schon richtig verstanden.»

«Ist alles in Ordnung?» fragte sie.

«Ich komme zurecht», sagte er.

«Donal will mich am Sonntag runterfahren. Ist dir das recht?» fragte sie.

«Ich will nicht bemuttert werden», sagte er.

«Willst du nicht, daß wir kommen?» fragte sie.

«Nein, ihr könnt kommen, wenn ihr wollt. Ihr seid willkommen. Aber ich bin kein Patient. Ich habe mir Sorgen um dich gemacht. Ist alles in Ordnung?»

«Ja, mir geht's gut. Können wir dann Sonntag am frühen Vormittag kommen?»

«Niamh, rufst du Tante Margaret an und besuchst sie, wenn du hier bist? Ich schaffe es einfach nicht, in die Stadt zu gehen. Ich hätte Angst, jemand zu treffen, der mit mir über deine Mutter reden möchte. Die Leute sind sehr nett und meinen es gut, aber es fällt sehr schwer zu reden.»

«Soll sie am Sonntag auch mitkommen?» fragte sie. Als er nicht reagierte, sagte sie: «Vielleicht ist das keine gute Idee. Aber ich rufe sie auf jeden Fall an, bevor ich komme.»

Er legte auf und wartete. Er spielte mit dem Gedanken, ob er Donal anrufen und bitten sollte, Niamh zu sagen, daß es ihm lieber wäre, wenn sie nicht käme. Niamh würde seinen langsamen Tagesablauf stören. Er gewöhnte sich allmählich daran: an die Einsamkeit, die langen Wanderungen, die juristischen Bücher. Er wußte nicht, wie das wäre, noch jemand anderen um sich zu haben.

Er fing damit an, das Haus aufzuräumen, darauf achtend, daß nichts am falschen Platz war. Er fand das schwierig und langweilig, aber machte lange Pausen mit seinen Büchern und ging dann wieder zurück ans Staubwischen und Fegen.

Sein Nacken und die Muskeln um den Halswirbel waren verspannt. Wenn er das Kinn auf die Brust drückte, schoß ihm ein Schmerz durch den Rücken. Wenn er den unteren Teil seines Nackens berührte, konnte er die Verspannung spüren. Er ging zum Fenster und sah hinaus, wobei er den Schmerz auch in seiner Schulter spürte. Den Bruchteil einer Sekunde lang überlegte er sich, ob er Carmel bitten sollte, sich darum zu kümmern, in der Annahme, sie wäre in der Nähe. Er dachte an sie.

Der Abend, an dem er sie im Badezimmer gewaschen und neben ihr auf dem Bett gelegen hatte, fiel ihm jetzt wieder ein. Er hatte es vermieden, daran zu denken. Er erinnerte sich, daß es eine warme, dichte Nacht wie diese gewesen war, mit Faltern, die gegen die Fensterscheibe prallten. Er erinnerte sich an ihre Stimme, an ihre Stimme, die ihm sagte, daß er ihr nie zuhöre, wenn sie versuche, ihm von ihren Eltern zu erzählen. Er war alles durchgegangen, jedes Gespräch, das sie in all den Jahren geführt hatten, aber er konnte sich an nichts erinnern. Er dachte, sie hätte ihre Eltern geliebt, er entsann sich, wie sie von ihnen gesprochen hatte, in den Monaten, nachdem sie gestorben waren. Er konnte sich nicht erinnern, daß sie ihm von Streitigkeiten erzählt hätte oder davon, daß ihr Vater zuviel trank. Wie er jetzt in der Nacht dasaß, bat er sie, ihm zu vergeben, sollte er etwas falsch gemacht haben. Er sagte ihr, er hätte versucht, sich an alles zu erinnern, aber es falle ihm einfach nicht ein, keine Zeit, in der er ihr hätte zuhören und sie trösten können wegen der Dinge, die ihr früher zu Hause widerfahren waren. Er konnte sich einfach nicht erinnern.

Er stand am Sonntag morgen früh auf und fuhr ins Dorf, um die Zeitung zu holen. Von den englischsprachigen Zeitungen war keine einzige gekommen. Er setzte sich ins Auto und sah die irischen durch und beschloß dann, nach Wexford zu fahren, um die anderen zu kaufen. Er war seit Carmels Tod nicht mehr in Wexford gewesen. Niemand würde ihn dort auf der Straße ansprechen oder irgend etwas über ihn wissen, und an einem Sonntagmorgen würde es ruhig sein.

Die Straßen waren belebt mit Kirchgängern. Die Frauen trugen bunte Sachen. Er schaltete das Radio ein und hörte einen gregorianischen Gesang, der aus einer Kirche direkt übertragen wurde. Er stellte es lauter. Während der Fahrt wurde das Wetter stürmischer, mit plötzlichen Ausbrüchen von Sonne, gefolgt von kurzen Regenschauern.

Als er die Türme von Wexford sah, wurde er unsicher. Wieso kam er hierher zurück? Er hatte vor seinem geistigen Auge noch das Bild, wie sie mit ihm durch die Straßen der Stadt gegangen war, beide zufrieden, nachdem sie genug Lebensmittel für eine Woche und etwas Wein gekauft hatten. Er sah alles wieder, das auf den Kais in Wexford geparkte Auto, das flache Licht auf dem Wasser und den riesigen Himmel, die Kiste mit den Lebensmitteln schon im Kofferraum, wie er seine Tür wegen eines vorbeifahrenden Autos vorsichtig öffnete, sich dann auf den Fahrersitz setzte und den Knopf auf der Beifahrertür hochzog, um festzustellen, daß da niemand war. Er stieg wieder aus und sah sich um, rekonstruierte ihre gemeinsamen Aktivitäten, nur um festzustellen, daß sie an diesem Tag gar nicht bei ihm gewesen war, daß ihr Körper unter der Erde lag. Er war frisch und intakt begraben worden, wie eine gepflückte Blume, und er würde langsam verrotten und verwesen, bis nichts mehr da war.

Er fuhr über die Brücke und parkte an den Kais. Er ging eine der Nebenstraßen hinauf zur Hauptstraße, bis er einen Zeitungsladen fand, aber auch dort gab es keine englischsprachigen Zeitungen. Man sagte ihm, er solle die Straße bis zum Ende laufen, in die Nähe der Kaserne. Es war ruhig in der Stadt. Er wußte, bald würden sich die Menschenmengen aus den drei Kirchen ergießen, wo gerade die Messen abgehalten wurden. Er überlegte sich, ob er sich irgendwo hineinschleichen und sich ganz hinten hinstellen sollte. Dieser Moment, wenn man die Kommunion auf der Zunge empfing, und dann der langsame Gang zurück zum Platz, allen Blicken ausweichend, das Niederknien, den Kopf in den Händen, das tiefe, konzentrierte Gebet, die Bewegung überall um einen herum in dem kargen Bauwerk, wenn die Leute die Seitengänge und den Mittelgang hoch- und wieder zurückgingen, und das Gefühl, wie jeder einzelne von seinem Gebet umfangen war. Er wünschte, er könnte es jetzt tun, auf eine der späteren Messen warten und wieder die Kommunion empfangen, nachdem er ihr so lange ferngeblieben war.

Er fand einen Zeitschriftenhändler mit englischen Sonntagszeitungen, die er in die Halle des Talbot Hotel mitnahm, wo er eine Kanne Tee bestellte und zu lesen begann, während Menschen kamen und gingen. Er las einige der Auslandsmeldungen und ein paar Interviews. Er blätterte die Beilagen durch. Er überlegte sich, ob er im Hotel Mittag essen sollte, aber ihm fiel ein, daß er nach Cush zurück mußte, um seine Tochter zu empfangen. Er würde in der Woche wiederkommen, dachte er, falls es zu Hause schwierig werden sollte.

Er ging die Kais entlang zum Wagen und fragte sich, ob

er im Autoradio Musik für die Heimfahrt finden würde. Er wollte sich einen Kassettenrecorder für das Auto anschaffen. Es war kein Verkehr auf den Kais, als er den Wagen anließ. Er wendete und fuhr über die Brücke zurück.

Als er zum Haus in Cush zurückkehrte, wußte er, daß er zu lange weg gewesen war. Donals Wagen stand im Sträßchen, auf dem Rücksitz saßen Menschen. Er hielt dahinter. Donal und seine Freundin saßen vorne, Niamh und ihr Sohn hinten. Donal stieg aus.

«Seid ihr schon lange hier?» fragte Eamon.

«Wir wußten nicht, was wir tun sollten. Wir wollten schon einbrechen.»

«Da ist immer ein Schlüssel unter dem Stein neben der Tür», sagte er.

Inzwischen waren die anderen auch ausgestiegen. Niamh trug das Kind.

«Also, kommt rein. Ich war in Wexford, um Zeitungen zu holen. Ich dachte nicht, daß ihr so früh kommen würdet.»

Als er die Haustür öffnete, schlug ihm ein Geruch von feuchter Luft und verdorbenem gekochtem Essen entgegen. Er schien stärker zu sein als vorher, und auch das Haus wirkte schäbig. Er war sich bewußt, wie Donal und Niamh sich umsahen, als würde es ihnen gehören.

«Es könnte einen Anstrich gebrauchen», meinte Donal. Fliegen umkreisten die Deckenlampe im Wohnzimmer, und das Zimmer wirkte dunkler als gewöhnlich und seltsam unordentlich.

«Ehe wir uns versehen, sackt es das Kliff runter», sagte Eamon. «Ein harter Winter, es könnte alles verschwinden.»

Niamh und Cathy gingen zum Auto hinaus, um Niamhs Computer und ihre Taschen zu holen. Sie ließen den Jungen auf dem Wohnzimmerboden. Während Donal und sein Vater miteinander sprachen, begann er zu schreien, wobei sein Gesicht rot anlief. Donal ging zu ihm und hob ihn auf, aber er schrie nur noch lauter und versuchte, Donal zu hauen. Er schien untröstlich, als seine Mutter hereinkam und ihn auf den Arm nahm. Sie trug ihn in den Garten hinaus, wo er weiterbrüllte. Eamon beobachtete sie vom Fenster aus, der Kleine deutete auf ihn und Donal und schrie.

«Jetzt ist alles in Ordnung», sagte Niamh, ihn in den Armen wiegend.

«Wir haben was zu essen mitgebracht, kalte Sachen», sagte Donal.

«Gut», sagte er. «Aber es ist noch früh. Ich geh ins Schlafzimmer, um ein bißchen Zeitung zu lesen. Vielleicht könnt ihr mich rufen, wenn es Zeit fürs Mittagessen ist.»

Er machte die Tür hinter sich zu und trug einen Stuhl zum Fenster. Niamh war draußen und wiegte das Kind, das jetzt friedlich und gedankenverloren wirkte, den Kopf an ihre Schulter gelehnt. Eamon blätterte weiter die Zeitungen durch, fand die Auslandsseiten im *Observer* und begann einen Artikel zu lesen. Er saß unbequem auf dem Stuhl mit der geraden Rückenlehne und legte sich bald aufs Bett, auf die Seite, um seine Lektüre fortzusetzen. Als er fertig war, lehnte er sich zurück, den Kopf auf dem Kopfkissen, und schloß die Augen. Die Nackenmuskeln schmerzten immer noch.

Das Licht vom Fenster hielt ihn wach, aber er wagte nicht, hinüberzugehen und die Vorhänge zuzuziehen. Sie würden denken, er sei krank. Er hörte seinen Enkel wieder weinen und andere Stimmen im Wohnzimmer.

Als er hinausging, stellte er fest, daß alle drei saubermachten. Niamh wischte Staub, während Cathy und Donal in der Küche arbeiteten. Alle Fenster waren weit aufgerissen. Das Kind lief nur mit einer Windel bekleidet herum, eine halbvolle Flasche Milch fest im Mund. Niamh nahm die Stühle und stellte sie umgekehrt auf den Tisch, damit sie den Boden fegen konnte. Die Teppiche hatte sie schon auf den Kies vor der Veranda gelegt. Eamon überlegte sich, ob er in den Garten hinausgehen sollte, aber der Himmel war tief und dunkel. Er wandte sich um, wollte Niamh, die dabei war, die Fenster zu putzen, und nicht auf ihn achtete, warnen, daß die Teppiche naß werden würden, wenn es anfing zu regnen, als er bemerkte, daß der Kleine ihn ansah. Er sah hinunter und lächelte. Das Kind hatte noch die Flasche im Mund und starrte, immer noch still, seinen Großvater an. Plötzlich begann er wieder loszubrüllen, rannte zu Niamh, als würde er gleich angegriffen. Sie hob ihn auf.

«Keine Angst. Dir passiert nichts», sagte sie.

Der Kleine weinte weiter, auch als sie ihn in den Garten trug. Eamon fragte sich, was er jetzt tun sollte. Er konnte sich nicht an den Tisch setzen, da sich dort die Stühle befanden. Er hörte das Geklapper von Besteck und Tellern und fragte sich, was sie da machten. Er konnte nicht in den Garten gehen, da das Kind dort auf dem Arm seiner Mutter war und immer noch weinte. Er stand da und tat nichts, sah nur aus dem Fenster.

Er hatte jetzt Hunger, und er hätte sein Mittagessen gern allein zu sich genommen. Er fragte sich, wann sie essen würden, und beschloß, wieder ins Schlafzimmer zu gehen und darauf zu warten, daß sie ihn riefen. Er setzte sich wieder ans Fenster. Er suchte im Zimmer nach einem Buch, konnte aber nichts finden, was ihn interessierte.

Nach dem Mittagessen klarte es auf. Cathy war in der Küche und machte Kaffee mit einer neuen Maschine, die sie aus Dublin mitgebracht hatten. Niamh war in ihrem Zimmer und wickelte das Kind. Eamon stand vom Tisch auf.

«Ich glaube, ich mache mal einen Spaziergang, solange das Wetter noch gut ist», sagte er.

«Willst du keinen Kaffee?» fragte Donal.

«Nein, ich mache jetzt meinen Spaziergang.»

«Wir werden früh zurückfahren», sagte Donal.

«Dann sehe ich euch vielleicht nicht mehr.» Er sah Donal gerade ins Gesicht.

«Wenn du willst, warten wir, bis du wiederkommst.»

Cathy kam mit der glänzenden neuen Kaffeekanne ins Zimmer. Eamon hatte seinen Regenmantel an und einen Schirm in der Hand.

«Trinken Sie denn keinen Kaffee?» fragte sie. Es hörte sich wie ein Vorwurf an. Er antwortete nicht. Im Raum herrschte Stille, während sie ihn beide ansahen.

«Sind Sie sicher, daß Sie keinen wollen?» fragte sie erneut.

«Ich mache jeden Tag um diese Zeit meinen Spaziergang», sagte er.

Er ging das Sträßchen hinunter zum Kliff. Am östlichen Himmel sah es nach Regen aus, aber er ging trotzdem hinunter an den Strand. Er wollte nicht zum Haus zurück. Es wehte ein Nordwind, der in seinen Ohren pfiff und das Laufen mühsam machte. Die Wolken über dem Meer waren tintenschwarz.

Er wachte früh vom Geräusch des Windes auf, der um das Haus herumpfiff. Als er die Vorhänge aufzog, sah er, daß der Himmel blau und das Licht klar und scharf war. Aber der Wind blies stark, und es würde schwierig sein, draußen Schutz zu finden. Er ging leise zur Küche und trank ein Glas Wasser. Als er an Niamhs Tür vorbeikam, konnte er sie mit dem Kind reden und lachen hören. Er wollte sie fragen, ob sie Tee wolle, befürchtete aber, daß das Kind wieder schreien könnte, wenn es ihn sah.

Er fuhr ins Dorf, um ein paar Lebensmittel und die Morgenzeitung zu kaufen.

«Sie waren gestern alle hier», sagte Jim Bolger zu ihm.

«Waren sie hier drin?» fragte er.

«Nein. Ich hab sie den Hügel hochgehen sehen. Sind sie alle wieder zurückgefahren?»

«Nein, Niamh und das Kind sind noch da.»

«Dann haben Sie ja reichlich Lärm», lachte Jim Bolger.

Das Kind saß auf dem Teppich im Wohnzimmer, als er zurückkam. Es spielte mit Bauklötzen. Niamh war in der Küche.

«Hast du schon gefrühstückt?» fragte sie ihn.

«Nein», sagte er. «Ich hab mich noch nicht mal rasiert.»

Er setzte sich an den Tisch, ohne das Kind zu beachten, aus Angst, es könnte wieder weinen, wenn er versuchen würde, es auf den Arm zu nehmen oder mit ihm zu sprechen. Er breitete die Zeitung aus und begann die Meldungen durchzublättern. Der Wind draußen war noch stark. Nach dem Frühstück würde er im Garten eine windgeschützte Stelle für seinen Liegestuhl suchen. Er blickte sich um und sah, daß das Kind auf ihn zukroch, aber als sich ihre Blicke trafen, begann der Junge zu schreien, als hätte er ihn geschlagen. Niamh kam aus der Küche gerannt.

«Was ist passiert?» fragte sie.

«Er hat mich bloß angeguckt und angefangen zu brüllen», sagte er.

«Er benimmt sich sonderbar. Er ist sichtlich durcheinander», sagte sie. «Mrs. Murphy wird ihn nachmittags nehmen, damit ich ein bißchen arbeiten kann.»

«Da oben wird er noch unruhiger sein.»

«Er ist Frauen gewöhnt.»

«Ein kleiner neugeborener Feminist», sagte er und grinste. Niamh lächelte nicht.

Nachdem er Niamh mit ihrem Sohn ein paar Tage lang beobachtet hatte, kam er zu der Auffassung, daß sie ihn zuviel herumtrug. Er sagte nichts, mied jedoch das Kind und schlug Niamh vor, daß sie mit dem Abendessen warteten, bis es im Bett war. Er ging wieder zu seinen juristischen Büchern, stellte einen Tisch im Schlafzimmer auf, so wie Niamh in ihrem Zimmer einen Computer aufgestellt hatte, und er vertiefte sich wieder in die Feinheiten des europäischen Rechts.

Am vierten Morgen fiel ihm auf, daß Michael nichts zu tun hatte. Er war auf den Boden abgesetzt worden, während Niamh duschte. Sie bat Eamon, ein Auge auf ihn zu werfen. Der Kleine krabbelte zur Tür, sich umsehend, ob ihm jemand folgte. Eamon ließ ihn. Es war ein schöner, trockener Tag. Er nahm die Bauklötze vom Tisch und legte sie auf den Kies vor dem Haus, wobei er so tat, als würde er den Kleinen nicht beachten. Er gab sich gedankenverloren und abgelenkt und achtete darauf, nicht den Blick des Kindes zu erhaschen. Er ging wieder hinein und setzte sich ans Fenster, von wo er das Kind im Blick hatte und aufpassen konnte, daß es nicht anfing, sich Kieselsteine in den Mund zu stecken. Das Kind spielte eine Weile mit den Bauklötzen und saß dann einfach da.

Eamon ging in die Küche und füllte eine Schüssel mit Wasser. Er fand ein paar Plastiktassen über der Spüle und tat sie ebenfalls hinein. Er trug die Schüssel hinaus zu Michael und stellte sie vor ihm ab, ohne ihn anzusehen. Er trat zurück und sah zu, wie Michael das Wasser argwöhnisch beäugte und sich dann umsah, ob außer seinem Großvater noch jemand anderes zusah. Das Kind sah wieder aufs Wasser, ergriff einen Bauklotz und warf ihn hinein. Es steckte die Hand hinein, fischte ihn heraus und schleuderte ihn wieder hinein, diesmal mit mehr Kraft. Es konzentrierte sich ganz auf das Wasser, so daß Eamon zusehen konnte, ohne befürchten zu müssen, daß das Kind aufblicken, ihn sehen und losbrüllen könnte. Michael planschte jetzt mit der Hand im Wasser, ohne auf die Plastiktassen zu achten. Die Sonne kam zwischen den Wolken hervor. Eamon trug einen Stuhl aus dem Wohnzimmer in den Garten, aber das Kind bemerkte ihn nicht, so sehr war es in sein Spiel vertieft.

Niamh kam heraus und blieb in der Tür stehen.

«Hast du ihm das Wasser gegeben?»

«Ja, er hatte nichts zum Spielen.»

«Er hat normalerweise Angst vor Wasser. Er haßt es, gebadet zu werden.»

«Jetzt scheint er ja ganz glücklich zu sein.»

«Ja, er sieht wirklich glücklich aus.»

Michael hatte angefangen, zu lachen und zu quietschen, als er das Wasser mit den Plastikbechern auf den Boden ausleerte. Er protestierte, als Niamh ihn festhielt, um ihm seinen Strampelanzug auszuziehen. Er weigerte sich, das weiße Hütchen aufzusetzen, das sie ihm mitgebracht hatte, und so nahm sie es wieder mit und ließ ihn mit seinem Wasser allein. Er spielte noch eine Weile mit den Plastiktassen, stand dann auf und versuchte, die Schüssel völlig auszuleeren, fiel aber nach hinten auf den Hosenboden und versuchte, die Schüssel sitzend umzukippen. Als ein Traktor auf der Straße vorbeifuhr, blickte er auf und versuchte zum Tor zu krabbeln. Dann versuchte er aufzustehen, aber der Kies war zu hart unter seinen Füßen. Eamon ging schnell zu ihm, hob ihn auf und brachte ihn zum Tor, gerade als der Traktor vorbeikam. Michael deutete darauf und versuchte «Traktor» zu sagen. Er lachte und klatschte in die Hände über den Lärm und den Rauch, während sich der Traktor entfernte. Sowie er fort war, setzte Eamon ihn neben dem Wasser ab.

Am nächsten Tag, während Niamh am Tisch am Fenster

frühstückte, folgte Michael seinem Großvater in die Küche und zeigte auf die Schüssel. Eamon füllte die Schüssel mit Wasser und stellte sie auf den Küchenboden, da der Tag zu trübe war, um hinauszugehen.

Sie sahen zu, während das Kind mit beiden Händen im Wasser planschte.

«Wie bist du auf die Idee mit dem Wasser gekommen?» fragte Niamh.

«Deine Mutter hat das immer mit dir und Donal gemacht. Erinnerst du dich nicht mehr? Ihr wurdet mit einer Schüssel Wasser in den Garten hinausgesetzt. Ihr habt immer stundenlang damit gespielt. Ich habe mich neulich daran erinnert.»

«Ich kann mich überhaupt nicht daran erinnern», sagte sie. «Wahrscheinlich war ich zu klein.»

An den meisten Abenden arbeitete sie nach dem Essen. Er sah sie wenig, er ging tagsüber immer noch stundenlang wandern. Er fuhr ein paarmal allein zum Mittagessen nach Wexford. Abends las er, sah fern und trank ein paar Gläser Brandy, um besser einschlafen zu können. Sowie das Kind schlief oder nicht im Haus war, war Niamhs Gegenwart ruhig, unaufdringlich. Er bemerkte, daß sie sich jeden Tag sorgfältig zu kleiden schien, als würde sie in einem Büro arbeiten. Wenn das Wetter warm genug war, ging sie am frühen Nachmittag schwimmen, aber langsam kam der Herbst, und die Nächte wurden kalt.

Michael war immer noch vom Wasser fasziniert und brachte seinen Großvater jetzt eindeutig mit der roten Schüssel in Verbindung. Als er eines Abends wieder aufgewacht war und ins Wohnzimmer getragen wurde, sah er seinen Großvater an und zeigte zur Küche. Er wollte seine Wasserschüssel haben und weinte, als ihm gesagt wurde, daß es zu spät sei.

Jeden Abend tranken Eamon und Niamh vor dem Schlafengehen eine Tasse Tee zusammen. Manchmal fand er, daß sie ihrer Mutter in der Art und Weise, wie sie redete und reagierte, merkwürdig ähnlich war. Manchmal, wenn sie lächelte, sah sie genau wie Carmel aus, obwohl ihr Gesicht eine andere Form und ihr Teint eine andere Farbe hatte.

«Ich hab gesehen, daß Julia Dempseys Haus zu verkaufen ist», sagte sie eines Abends.

«Das sind nur ein paar Wiesen», antwortete er, «und das Haus. Aber das Haus ist in einem schrecklichen Zustand. Ich wüßte nicht, wer es kaufen wollte.»

Sie verstummten.

«Wurde Julia Dempsey dort geboren?» brach Niamh das Schweigen. Er sah auf und überlegte einen Moment.

«Nein. Ihre Tante und ihr Onkel haben dort gelebt, und dann ist sie zu ihnen gezogen, und sie haben es ihr dann vererbt.»

«Sie hatte eine großartige Sammlung von Hüten», sagte Niamh. «Ich hab sie nie ohne Hut gesehen.» Sie goß noch mehr Tee nach.

«Sie hatte einen komischen Tick», sagte Eamon. «Sie war felsenfest davon überzeugt, daß ihr Onkel irgendwo Geld versteckt hatte.»

«Und stimmte das?» fragte Niamh. Ihre Reaktionen glichen so sehr denen Carmels, daß Eamon zögerte.

«Sie konnte sich nie von der Vorstellung befreien, daß irgendwo welches wäre», fuhr er fort. «Sie hat deiner Mutter erzählt, daß sie oft mitten in der Nacht aufgewacht ist und sich eine neue Stelle ausgedacht hat, wo es versteckt sein könnte.»

«Und sie hat nie was gefunden?» fragte sie.

«Nein.» Er schüttelte den Kopf. «Ich glaube, es gab nie irgendwelches Geld. Aber ihr ganzes Leben lang war sie überzeugt, daß sich ihr Glück wenden würde, wenn sie es finden könnte.»

Niamh sah ihn an, lächelte und nickte.

«Das wußte ich gar nicht», sagte sie. Ihr Interesse und ihre Aufmerksamkeit für diese Geschichte waren wie bei Carmel.

Es gab ein paar Altweibersommertage in Cush, die Temperaturen waren höher, als sie es je im Sommer gewesen waren. Eamon fiel es schwer, in der Hitze zu schlafen, er wachte mit dem ersten Licht auf, fühlte sich müde und verbraucht, mit den Schmerzen im Rücken und im Genick, die sofort einsetzten, wenn er den Kopf beugte. Er versuchte, mit seinen Armen Übungen zu machen, um die Muskulatur zu lockern, aber es reichte nicht, und er beschloß, viel mehr zu schwimmen, um den Schmerz zu lindern.

Um halb neun fuhr er ins Dorf, um die Zeitung zu holen. Als er wiederkam, stand die Sonne schon kräftig über dem Meer. Michael saß in seinem Kinderstuhl und wurde gerade gefüttert, schlug mit dem Löffel gegen den Teller und lachte. Eamon klopfte ihm mit der Zeitung auf den Kopf, und er blinzelte mit den Augen, als hätte er Angst, und dann machte Eamon es noch mal, und dann lachte er und wollte mehr.

«Ich würde den Vormittag unheimlich gern unten am Strand verbringen», sagte Niamh. «Was meinst du, wie er auf das Meer reagiert?»

«Hast du es nicht schon mal mit ihm ausprobiert?»

«Er kann einfach im Sand spielen. Vielleicht könntest du seine Schüssel tragen?»

Nach dem Frühstück machten sie sich auf den Weg zum Strand. Michael weigerte sich immer noch, ein Hütchen zu tragen, und als Niamh nochmals versuchte, es ihm aufzusetzen, warf er es auf den Boden. Sie nahmen eine Decke und ein paar Kissen mit, eine Thermosflasche mit Tee, ein paar Kekse und eine Flasche Milch, falls Michael Hunger bekam. Sie hatten auch Handtücher und Badezeug dabei.

Als sie zur Straßenbiegung kamen, blickten sie über das Kliff auf den kurzen Strand und das Meer, das sich meilenweit erstreckte, wie leuchtendes Milchglas, glatt in der seltsamen Wärme der Septembersonne. Eamon trug ihre Sachen, während Niamh Michael ein Stück des Weges trug und ihn dann allein weiter hinunterlaufen ließ, als er darauf bestand. Auf dem Strand versuchte sie wieder, ihm das Hütchen aufzusetzen, aber er weigerte sich.

Während er die Decke auf dem Sand ausbreitete und seine Badehose anzog, fragte sich Eamon, welches seiner Kinder sich geweigert hatte, ein Hütchen gegen die Sonne zu tragen, oder ob er es selbst gewesen war. Sein Vater, so erinnerte er sich, hatte einen Strohhut getragen. Er hatte einmal erlebt, wie seinem Vater in einer plötzlichen Windböe der Hut vom Kopf geweht war, er hatte an einem Tisch gesessen und auch die Zeitung war ihm weggeflogen. Er konnte sich aber nicht erinnern, wo das gewesen war. Er ging in Gedanken jeden Winkel des Gartens in Cush durch, der unverändert war, seit die Cullens dort gelebt hatten, aber er konnte nicht sehen, wie sein Vater dort an einem Tisch gesessen hatte und plötzlich der Wind aufgekommen war und ihm den Hut fortgeblasen hatte. Wo war das gewesen?

Niamh unterbrach seinen Versuch, sich zu entsinnen.

«Michael möchte, daß du ihm eine Schüssel mit Meerwasser bringst», sagte sie. Sie hatte das Kind ausgezogen und rieb es jetzt mit Sonnenmilch ein.

Er ging mit der Schüssel ans Meer und füllte sie mit Wasser. Das Wasser war warm, viel wärmer, als er erwartet hatte. Er spielte mit Michael, während Niamh schwimmen ging. Sie brauchte nicht lange, um sich an das Wasser zu gewöhnen. Ihre Bewegungen waren schnell und entschlossen. Michael vertiefte sich in das Meerwasser und den Sand, bis er die Schüssel umkippte und sich mit Wasser begoß. Eamon hob ihn auf und hielt ihn im Arm. Er holte ein Handtuch und trocknete ihn ab. Er wandte sich um, als er Niamh rufen hörte. Sie drängte die beiden, ins Wasser zu kommen.

«Deine Mama möchte, daß du ins Wasser gehst», sagte er zu Michael. «Was hältst du davon?» Das Kind rieb sich die Augen, wand sich und lächelte. Es legte Eamon die Arme um den Hals.

Eamon wußte, daß das Wasser ein Schock für Michael sein würde. Er blieb eine Weile am Rand stehen, sog die Sonne ein und beobachtete, wie Niamh von ihnen wegschwamm. Dann begann er hineinzuwaten, wobei er ruhig mit seinem Enkel sprach, um ihn zu beruhigen. Er sprang bei jeder Welle hoch, bis Michael nach den Wellen Ausschau hielt und bei jeder, die herankam, lachte. Eamon hielt seinen Enkel unter den Armen und hob ihn hoch, so daß die Sonne auf seinen Rücken schien, und dann ließ er ihn ins Wasser hinein, bis seine Beine naß waren, ihn die ganze Zeit gut festhaltend. Er tauchte ihn ins Wasser und zog ihn wieder heraus, aber das war zuviel für ihn. Er hatte Angst. Eamon trug ihn langsam zurück ans Ufer.

